U0107673

作者简介：

吴中华，北京市丰台区人民法院卢沟桥法庭副庭长。

1996年进入中央民族大学学习法律，于2000年毕业并获得法学学士学位；后进入中国人民公安大学攻读诉讼法研究生，于2003年毕业并获法学硕士学位。

2003年进入丰台区人民法院工作至今。

100个案例丛书
100 GE AN LI CONG SHU

交通纠纷

案例答疑

吴中华 著

中国法制出版社
CHINA LEGAL PUBLISHING HOUSE

前　言

随着国民经济的快速发展、我国机动车辆数目的迅猛增加，对道路交通秩序和交通安全的要求越来越高，道路交通安全也显得越来越重要。如何预防和减少道路交通事故、保障交通安全已成为国家和社会共同关注的问题。我国颁布的《中华人民共和国道路交通安全法》和《中华人民共和国道路交通安全法实施条例》早在2004年5月1日起就已实施，同期生效的还有《最高人民法院关于审理人身损害赔偿案件适用法律若干问题的解释》。这些法律法规的出台，虽有利于规范交通秩序、维护交通安全，但我国每年发生的道路交通事故数和死亡人数仍排在世界第一位。在交通事故的处理上，还存在诸多问题，如交通事故责任主体的确定，归责原则，赔偿责任的原则、标准等都有待进一步探讨。

为了帮助交通事故当事人掌握交通事故纠纷中必要的法律知识，作者编写了本书，希望通过以案析法，使大家在交通事故纠纷中少走弯路，有效维护自身的合法权益。书中所选案例多属于北京市高级人民法院网指导案例和其他法院通过各种形式公布的案例，每一个都尽可能具有典型性。为了方便使用，每个案例都以问答的形式介绍了交通事故纠纷中的各种基本法律知识，并给予了详细的提示和忠告。

本书在编写过程中，参阅了相关教材、同题材著作以及网络、报刊的相关论文，在此对有关作者表示真诚的感谢。中国法制出版社编辑为本书的出版付出了辛勤的劳动，一并致谢。由于研究资料和能力所限，书中难免有疏漏和错误之处，恳求读者批评指正。

吴中华

2008 年 12 月

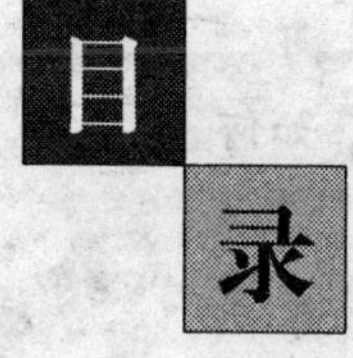

附录：

第一章 交通事故责任认定纠纷

自2004年5月1日起，《中华人民共和国道路交通安全法》（以下简称《道路交通安全法》）、《中华人民共和国道路交通安全法实施条例》（以下简称《实施条例》）以及《最高人民法院关于审理人身损害赔偿案件适用法律若干问题的解释》（以下简称《人身损害解释》）这三部与道路交通事故人身损害赔偿案件密切相关的法律法规、司法解释正式施行，成为人民法院审理道路交通事故人身损害赔偿案件的主要法律依据，而在此之前作为此类案件法律适用依据的《道路交通事故处理办法》（以下简称《办法》）随之废止。

《道路交通安全法》第119条第1款第（5）项规定："'交通事故'，是指车辆在道路上因过错或者意外造成的人身伤亡或者财产损失的事件。"这不同于《道路交通事故处理办法》（以下简称《办法》）第2条之规定："本办法所称道路交通事故，是指车辆驾驶人员、行人、乘车人以及其他在道路上进行与交通有关活动的人员，因违章行为过失造成人身伤亡或者财产损失的事故。"《道路交通安全法》规定的交通事故可以是因为"过错或者意外"而产生；而《办法》则仅仅规定"过失"一种情形。由于后者的这一规定，过去有人认为道路交通事故责任的归责原则是过错责任或者仅仅是过错责任。《道路交通安全法》将交通事故的原因规定为过错（包括故意和过失，而不是仅仅指过失）和意外，确认机动车在道路上的运行是一种高度危险作业，道路交通事故的责任问题原则上应该按照我国民法通则第123条的规定处理："从事高空、高压、易燃、易爆、剧毒、放射性、高速运输工具等对周围环境有高度危险的作业造成他人损害的，应当承担民事责任；如果能够证明损害是受害人故意造成的，不承担民事责任"。

依据《道路交通安全法》的规定，道路交通事故责任的归责原则既不能一概适用过错责任原则，也不能一概适用无过错或严格责任原则。它确立了一个归责原则体系，对于不同主体之间的责任承担适用不同的归责原则：（1）保险公司在第三者强制责任保险的责任范围内承担无过错责任（第76条）；（2）道路交通事故社会救助基金在特定情况下垫付受害人的损害赔偿，适用无过错责任（第17条、第75条）；（3）机动车之间的交通事故责任适用过错责任（第76条第1款第（1）项）；（4）机动车与非机动车驾驶人、行人之间的交通事故适用无过错责任或严格责任（第76条第1款第（2）项、第76条第2款）。[①]

道路交通事故损害赔偿责任的主体，是指应当承担机动车运行过程中发生事故而致人身损害赔偿的责任者。机动车所有人与驾驶人如是同一的，责任主体不言而喻。但由于道路交通事故损害赔偿的特殊性及致人损害机动车的占有、使用、收益和处分主体的复杂性，又因相关法律、法规的规定不甚详明，在审判实践中，对于赔偿责任主体把握不准是各法院反映较强烈的一个问题。国外的立法在界定机动车损害赔偿的责任主体时，基本上都使用了运行支配与运行利益之"二元说"作为判定基准。[②] 也就是说，确定交通事故损害赔偿责任主体有两个标准：一是运行支配权，即谁对车辆的运行具有支配和控制的权利，这种支配和

---

① 张新宝、明俊："道路交通安全法中的侵权责任解读"，载中国民商法律网。

② 参见李薇著："日本机动车事故损害赔偿法律制度研究"，法律出版社1997年第1版，第29页。

控制包括具体的、现实的支配，如车辆所有人自主驾驶、借用人驾驶乃至擅自驾驶的情形，也包括潜在的、抽象的支配，如车主将车辆借给他人、租给他人驾驶的情形等；二是运行利益的归属，即谁从车辆运行中获得利益。这种利益可以是因机动车运行而取得的利益，也包括间接利益，以及基于心理感情的因素而发生的利益，比如精神上的满足、快乐、人际关系的和谐等。

在国内，虽然《道路交通安全法》对道路交通事故损害赔偿的责任主体并未作出概括和界定。但是，最高人民法院最近几年作出的相关司法解释则体现了以运行支配与运行利益之“二元说”作为判定道路交通事故赔偿责任主体的精神。如，《关于被盗机动车肇事后由谁承担损害赔偿责任的批复》、《关于购买人使用分期付款购买的车辆因交通事故造成他人财产损失保留车辆所有权的出卖方不应承担民事责任的批复》、《关于连环购车未办理过户手续，原车主是否对机动车发生交通事故致人损害承担责任的请示的批复》等。[①]

因此，我们认为，在审判实践中，应根据运行支配与运行利益之“二元说”的标准来判定道路交通事故损害赔偿的责任主体。

关于道路交通事故认定书，最高人民法院副院长黄松有2003年在全国民事审判工作座谈会上就指出：“法院在审理交通事故损害赔偿案件时，要正确对待公安交通管理部门的责任认定。公安交通管理部门的责任认定实际上是对交通事故因果关系的分析，是对造成交通事故原因的确认。要避免将公安交通管理部门的责任认定简单等同于民事责任的分担，应将其作为认定当事人承担责任或者确定受害人一方也有过失的重要证据材料。”交管部门根据调查结果做出的事故认定，应作为人民法院审理交通事故案件的重要证据，但不能作为法院分配民事损害赔偿

---

① 例如，《关于连环购车未办理过户手续，原车主是否对机动车发生交通事故致人损害承担责任的请示的批复》认为：连环购车未办理过户手续，因车辆已交付，原车主既不能支配该车的运营，也不能从该车的运营中获得利益，故原车主不应该对机动车发生交通事故致人损害承担赔偿责任。

责任的依据。法院在具体审理案件时应根据案件事实结合公安机关交通管理部门制作的现场勘察笔录、技术分析和鉴定、在事故发生后第一时间向当事人做出的调查笔录等材料对事故认定书予以全面审查认定。如人民法院认为公安交通管理部门作出的交通事故认定不符合事实或不准确的，在决定不予采信之前，应征求公安交通管理部门的意见，加强与公安机关交通管理部门的沟通协调，妥善处理。

根据前文分析，我们提出如下对策，供法律实践中参考。

一、关于诉讼主体

机动车发生交通事故给他人造成损害，肇事车辆参加机动车第三者责任强制保险的，受害人可以起诉机动车一方当事人及其投保的保险公司。

受害人仅起诉机动车一方当事人，被告申请追加保险公司为共同被告的，人民法院应当予以准许。

受害人仅起诉机动车一方当事人，人民法院认为有必要的，也可以主动追加保险公司为共同被告。

二、关于责任主体

1. 从事道路交通运输给他人造成损害的，由车辆的所有人或者使用人承担民事责任。

机动车发生交通事故给他人造成损害的，肇事车辆参加机动车第三者责任强制保险的，由保险公司在机动车第三者责任强制保险责任限额内承担损害赔偿责任。

肇事车辆未参加机动车第三者责任强制保险或者机动车一方当事人未能提供参加机动车第三者责任强制保险相关证明的，由机动车一方当事人承担相当于机动车第三者责任强制保险的责任限额内承担损害赔偿责任。

2. 机动车买卖未办理过户手续，因交通事故给他人造成损害的，由机动车的实际所有人承担损害赔偿责任。

3. 采取分期付款方式购车，出卖方在购买方付清全部车款前保留车辆所有权，因交通事故造成他人损害的，由分期付款买卖合同的购买方承担损害赔偿责任。

4. 出租或出借的车辆发生交通事故的，由承租人和借用人承担损害赔偿责任；出租人、出借人明知或者应当知道承租人、借用人不具备使用、驾驶车辆的资格或技能的，由出租人、承租人或者出借人、借用人承担连带赔偿责任。

5. 承包的机动车发生交通事故，应当由发包方承担损害赔偿责任。发包方承担赔偿责任后，可以根据其与承包方的承包合同向承包方追偿。

6. 在车辆修理或交付保管期间，修理人或保管人因试车或使用车辆发生交通事故给他人造成损害的，由修理人或保管人承担赔偿责任。

7. 被盗窃、抢劫的机动车在运行中给他人造成损害的，由盗窃、抢劫该机动车的人承担损害赔偿责任。

8. 未经所有人或保管人同意擅自驾驶他人机动车发生交通事故给他人造成损害的，由擅自驾驶人承担损害赔偿责任；该机动车所有人或保管人存在管理上的瑕疵的，由机动车所有人或保管人在其过错范围内与擅自驾驶人承担连带赔偿责任。

9. 借用他人身份证购车，借用人因交通事故给他人造成损害，出借人以营利为目的出借身份证给他人用于购车的，由出借人与借用人承担连带赔偿责任；出借人非以营利为目的出借身份证给他人用于购车的，由借用人承担损害赔偿责任。

10. 挂靠车辆发生交通事故给他人造成损害，被挂靠单位收取了管理费或得到其他经济利益的，由被挂靠单位与挂靠人共同承担损害赔偿责任；被挂靠单位未收取管理费也未取得其他经济利益的，由挂靠人承担损害赔偿责任。

三、关于责任承担

1. 在国务院有关机动车第三者责任强制保险的法规颁布之前，人民法院可将现行强制投保的机动车第三者责任保险视为机动车第三者责任强制保险，适用《道路交通安全法》第76条来处理道路交通事故损害赔偿纠纷案件。

2. 机动车之间发生交通事故造成人身伤亡、财产损失的，超过第三者责任强制保险责任限额的部分，由有过错的一方当事人承担损害赔偿责任；双方当事人都有过错的，按照各自过错的比例承担损害赔偿责任；无法确定双方当事人过错的，平均分担赔偿责任。

3. 非机动车之间、非机动车与行人之间发生交通事故造成人身伤亡、财产损失的，由有过错的一方当事人承担损害赔偿责任；双方当事人都有过错的，按照各自过错的比例承担损害赔偿责任；无法确定双方当事人过错的，平均分担赔偿责任。

4. 机动车与非机动车、行人之间发生交通事故造成人身伤亡、财产损失的，超过机动车第三者责任强制保险的责任限额的部分，依照下列方式承担损害赔偿责任：

（1）非机动车一方当事人、行人没有过错的，由机动车一方当事人承担损害赔偿责任；

（2）非机动车一方当事人、行人有过错的，减轻机动车一方当事人的损害赔偿责任；

（3）交通事故完全是由于非机动车一方当事人、行人的过错所致，机动车一方当事人没有过错的，机动车一方当事人应按有关法律规定的最低比例、额度（10%－20%的比例）承担损害赔偿责任。

5. 机动车与非机动车、行人之间发生的交通事故是由非机动车一方当事人、行人故意造成的，机动车一方当事人不承担损害赔偿责任。

该机动车投保机动车第三者责任强制保险的，保险公司不承担赔付责任。保险公司已先行赔付的，有权予以追偿。

四、关于交通事故认定书

公安机关交通管理部门制作的交通事故认定书，在诉讼过程中可以作为证据使用。

001 公安部门制作的该份损害赔偿调解书是否应该撤销?[①]

案情

2004年8月27日13时30分左右，被告李某驾驶普通正三轮摩托车沿苏255线由南向北行驶至8KM+800M路段时，遇从公路东侧路口向西过公路的原告鞠某驾驶的二轮摩托车发生碰撞，致原告鞠某受伤，两车局部受损。此后，公安部门认定鞠某、李某负事故的同等责任。鞠某之伤经公安部门评定，构成九级伤残。2005年4月13日，经公安部门主持调解，鞠某与李某就赔偿事宜达成协议：李某按同等责任赔偿鞠某36350.48元损失中的18175.24元。李某赔偿了鞠某部分损失后，向鞠某出具了内容为欠鞠某事故余款壹万壹千元整的欠条。此后，李某未能按约给付鞠某赔偿款。2005年7月14日鞠某向法院提起诉讼，请求法院撤销公安部门制作的《交通事故损害赔偿调解书》，同时要求保险公司在第三者责任险限额范围内赔偿原告损失40758.43元。

李某驾驶的肇事正三轮摩托车于2004年7月29日在被告某保险公司投保了责任限额为人民币50000元的第三者责任险。保险期限自2004年8月1日零时起至2006年7月31日24时止。

---

① 摘编自鲍霞："公安部门制作的该份损害赔偿调解书是否应该撤销?"，载于江苏法院网案例评析频道，http://www.jsfy.gov.cn/cps/site/jsfy/index_content_a2006120820046.htm，最后访问于2008年10月5日。

二 结果

法院经审理查明：李某与鞠某所签订的《交通事故损害赔偿调解书》中对精神损害抚慰金及被扶养人生活费未作计算。同时法院认为：鞠某与李某经公安机关调解自愿达成调解协议，该协议合法有效，不存在《民法通则》所规定的可撤销之情形。所以，法院对鞠某提出的要求撤销该调解协议的诉讼请求不予支持。但该起事故发生在《道路交通安全法》实施之后，对鞠某的损失应当按照最高人民法院《关于审理人身损害赔偿案件适用法律若干问题的解释》来进行计算，在签订该调解协议时，鞠某已评定伤残等级，而在调解协议中对被扶养人生活费、精神损害抚慰金未作计算，鞠某亦未表示放弃，故对该两项应得的赔偿款项，以及李某尚欠的赔偿款11000元，应由保险公司一并赔偿。据此，法院作出如下判决：鞠某因交通事故受伤致残所造成的经济损失：被扶养人生活费1892.8元、精神损害抚慰金6000元，李某履行《交通事故损害赔偿调解书》尚欠的11000元，合计人民币18892.8元，由被告保险公司于判决生效后十日内在李某所投保的摩托车第三者责任保险限额范围内予以赔偿。

三 分析

本案审理中争议焦点集中在对本案中由公安机关制作的损害赔偿调解书是否应当撤销上。

调解解决交通事故，是指处理交通事故的公安交通管理部门的办案人员在查明交通事故的原因，认定交通事故责任、确定交通事故造成的损失情况后，召集当事人和有关人员在自愿、合法的原则下对损害赔偿进行公平协商，以解决赔偿纠纷的活动。公安机关对交通事故的调解有两种结果，即达成协议和未达成协议。协议达成后，由事故调解人员制作调解书，当事人应当主动履行协议内容；未达成协议的，由事故调解人员制作调解终结书，当事人可以向人民法院起诉。可见，公安机关的这种调解是对争议问题的一种自主调解。《中华人民共和国道路交通安全法》第74条的规定："对交通事故损害赔偿的争议，当事人可以请求公安机关交通管理部门调解，也可以直接向人民法院提起民事诉讼。经公安机关交通管理部门调解，当事人未达成协议或者调解书生效后不履行的，当事人可以向人民法院提起民事诉讼。"《中华人民共和国道路交通安全法实施条例》94条也规定："当事人对交通事故损害赔偿有争议，各方当事人一致请求公安机关交通管理部门调解的，应当在收到交通事故认定书之日起10日内提出书面调解申请。对交通事故致死的，调解从办理丧葬事宜结束之日起开始；对交通事故致伤的，调解从治疗终结或者定残之日起开始；对交通事故造成财产损失的，调解从确定损失之日起开始。"第95条规定："公安机关交通管理部门调解交通事故损害赔偿争议的期限为10日。调解达成协议的，公安机关交通管理部门应当制作调解书送交各方当事人，调解书经各方当事人共同签字后生效；调解未达成协议的，公安机关交通管理部门应当制作调解终结书送交各方当事人。交通事故损害赔偿项目和标准依照有关法律的规定执行。"

因此，交通事故中当事人就损害赔偿问题发生争议的，可以请求公安机关进行调解，但公安机关的调解是在尊重当事人的意愿的基础上，以中间人的身份进行的调解。它不是公安机关行使其行政权力的行为，也不是法律规定的处理交通事故的必经程序。

当事人双方在公安机关主持下达成的调解协议没有法律效力，当事人不能据此向法院请求强制履行，只能提起民事诉讼。法院在诉讼过程中应本着实事求是的原则对案件进行全面的审理，并以自己认定的事实为依据，认定当事人的责任和处理损害赔偿问题。

《中华人民共和国民法通则》第59条规定：下列民事行为，一方有权请求人民法院或者仲裁机关予以变更或者撤销：（一）行为人对行为内容有重大误解的；（二）显失公平的。被撤销的民事行为从行为开始起无效。本案的调解协议系鞠某与李某自愿达成，是双方当事人的真实意思表示，对双方都具有法律拘束力，不存在《中华人民共和国民法通则》中规定的可撤销情形，因此对鞠某提出要求撤销该调解协议的诉讼请求，应予驳回。

四 提示

交通事故中当事人就损害赔偿问题发生争议的，可以请求公安机关进行调解，但公安机关的调解是在尊重当事人意愿的基础上进行的。它不是公安机关行使其行政权力的行为，也不是法律规定的处理交通事故的必经程序。公安机关只是利用其对交通事故的责任、成因和损失的了解，凭借其在交通事故处理过程中的特殊地位，说服当事人达成损害赔偿协议，无权就交通事故中的损害赔偿问题代当事人作任何决定。交通事故当事人在调解过程中处于非常主动的地位，可以主动进行协商以达成协议，也可以请求公安机关进行调解或者放弃调解直接向法院起诉。

胜败关键

经有关部门主持，双方自愿达成的调解协议合法有效，不存在《民法通则》所规定的可撤销情形。协议中未赔偿的合理项目，受害人又未表示放弃的应当赔偿。

002 人民法院在民事诉讼中可否对交通事故责任认定进行附带司法审查?

一 案 情

2004年2月3日15时30分许，在北京市顺义区顺安路二啤东侧十字路口，被告张某与原告杨某发生交通事故，造成杨某受伤、两车损坏。事故发生后就有关赔偿问题协商未果，原告诉至法院要求被告赔偿医疗费等各种费用。被告辩称，发生交通事故的路口有红绿灯，而交通部门责任认定书引用了“车辆通过没有交通信号或交通标志控制的交叉路口必须遵守相对方向同类车相遇，左转弯的车让直行或右转弯的车先行”的条款，交通队引用该条款是错误的。此外，杨某事故后血液中酒精含量为204.6mg/100ml，属醉酒驾车并不是酒后驾车，交通部门引用法条错误，被告认为自己应该负次要责任。北京市公安局顺义分局交通支队对该交通事故认定：张某、杨某均负同等责任。

另查明，北京市顺义区顺安路二啤东侧十字路口事故发生前已设置交通信号灯，双方车辆相对行驶时信号灯均为绿灯，使用状况正常。杨某在发生交通事故时血液中酒精含量为204.6mg/100ml，确属醉酒驾车。

二 结 果

法院根据上述事实和证据认为，交通事故的责任者应当按照所负交通事故责任承担相应的赔偿责事故前未能充分注意到相对方向直行车辆也是本案交通事故发生的原因之一，但与原告醉酒驾车相比较过错次于原告，应负次要责任。

中级人民法院审理后认为：本案中争议的焦点是事故中责任划分是否适当的问题。根据查明的事实及证据，在此事故中交通管理部门认定了双方负同等责任，原审法院认定杨某应负主要责任，张某应负次要责任，此认定是客观、公平、适当的。综上所述，原审法院对本案认定事实清楚，适用法律正确、处理恰当，应予维持。

三 分析

交通事故责任认定，是指由公安交通管理机关根据事故事实和法律制作的认定事故各方当事人责任的一种法律文书。它是事故当事人解决事故民事赔偿、申请重新认定、追究行政责任和刑事责任的依据。道路交通事故责任认定书应当载明以下内容：当事人的基本情况；交通事故的主要事实；造成交通事故的主要原因；当事人的违章行为和认定违章行为的有关法律条款；当事人应负的交通事故责任。本案中，交通队在处理交通事故的过程中未注意到事故发生地设置有交通信号灯，而经法院审理查明该处设置有交通信号灯，因此，法院根据查明的事实确认，本案中的交通事故责任认定存在违法性。

根据 1992 年 12 月 1 日公安部和最高人民法院联合下发的通知，当事人仅就公安机关作出的道路交通事故责任认定不服，向人民法院提起行政诉讼或民事诉讼的，人民法院不予受理。当事人对作出的行政处罚不服提起行政诉讼或就损害赔偿问题提起民事诉讼的，人民法院经审查认为公安机关所作出的责任认定确属不妥，则不予采信，以人民法院审理认定的案件事实作为定案的依据。

人民法院在民事诉讼中对交通事故责任认定进行附带司法审查，包括三个方面的内容：一是审查交通事故发生的事实是否与公安机关认定的事实相符。二是审查各方应负的责任是否与公安机关认定的责任相符。三是根据交通事故发生的事实，核对公安机关在适用法律方面是否准确。

本案中，原告杨某存在驾驶员驾车不能的情形而仍然驾车；而被告所驾车辆虽然数年未经审验，但经鉴定并不存在发生交通事故的危险。二者相比，原告杨某的过错大于被告张某。被告张某的过错在于行驶过程中未充分注意到相对方向之直行车辆，未及时避让。虽然被告张某的这一过失并不违反法律的禁止性规定，但从《民法通则》等民事法律所确定的法理来看，车辆属于高速运转的工具，对社会大众存在一定的危险性，因而法律要求驾驶员具有高度的谨慎驾驶义务。据此，原审法院认定原告醉酒驾车，是本案交通事故发生的主要原因，应负主要责任。被告系多年驾龄的驾驶员，驾驶数年未审验的机动车上路行驶，且在事故前未能充分注意到相对方向直行车辆也是本案交通事故发生的原因之一，但与原告醉酒驾车相比较过错次于原告，应负次要责任。

四 提 示

在民事诉讼中，当事人仅就公安机关作出的道路交通事故责任认定不服，向人民法院提起行政诉讼或民事诉讼的，人民法院不予受理。但当事人对作出的行政处罚不服提起行政诉讼或就损害赔偿问题提起民事诉讼的，人民法院经审查认为公安机关所作出的责任认定确属不妥，则不予采信，以人民法院审理认定的案件事实作为定案的依据。因此，在特定情况下，人民法院在民事诉讼中可以对交通事故责任认定进行附带司法审查。

胜败关键

原告醉酒驾车，是本案交通事故发生的主要原因，应负主要责任，被告系多年驾龄的驾驶员，驾驶数年未审验的机动车上路行驶，且在事故发生前未能充分注意到相对方向的直行车辆也是本案交通事故发生的原因之一，但与原告醉酒驾车相比较过错次于原告，应负次要责任。

003 法院如何处理救死扶伤反被索赔案?[1]

一 案 情

06 年 12 月中旬的一个晚上，60 岁的王某骑自行车在公路上正常行驶，在一交叉路口被一辆汽车从侧后方刮倒。倒地时，头部撞上路边的石桩，当场昏倒，肇事司机逃逸。后张某路过发现，并将其送往医院抢救。被害人家属赶到医院，双方就医疗费问题发生争议。张某向法院提起诉讼，要求被害人偿还自己先行垫付的医疗费。而被害人也提出反诉，要求张某承担侵权责任，并承担所有医疗费用。

由于案发当时张某只是送被害人去医院，没有报案。诉讼至法院时，现场已经被破坏，且无法获取有效证人证言。对于应该如何认定事故责任、做出判决，当事人双方观点截然不同。

张某认为：自己作为第三者，看见王某受伤倒地，情况严重，才把他送到医院及时救治，是救死扶伤行为，其先行垫付的医药费应该由被害人家属偿还。

被害人家属认为：自己亲人王某本来好好的，突然就被张某送到医院救治，病情严重。肯定是张某撞伤了王某，才将她送来救治的，因此，不应该由被害人家属偿还垫付的医疗费，同时，继续治

① 摘编自陆磊："法院公断救死扶伤反被索赔案——小议举证责任的分配"，载于江苏法院网案例评析频道，http：//www. jsfy. gov. cn/cps/site/jsfy/index_ content_ a2007012521398. htm，最后访问于2008 年10 月5 日。

疗的医药费仍得由张某来承担。

二 结果

在分析该案件时，我们发现现场早已被破坏，肇事司机也已经逃逸，无法从现场获得任何对本案有用的证据。张某的车没有受撞的痕迹，但事发时，肇事车辆也只是刮了被害人，被害人倒地撞到石桩才受伤的，因此，不能简单通过检验张某的车是否有受撞痕迹来判断其是否撞了被害人。在诉讼双方都无法提供有利证据时，法院如何来审理这个案件呢?

通过举证责任的分配，法院对案件进行了分析，判定：被害人的医疗费用由被害人自行负担，张某不承担法律责任。

三 分析

该案存在两个法律关系。一个是侵权法律关系，即张某撞伤被害人王某，侵犯了王某的生命健康权。一个是债权债务法律关系，即张某先行垫付医疗费，从而在张某与王某之间形成的债权债务关系。而侵权法律关系是否成立直接关系着债权法律关系是否成立。

根据谁主张，谁举证的法律原则，被害人及其家属需要举证证明张某即是本案的侵权人。本案中，虽然被害人是由张某送来医院的，但不能由此证明张某即肇事者。被害人及其家属没有更多证据来证明张某为肇事者，因此其诉讼请求不被支持。由此，本案的债权法律关系成立，张某可以依据其为王某先行垫付的医疗费票据凭证、其送王某到医院的证人证言和王某住院的实际现状等证据使其诉讼请求得到法院的支持。

四 提示

一起看似复杂的救死扶伤反被索赔案，被法官正确运用举证责任分配而成功审理结案，这给目前社会上经常发生的见义勇为而导致的英雄流血又流泪的尴尬事件的处理提出了一个可行的解决办法。

胜败关键

根据谁主张，谁举证的法律原则，通过举证责任的分配，被害人及其家属没有更多证据来证明张某为肇事者，因此其诉讼请求不被支持。

004 搭便车受伤能否请求赔偿？

一 案情

2007 年 5 月 7 日，赵某驾驶一辆小型货车出去办事，途中遇熟人王某请求搭便车回家，赵某经王某强烈请求后答应让其搭乘。途中赵某的小货车与田某所驾车辆相撞致王某受伤。交通事故责任认定书认定，赵某负事故全部责任，田某无责任，王某无责任。对于王某受伤导致的费用，赵某拒不赔偿，王某遂将赵某诉至法院，要求其赔偿医药费等相关费用。

二 结果

法院经审理认为，赵某允许王某搭便车，双方之间已经形成好意同乘关系。在途中，赵某与他人发生交通事故致王某受伤，且赵某负事故全部责任，应承担侵权责任。但由于王某明知货车不宜载人而强烈要求搭乘，本身也存在一定过错，应适当减轻赵某的民事责任。故判决，赵某承担事故 60% 的赔偿责任，王某承担事故 40% 的赔偿责任。

三 分析

本案涉及机动车损害赔偿法律制度中的好意同乘问题。所谓好意同乘，是指司机好意并无偿的邀请、允许他人搭乘该机动车的行为。好意同乘人与有偿同乘者不同，当同乘者有偿搭乘他人车辆并在搭乘过程中因交通事故造成人身伤害或财产损失的，同乘者既可以选择侵权赔偿也可以选择合同违约请求赔偿。而无偿搭乘者搭乘的机动车并非为营利目的让其搭乘，而是为了机动车驾驶者的目的行驶，搭乘者的目的与机动车行驶的目的仅仅是巧合，或者仅仅是顺路而已。好意同乘的双方不构成客运合同。因为合同成立需当事人达成合意，而好意同乘的机动车驾驶人往往是基于亲戚、朋友关系而给予要求搭车者无偿帮助，并没有搭乘客运合同的意思表示，也无法律上的效果意思，因此客运合同并不成立。

但需要注意的是，搭乘为专门迎送顾客或他人而营利的机动车，即使是无偿搭乘，也不是搭便车，不属于好意同乘。同时，构成好意同乘的同乘者应当经过机动车驾驶人的同意，未经同意而搭乘的，不是好意同乘。

好意同乘情形下发生交通事故导致同乘人受伤，机动车驾驶人是否承担民事赔偿责任，要视不同的情形：第一，如果交通事故是由于对方车辆造成的，应当由对方车辆承担损害赔偿责任，机动车驾驶人不承担损害赔偿责任。第二，如果交通事故是由于搭乘好意同乘者的机动车驾驶人单方造成的，由车辆驾驶员作为民事赔偿主体，承担民事责任。第三，如果交通事故是由于对方车辆和所搭乘的机动车双方责任造成的，则对方车辆驾驶人和所搭乘车辆驾驶人构成共同侵权。同乘人可以要求共同侵权人承担赔偿责任，但是对于所搭乘车辆驾驶人的索赔适用第二种情形。第四，若好意同乘人明知司机已酗酒、无驾驶执照仍要求同乘，或者有教唆司机超速、搭载，搭乘禁止载客车辆等情况的，好意同乘人也具有过失，均可构成过失相抵的事由，从而可以减轻或者免除驾驶人或者车辆所有人的民事赔偿责任。

《最高人民法院关于审理人身损害赔偿案件适用法律若干问题的解释》第 2 条规定："受害人对同一损害的发生或者扩大有故意、过失的，依照《民法通则》第 131 条的规定，可以减轻或者免除赔偿义务人的赔偿责任。但侵权人因故意或者重大过失致人损害，受害人只有一般过失的，不减轻赔偿义务人的赔偿责任。适用《民法通则》第

106 条第 3 款规定确立赔偿义务人的赔偿责任时，受害人有重大过失的，可以减轻赔偿义务人的赔偿责任。”本案中，王某受伤是赵某违反交通安全法规造成的，因此，法院依法判决赵某承担 60% 的民事赔偿责任是符合法律规定的。

四 提示

搭便车在我们的日常生活中很常见，在驾驶人看来只是为朋友帮个忙，搭乘人往往也认为只是请朋友顺便帮个忙。所以，搭乘人因为搭便车发生交通事故遭受人身损害或财产损失后（尤其是被搭乘车辆驾驶人的责任导致的交通事故），驾驶人认为不应对搭乘人进行赔偿，搭乘人也往往自认倒霉，自掏腰包承担损失，殊不知即使是无偿搭乘，搭乘人的权益也是收到法律保护的。搭乘人可以根据交通事故责任的不同，明确赔偿主体，要求其承担侵权责任。

胜败关键

赵某允许王某搭便车，双方之间已经形成好意同乘关系。在途中，赵某与他人发生交通事故致王某受伤，且赵某负事故全部责任，应承担侵权责任。但由于王某明知货车不宜载人而强烈要求搭乘，本身也存在一定过错，应适当减轻赵某的民事责任。

005 车祸损害性功能，法院能判赔吗？[①]

一 案情

2004年12月的一天上午11时35分左右，林某（受害人）驾驶二轮摩托车途经县某公路由南向北行驶时，朱某（肇事人）正驾驶4号轿车经该公路由北向南行驶。在一加油站北侧，两车发生碰撞，事故致林某身体受伤，两车受损。林某受伤后，被送往当地一家医院治疗，共住院40天，被诊断为：1. 性功能受损；2. 马尾神经部分损伤；3. 会阴部软组织挫伤。

出院后，林某陆续前往多家医院就诊。2005年9月23日，当地一权威医院为林某作出病情鉴定，诊断结论为：1. 马尾神经部分损伤；2. 会阴部软组织挫伤。医嘱：1. 伤后休息两个月，护理1人1个半月；2. 双下肢行走功能部分受损；3. 性功能受损。2005年11月18日，林某被鉴定为十级伤残。

2004年12月20日，交警部门对本起事故作出责任认定书，认定林某负事故的次要责任，朱某负事故的主要责任。

事故处理中查明，2004年5月，县一财产保险公司为朱某驾驶的肇事机动车辆设定了第三者责任保险，最高保额为200000元。

2005年11月7日，林某一纸诉状将保险公司和肇事人朱某告上

① 摘编自钱军、卢义林："车祸损害性功能，法院判赔四千元"，载于江苏法院网案例评析频道，http：//www. jsfy. gov. cn/cps/site/jsfy/index_ content_ a2006040415375. htm，最后访问于2008年10月5日。

法庭。

原告林某诉称，被告朱某将我撞伤后，导致我性功能受损、马尾神经部分损伤、会阴部软组织挫伤。交警部门认定我负事故的次要责任，朱某负事故的主要责任。由于事故造成的伤害，我精神遭受了较大的痛苦，现要求被告除赔偿其它损失外，依法赔偿我精神损害抚慰金4000元。

被告保险公司辩称，我公司只同意在第三者责任限额范围内根据保险合同对原告林某的损失进行赔偿。

被告朱某辩称，原告林某的损失应当由被告保险公司赔偿。

二 结果

县法院审理后认为：原告林某在事故中身体受到伤害，有权依法获得赔偿。由于被告保险公司为被告朱某驾驶的肇事机动车辆设定了第三者责任保险，故被告保险公司应当在第三者责任保险限额范围内对原告林某承担赔偿责任。事故中，原告林某遭到包括性功能受损在内的多处伤害，并构成十级伤残，其精神受到一定程度的伤害，所主张的4000元精神抚慰金应予支持，遂依照《中华人民共和国道路交通安全法》、《最高人民法院关于审理人身损害赔偿案件适用法律若干问题的解释》和《最高人民法院关于确定民事侵权精神损害赔偿责任若干问题的解释》的有关规定，作出了前述判决。

一审判决后，被告保险公司不服，提出上诉，但未按规定预交二审案件受理费，被中院裁定按撤回上诉处理，原审判决即发生法律效力。

三 分析

《民法通则》现有关于精神赔偿的规定范围较窄，只有生命健康权、姓名权、名誉权、荣誉权、肖像权等受到侵害时才能索赔，性权利受到伤害能否要求精神损害赔偿没有明确规定。《最高人民法院关于确定民事侵权精神损害赔偿责任若干问题的解释》第1条规定，自然人因下列人格权利遭受非法侵害，向人民法院起诉请求赔偿精神损害的，人民法院应当依法予以受理：（一）生命权、健康权、身体权；（二）姓名权、肖像权、名誉权、荣誉权；（三）人格尊严权、人身自由权。违反社会公共利益、社会公德侵害他人隐私或者其他人格利益，受害人以侵权为由向人民法院起诉请求赔偿精神损害的，人民法院应当依法予以受理。该解释中既没有明确规定性权利，也没有规定性权利属于哪种权利。性是构成每个人完整人格的一部分，遭遇车祸而损害性功能，是性权利受到侵害，完全有理由要求精神损害赔偿。

在精神抚慰金的数额方面，原告林某因车祸发生性功能受损，受到的精神痛苦远非金钱所能补偿，但是权利无价，考虑到林某已年近50岁，其本人也仅主张4000元精神抚慰金，法院支持了他的诉讼请求。

四 提示

我国《道路交通安全法》第76条规定，机动车发生交通事故造成人身伤亡、财产损失的，由保险公司在机动车第三者责任强制保险责任限额范围内予以赔偿。《最高人民法院关于审理人身损害赔偿案件适用法律若干问题的解释》第18条规定，受害人或者死者近亲属遭受精神损害，赔偿权利人向人民法院请求赔偿精神损害抚慰金的，适用《最高人民法院关于确定民事侵权精神损害赔偿责任若干问题的解释》予以确定。

006 客运合同纠纷之精神损害赔偿应否支持?①

一 案情

原告王某系徐州市贾汪区英才中学学生，其父母均为徐州市贾汪区紫庄镇农民。2006年12月2日16时许，王某与其他英才中学的部分学生乘坐徐州市营发客运有限公司（以下简称营发客运公司）的苏C15040号客车由其就读的英才中学回家，并购买了车票。当日16时10分，肖某驾驶山东H78731拖拉机变型运输车，沿206国道由南向北行驶至669KM+500M处时，由于注意力不集中在驾车时因有其他妨碍安全驾驶的行为，刹车后驶入公路左侧，与由北向南行驶的王某乘坐的苏C15040号大型普通客车相撞后，又与由北向南行驶的杜某驾驶的苏03-11322号拖拉机相撞，造成王某等16名英才中学的学生不同程度受伤。后经徐州市公安局贾汪分局交巡警大队现场勘查，调查取证，认定肖某负此次事故的主要责任，营发客运公司苏C15040客车驾驶员陈某负次要责任，杜某无责任，王某等16名受伤乘客无责任。

事故发生当日，原告王某被送至徐州矿务局第二医院住院治疗，诊断为双下肢软组织挫伤，于2006年12月28日出院，住院27天，

① 摘编自周洪生、薛安银："客运合同纠纷之精神损害赔偿应否支持——王某诉徐州市营发客运有限公司公路旅客运输合同纠纷案"，载于江苏法院网案例评析频道，http：//www.jsfy.gov.cn/cps/site/jsfy/index_content_a2007090328026.htm，最后访问于2008年10月5日。

共计医疗费用5180.90元。2007年1月29日，王某诉至法院请求判令被告营发客运公司赔偿医疗费、护理费等5800元，精神抚慰金8000元。

二 结果

法院经审理认为，原告王某乘坐被告营发客运公司客车，并向营发客运公司购买了车票，应认定原、被告之间的客运合同依法成立，并发生法律效力，营发客运公司负有在合理期间内将王某安全运送到目的地的责任。营发客运公司在运输过程中，由于驾驶员的过错导致王某身体受到伤害，营发客运公司应承担全部赔偿责任。由于原告王某系在校学生，因乘坐被告经营的客车发生交通事故，身体遭受伤害，学习受到影响，精神上也受到一定的伤害，原告所主张的精神抚慰金可酌定为3000元。据此，判决被告营发客运公司赔偿原告王某医疗费、护理费及精神抚慰金等合计8800元。

宣判后，营发客运公司不服，上诉称：本案系公路运输合同纠纷，依《中华人民共和国合同法》第122条规定，其已经选择依据运输合同要求上诉人承担违约责任，原审法院也是按合同纠纷进行立案和审理。因此，上诉人只能依据合同承担违约损害赔偿责任，原审法院判决承担3000元精神抚慰金无法律依据。

二审法院审理后认为，王某系在校学生，因乘坐营发客运公司经营的客车发生交通事故，身体受到伤害，学习受到影响，获得适当的精神损害赔偿是合情合理的，原审法院酌定王某的精神抚慰金3000元并无不当。据此作出判决：驳回上诉，维持原判。

三 分析

在本案中，当事人双方争议的焦点是被告承担的违约责任中应否包括精神损害赔偿责任。

本案中，原告从乘坐被告的车辆那一刻起，双方即形成了运输服务合同关系，被告将原告运送到指定的地点下车，原告支付车费。按照该合同交易性质，被告有义务将原告安全运送到目的地。《合同法》虽然没有明确这一规定，但原告一旦坐上被告的车，原告的人身安全更多的就交给了被告。因为具体的安全措施只有被告才能实施，只有被告才能避免危险，被告几乎掌握着原告的人身安全，如果被告只是为了获得车费而不顾原告的人身安全，这无论在法律上还是在道德上都是不能容忍的，故被告有安全护送原告的义务。这是根据合同的性质派生出来的合同义务，这种义务不是合同的主要义务而是附随义务，被告应当遵守，所以被告违约是显然的。

在被告承担的违约责任中应当包括精神损害赔偿责任。精神损害赔偿主要是给予受害人精神抚慰，给予相应的经济补偿，这是精神损害赔偿的填补功能；对加害人给予制裁，体现了精神损害赔偿的惩罚功能。在合同关系中，一方当事人违约，应赔偿对方当事人因此遭受的全部损失，包括直接损失和间接损失，但不应超过当事人订立合同时所能预见到的损失。对于客运合同而言，乘客在运输过程中受伤，其直接损失易于确定，但间接损失的确定存在较大争议。客运合同与以商品作为标的物的合同有很大不同。因为人的尊严、人的价值是首要的。因此，对客运合同纠纷的处理不能完全套用以商品作为标的物的合同处理模式。但客运合同的承运人违约，无疑也应当赔偿直接损失和间接损失。因为就客运合同而言，乘客在运输途中出现伤亡事件，是作为承运人所能预见到的正常风险。人身伤亡所造成的损失主要是当事人及其亲人精神上的巨大痛苦。而人的生命健康是无价的，痛苦是无形的，人们找不到准确的衡量标尺，对此种损失难以作定量分析，只能用给与一定经济补偿的办法来救济。在人身伤亡之后给予一定的经济补偿，至少在一定程度上体现了法律的人文关怀，是对人的价值的尊重，也是对当事人及其亲属的一种抚慰。因此，客运合同损害赔偿案件中的赔偿范围应当包括精神损害赔偿责任。

本案中被告营发客运公司并没有安全地将原告送至目的地，而是造成原告的人身损害，由于原告系在校学生，学习受到了影响，身体遭受了痛苦，被告对原告精神上造成的损害是完全可以预见到的，而且客运公司在营运过程中均投保了车上人员责任险，可见，客运公司对其违约所造成的精神损害并非没有预见。

四 提 示

公路客运的车辆在运输途中发生交通事故，造成乘客身体伤害，此时发生违约责任与侵权责任的竞合。若乘客选择侵权损害赔偿之诉，则按照最高人民法院相关司法解释的规定，对乘客所受的精神损害应当予以赔偿；如果乘客选择客运合同违约之诉，对其所造成的精神损害，也应当按照规定给予赔偿。

胜败关键

原告乘坐被告客车，并购买了车票，应认定原、被告之间的客运合同依法成立，运输过程中，由于驾驶员的过错导致原告身体受到伤害，客运公司违反了在合理期间内将原告安全运送到目的地的责任，对原告所受的身体损害和精神损害都应承担赔偿责任。

007 下班途中非合理时间内死亡的，能否认定为工伤？[①]

一 案情

刘志付系原告某矿业开发贸易有限公司职工。2004 年 8 月 21 日晚，刘志付在上夜班过程中，向夜班长请假，称“因有事要求提前下班”，经准许后 8 月 22 日早晨 6 时 30 分左右，刘志付上井离开工作岗位。当日适逢大雨，10 时左右刘志付骑自行车行至苏 323 线 179K +680M 处，横过马路时发生机动车事故，当场死亡。2005 年 6 月 7 日，刘志付之妻石启侠向被告徐州市劳动和社会保障局申请工伤认定，被告受理后，向原告某矿业开发贸易有限公司送达了举证通知书，原告在举证期限内提出异议并举证。被告审查后，于 2005 年 8 月 7 日作出徐劳社伤认字（2005）第 0487 号《职工工伤认定决定书》，认定刘志付死亡为工伤。原告不服，申请行政复议，复议机关维持该工伤认定。原告遂以徐州市劳动和社会保障局为被告提起行政诉讼。

原告诉称，刘志付当日是早退，不是正常下班，刘志付 6 时离矿，死亡时间为 10 时，事故发生地距矿仅 7 公里的路程，骑车仅需 30 分钟，不符合“下班途中在合理时间内经过合理路线”的规定。

① 摘编自王平：“他的死亡能否认定工伤?”，载于江苏法院网案例评析频道，http：//www. jsfy. gov. cn/cps/site/jsfy/index_ content_ a2006120619954. htm，最后访问于 2008 年 10 月 5 日。

故被告作出的工伤认定事实和适用法律均错误，请求依法撤销工伤认定决定书。

被告辩称，原告在工伤认定举证过程中所提供的证据仅能证明刘志付在事发当天提早上井，无证据证明是办完私事后回家，不能证明刘志付的死亡不属于《工伤保险条例》第 14 条第（6）项规定的情形。故被告工伤认定事实清楚、证据确凿、适用依据正确、程序合法，请求依法予以维持。

第三人述称，被告工伤认定事实清楚、证据确凿、适用依据正确、程序合法，请求依法予以维持。

二 结 果

法院经审理后认为，刘志付作为原告单位的职工，与原告存在劳动关系。出庭证人孙玉、许德能够证实“刘志付向夜班长请假，提前离开工作岗位”的事实，原告在诉状中称“刘志付当日早退，不是正常下班”的理由，依法不予支持。关于刘志付发生机动车事故死亡，应否认定工伤的问题，国务院《工伤保险条例》第 14 条第（6）项规定“在上下班途中，受到机动车事故伤害的”应当认定为工伤。江苏省劳动和社会保障厅《关于实施〈工伤保险条例〉若干问题处理意见》第 15 条对上述条款解释为“上下班途中，应是合理时间内经过合理路线”。就本案而言，刘志付 6 时 30 分左右离开工作岗位，10 时左右发生机动车事故，鉴于刘志付已经死亡，无法查清个中原因，只能根据现有的证据进行分析判断。从证据看，证人孙玉、许德仅能证实刘志付 6 时 30 分左右提前上井，不能证实刘志付何时离开厂区，亦不能证实刘志付下班后是否从事其他活动；事故发生地点是刘志付从工作单位回家所需经过的路线，刘志付从厂区返家有多条路线选择，原告辩称的路线即使是最佳路线，也不能排除刘志付从其他路线返家的可能性；不容忽视的客观因素是事发当日大雨，而非正常天气，人的行动受到一定的限制，不能以正常的逻辑推理出刘志付回家的合理时间和合理路线。故原告辩称“不是在合理时间内经过合理路线”的理由依法不予支持。从举证责任看，根据《工伤保险条例》第19条第2款规定“职工或者其直系亲属认为是工伤，用人单位不认为是工伤的，由用人单位承担举证责任”，原告对“刘志付提前下班办私事”的主张负有举证责任，而原告在行政程序和本次诉讼中均未能提供“刘志付外出办私事”的证据，应当承担举证不能的法律后果。对刘志付死亡认定工伤，符合《工伤保险条例》第14条第（6）项的规定，亦符合我国劳动保护中的“最大可能地保障主观上无恶意的劳动者在劳动中遭受的事故伤害”这一法律原则和精神。故被告工伤认定事实清楚、适用法律正确、程序合法，依照《中华人民共和国行政诉讼法》第54条第（1）项之规定，判决：维持被告徐州市劳动和社会保障局作出徐劳社伤认字（2005）第0487号《职工工伤认定决定书》。案件受理费100元，由原告某矿业开发贸易有限公司负担。

原告不服一审判决，向徐州市中级人民法院上诉称，原审法院认定刘志付当日发生交通事故的地点是从工作单位回家所需经过的路线属认定事实错误，是在被上诉人主张三条线路都经过出事地点的误导下作出的错误判决。上诉人原审中出具的线路图客观真实，能够推导出刘志付下班不是直接回家的事实，原审法院扩大了上诉人的举证责任。请求二审法院依法改判。

二审认为，原审法院运用证据学的基本原理、证据规则的原则和理念，对案件的全部证据进行综合分析、审核，认定案件事实，将“待证事实”提升至从法律的角度被认为是真实程度的“法律事实”，认定事实清楚，适用法律正确。上诉人某矿业公司在行政程序和本次诉讼中均未能提供“刘志付外出办私事”的证据，应当承担举证不能的法律后果。依据《中华人民共和国行政诉讼法》第61条第（1）项之规定，判决：驳回上诉，维持原判。

三 分析

一般的人身损害赔偿责任由过错方承担，双方都有过错的，按过错的主次承担，双方都无过错的，按公平原则分担。而工伤事故损害赔偿则由社会保险经办机构或在用人单位不参加保险时由用人单位承担全部赔偿责任，不以用人单位有无过错为条件，只要认定其损害属于工伤即可。因此认定受害人所受损害是否属于工伤，是处理案件的关键问题之一。依照《工伤保险条例》的有关规定，应当认定为工伤的情形有：（一）在工作时间和工作场所内，因工作原因受到事故伤害的；（二）工作时间前后在工作场所内，从事与工作有关的预备性或者收尾性工作受到事故伤害的；（三）在工作时间和工作场所内，因履行工作职责受到暴力等意外伤害的；（四）患职业病的；（五）因工作外出期间，由于工作原因受到伤害或者发生事故下落不明的；（六）在上下班途中，受到机动车事故伤害的；（七）法律、行政法规规定应当认定为工伤的其他情形。应当视同工伤的情形有：（一）在工作时间和工作岗位，突发疾病死亡或者在48小时之内经抢救无效死亡的；（二）在抢险救灾等维护国家利益、公共利益活动中受到伤害的；（三）职工原在军队服役，因战、因公负伤致残，已取得革命伤残军人证，到用人单位后旧伤复发的。职工有第（一）、（二）项情形的，按有关规定享受工伤保险待遇；职工有第（三）项情形的，按有关规定享受除一次性伤残补助金以外的工伤保险待遇。不得认定为工伤或者视同工伤的情形有：（一）因犯罪或者违反治安管理伤亡的；（二）醉酒导致伤亡的；（三）自残或者自杀的。职工发生事故伤害或者按照职业病防治法规定被诊断、鉴定为职业病，所在单位应当自事故伤害发生之日或者被诊断、鉴定为职业病之日起30日内，向统筹地区劳动保障行政部门提出工伤认定申请。遇有特殊情况，经报劳动保障行政部门同意，申请时限可以适当延长。用人单位未按规定提出工伤认定申请的，工伤职工或者其直系亲属、工会组织在事故伤害发生之日或者被诊断、鉴定为职业病之日起一年内，可以直接向用人单位所在地统筹地区劳动保障行政部门提出工伤认定申请。劳动保障行政部门应当自受理工伤认定申请之日起六十日内作出工伤认定的决定，并书面通知申请工伤认定的职工或者其直系亲属和该职工所在单位。职工发生工伤，经治疗伤情相对稳定后存在残疾，影响劳动能力的，应当进行劳动能力鉴定，劳动能力鉴定是反映劳动功能障碍程度和生活自理障碍程度的等级鉴定。劳动功能障碍分为十个伤残等级，最重的为一级，最轻的为十级。生活自理障碍分为三个等级：生活完全不能自理、生活大部分不能自理和生活部分不能自理。劳动能力鉴定由用人单位、工伤职工或者其直系亲属向设区的市级劳动能力鉴定委员会提出申请，并提供工伤认定决定和职工工伤医疗的有关资料。设区的市级劳动能力鉴定委员会收到劳动能力鉴定申请后，应当以其建立的医疗卫生专家库中随机抽取三名或者五名相关专家组成专家组，由专家组提出鉴定意见。设区的市级劳动能力鉴定委员会根据专家组的鉴定意见作出工伤职工劳动能力鉴定结论；必要时，可以委托具备资格的医疗机构协助进行有关的诊断。设区的市级劳动能力鉴定委员会应当自收到劳动能力鉴定申请之日起六十日内作出劳动能力鉴定结论并及时送达申请鉴定的单位和个人。人民法院在认定工伤属性时，不仅要从事实方面把握，而且要从上述程序方面进行审查，若发现受害人尚未申请工伤认定和劳动能力鉴定，应告知其按《工伤保险条例》有关规定办理。

享受工伤待遇的主体为我国境内各类企业的职工和个体工商户的雇工，只要与用人单位存在劳动关系，不论何种用工形式、用工期限、有否订立书面劳动合同，都可适用工伤保险赔偿。此范围之外的劳动者，如国家机关和依照国家公务员制度进行人事管理的事业单位、社会团体的工作人员在执行职务中受到人身损害，不适用工伤保险的规定，而应由其所在单位支付费用。不以营利为目的的私有制法人、其他组织以及自然个人的雇工，比如家庭保姆因工作遭受事故伤害的，也不适用工伤保险的规定，应当由雇主承担赔偿责任。

本案中，对于刘志付请假提前下班 3 个半小时后发生机动车事故应否认定为工伤存在争议，根据《工伤保险条例》第 19 条第 2 款规定

“职工或者其直系亲属认为是工伤，用人单位不认为是工伤的，由用人单位承担举证责任”。上述规定明确将该举证责任分配给用人单位。因此本案原告对刘志付不是工伤的主张负有举证责任，否则应当承担举证不能的法律后果。

四 提 示

《工伤保险条例》较之1996年劳动部颁布的《企业职工工伤保险试行办法》，有其进步的一面，但其采取列举式界定工伤的范围，立法上缺乏科学性，实践中不便操作，既增加了工伤认定的难度，又导致劳动保障部门“自由裁量权”过大，不利于对劳动者的保护。建议完善立法，在对工伤的界定上，宜粗不宜细，只要是职工因工作原因受到的事故伤害都应纳入工伤认定范畴，同时采取排除式，排除不应认定工伤的情形，这样将给执法者留出更大的法律适用空间，真正实现对劳动者的法律保护。同时充分发挥司法解释和行政解释的补充作用，确保执法、司法尺度的统一。

胜败关键

职工或者是直系亲属认为是工伤，用人单位不认为是工伤的，由用人单位承担举证责任，原告对“刘志付提前下班办私事”的主张负有举证责任，而原告在行政程序和本次诉讼中均未能提供“刘志付外出办私事”的证据，应当承担举证不能的法律后果。

008 职工交通事故获赔，工伤保险如何享受?[①]

一 案情

2004年12月23日19时许，钢绳厂职工黄某（被告）骑自行车在上班途中与驾驶二轮摩托车的唐某发生交通事故，致黄某右胫腓骨下段粉碎性骨折，后被送到南通瑞慈医院住院手术治疗27天。住院期间的医疗费用12652.05元，均由黄某借款后自付，钢绳厂分文未付。出院时医院出具证明，认为黄某应于术后一年行取钢板术，费用约6000元至7000元。2005年1月6日，南通市公安局交通巡逻警察支队作出《交通事故认定书》，认定在该事故中，唐某应承担全部责任，黄某无责任。2005年1月31日，经交警大队调解，被告与唐某签订了《交通事故损害赔偿调解书》，约定由唐某赔偿被告医药费、误工费、护理费等损失15000元，被告领取了该笔赔偿款。

2005年9月1日，南通市劳动和社会保障局作出《工伤认定书》，认定被告所受伤害为工伤。2005年11月8日，南通市劳动能力鉴定委员会认定被告构成8级伤残。

被告为工伤待遇向有关劳动争议仲裁委员会申请仲裁，仲裁委员会于2006年1月23日作出裁决：一、钢绳厂向黄某支付停工留

① 摘编自陈健全："职工交通事故获赔，工伤保险如何享受?"，载于江苏法院网案例评析频道，http://www.jsfy.gov.cn/cps/site/jsfy/index_ content_ a2006042915804.htm，最后访问于2008年10月5日。

薪工资、一次性伤残补助金、住院伙食补助费、护理费、他人垫付的工伤治疗费等合计31635.55元，扣减黄某已获得的交通事故损害赔偿15000元，钢绳厂实付16635.55元；二、钢绳厂向黄某预付工伤再次手术医疗费6000元；三、钢绳厂向黄某支付一次性工伤医疗补助金及伤残就业补助金合计39219.6元，双方终止劳动关系。

钢绳厂不服该裁决，又诉至法院。原告钢绳厂诉称：被告黄某在原告不知情的情况下，擅自与唐某达成调解仅得到15000元的赔偿款，损害了原告利益，故原告对工伤赔偿数额与侵权赔偿协议差额部分不承担赔偿责任。请求法院判决本次工伤赔偿金为6000元。

被告黄某辩称：交通事故人身损害赔偿与工伤赔偿系两个法律关系，被告与唐某达成的调解是在公安机关主持下达成的，是有效的协议，无须原告参加，谈不上损害了原告的利益，对工伤赔偿数额与侵权赔偿协议差额部分原告应承担赔偿责任。请求驳回原告的诉讼请求。

二 结 果

对被告与侵权人达成赔偿协议是否侵害了原告的权益，即原告是否就工伤赔偿数额与侵权赔偿协议差额部分承担赔偿责任的问题，一审法院认为：工伤保险属于社会保险范畴，与民事损害赔偿性质上存在根本的差别。工伤保险是现代工业文明的一项重要制度，是国家和社会运用立法强制实施的为在生产、工作中遭受意外事故或职业病伤害的劳动者及其家属提供医疗服务、生活保障、经济补偿等物质帮助的制度。作为企业来讲，参加工伤保险即可以解脱企业因支付大宗赔偿导致企业经营陷入困境，又可以使受工伤劳动者生存权和基本生活得到有力保障。此外，工伤保险还有利于劳资关系的和谐，避免劳资冲突和纠纷。基于此，《工伤保险条例》明确规定，各类企业、有雇工的个体工商户应当依照条例规定参加工伤保险，为本单位全部职工或者雇工缴纳工伤保险费。违法不缴纳保险费的，发生工伤事故，要按照规定承担给付工伤职工相应保险待遇的责任。另外，从归责原则上讲，对于工伤赔偿适用的是无过错归责原则，即无论劳动者在工伤事故中是否存在过错，用人单位必须依法承担赔偿责任，而不得以劳动者有过错为由拒绝承担全部或者部分责任。因此，依法为职工缴纳工伤保险及无条件支付工伤赔偿是企业的法定义务。对于劳动者来讲，在工伤系因第三人的侵权行为造成的情况下，其有权选择工伤保险或者侵权赔偿获得救济，并就所获赔偿与法定赔偿差额部分向另一方主张权利。这样既保证受害人获得全额赔偿，又防止受害人获得不当得利。基于上述的分析，不难看出，只要发生工伤事故并且受害人在获得侵权赔偿后，就实际损失与其已获得赔偿的差额部分，企业负有在工伤赔偿范围内无条件赔偿的义务。本案中，虽然被告与侵权人达成的赔偿数额低于法定民事赔偿数额，导致增加了企业工伤赔偿的数额，但仍难以认定被告与侵权人对本案原告构成侵权。因为，原告并未提供任何证据证实被告与侵权人之间存在恶意磋商的行为、被告与侵权人主观上存在过错。该协议系在公安部门的主持下达成，况且事实上被告是为减少损失，与侵权人签订赔偿协议，获得15000元的赔偿款以解燃眉之急。因此，原告认为被告与侵权人达成赔偿协议侵害其利益的主张不符法律规定，法院不予采信。被告与侵权人达成民事赔偿协议并不能成为原告拒付工伤赔偿的抗辩事由。被告工伤后与侵权人达成交通事故赔偿协议并未损害原告的利益，原告应依法承担工伤赔偿责任。据此二审判决驳回了原告的诉讼请求。

钢绳厂不服，又2006年4月上诉于南通市中级人民法院。经二审调解，本案最终以钢绳厂支付黄某52000元而调解结案。

三 分析

本案是因第三人侵权引发的工伤赔偿案件。从侵权行为的角度来说，第三人侵权责任不可豁免，应对其侵犯他人人身权的行为承担民事赔偿责任；从“风险责任”的角度来看，用人单位应对劳动者的工伤负责。这样就产生了工伤保险责任与民事侵权责任的竞合问题。

长期以来，无论是以前的《工伤保险试行办法》，还是现行的《工伤保险条例》，无论是《民法通则》，还是《劳动法》，我国立法对于工伤保险责任与民事侵权责任的竞合问题一直未作明确规定。率先有所突破的法律是2002年颁布的《安全生产法》，该法第48条规定："因生产安全事故受到损害的从业人员，除依法享有工伤社会保险外，依照有关民事法律尚有获得赔偿的权利的，有权向本单位提出赔偿要求。"2002年5月1日起施行的《职业病防治法》第52条亦规定："职业病病人除依法享有工伤社会保险外，依照有关民事法律，尚有获得赔偿的权利的，有权向用人单位提出赔偿要求。"从这两个法律中，我们应当可以得出工伤人员同时享有工伤保险请求权和民事赔偿请求权的结论。此外，2004年1月1日起实施的《工伤保险条例》也取消了《企业职工工伤保险试行办法》第28条有关工伤保险待遇与交通事故损害赔偿不能同时获得的规定。由此可见，我国劳动者在获得工伤保险待遇后并不丧失民事侵权损害的索赔权利。

审判实践中，最高人民法院于2003年12月26日作出了《最高人民法院关于审理人身损害赔偿案件若干问题的解释》，其中第12条提到："因用人单位以外的第三人侵权造成劳动者人身损害，赔偿权利人请求第三人承担民事责任的，人民法院应予以支持。"该解释从司法审判的角度进一步明确了当劳动者的工伤是由于第三人的侵权行为造成的情形下，劳动者除可以获得工伤保险待遇外，还可以向侵权人要求民事损害赔偿。两个不同的法律关系中原告与侵权人作为不同的责任主体应承担各自相应的责任，并不妨碍被告行使并存的公力救济权利。

本案中，原告并未提供任何证据证实由公安部门主持达成的协议存在被告与侵权人之间恶意磋商的行为和被告与侵权人主观上存在过错，且作为企业的原告并未在被告受伤后采取积极垫付相关医疗费用的措施以使工伤职工得到及时救治，反而是被告自行支付了相关医疗费用，在此情况下，被告为减少损失，在公安部门的主持下，与侵权人签订赔偿协议，获得15000元的赔偿款以解燃眉之急。因此，虽然被告与侵权人达成的赔偿数额只有15000元，该数额低于法定民事赔偿数额，其结果导致企业工伤赔偿的数额有所增加，但仅凭此结果仍难以认定被告与侵权人对本案原告构成侵权。

四 提 示

本案提示职工和用人单位，当第三人侵权与工伤保险发生竞合时，职工既可按《工伤保险条例》的规定请求用人单位承担责任，又可请求用人单位外的侵权主体承担民事赔偿责任。但两项存有差额情形时，则由企业或工伤保险经办机构根据其应给予职工的工伤保险待遇在民事赔偿的基础上补足差额部分。

胜败关键

协议系在公安部门的主持下达成，且作为企业的原告并未在被告受伤后采取积极垫付相关医疗费用的措施，使工伤职工得到及时救治，反而是被告自行支付了相关医疗费用。被告为减少损失，在公安部门的主持下，与侵权人签订赔偿协议，难以认定被告与侵权人主观上存在恶意磋商。

009 因重大过失在雇佣劳动中受伤害，雇主是否承担责任？

一 案情

铜山县农民张明受雇于个体运输户胡某期间，驾驶车辆与他人发生追尾事故致死，交警部门认定张明违章行车负事故的全部责任。张明父母等五名亲属以其在受雇佣期间遭受损害，雇主胡某应承担赔偿责任为由提起诉讼，要求赔偿死亡赔偿金、精神抚慰金等合计16万余元。被告胡某辩称，没有强行要求张明来回的时间，事故是张明严重违章所造成，张明也应当承担责任。

二 结果

法院审理认为，张明为实现雇主的利益，在雇佣劳动过程中受到伤害，作为雇主的被告应当承担赔偿责任。但张明作为被告雇佣的驾驶员，应当知悉道路交通安全法规，对车辆的性能及驾驶活动应尽善良管理人的注意，张明对该事故负全部责任，且造成被告重大财产损失，应认定其有重大过失，故应适当减轻被告的赔偿责任，对原告要求被告给付精神损害抚慰金的请求，不予支持。依法判决被告胡某赔偿五原告死亡赔偿金、丧葬费、扶养费合计7.7万元。

三 分析

本案判决中，法院认为雇员为实现雇主的利益，在雇佣劳动过程中因重大过失受到伤害，应适当减轻被告的赔偿责任，具体理由如下：

在雇佣关系中，雇主无过错责任与雇员的过错责任之间可以适用过失相抵。与过错责任适用过失相抵不同的是，无过错责任适用过失相抵时，只有受害人有重大过失的，才可以减轻赔偿义务人的赔偿责任，而不能免除责任。过失相抵是指在损害赔偿之债中，就损害的发生或者扩大，受害人也有过失，法院可依其职权，按一定的标准减轻或免除加害人的赔偿责任，从而公平合理地分配损害的一种制度，它是适用于侵权之债领域的一项原则。关于过失相抵是否适用于以无过错责任为归责原则的特殊侵权领域，在理论上和实践上曾有较大争议。2003 年 12 月最高人民法院公布的《关于审理人身损害案件适用法律若干问题的解释》对过失相抵原则作了完整的规定，该《解释》第 2 条规定："受害人对同一损害的发生或者扩大有故意、过失的，依照《民法通则》第 131 条的规定，可以减轻或者免除赔偿义务人的赔偿责任。但侵权人因故意或重大过失致人损害，受害人只有一般过失的，不减轻赔偿义务人的赔偿责任。适用《民法通则》第 106 条第 3 款确定赔偿义务人的赔偿责任时，受害人有重大过失的，可以减轻义务人的赔偿责任。"该解释规定在适用无过错责任原则确定赔偿义务人的责任时，受害人有重大过失的，应适用过失相抵，该解释虽是人身损害赔偿方面的司法解释，但其关于过失相抵的规定却可适用于所有损害赔偿领域，这也与世界各国通行的的做法相一致，以司法解释的形式确定无过错侵权责任适用过失相抵理论的研究成果，在理论上和实践上都具有重大意义。

对过失认定采取义务违反的客观标准，在司法实践中已是不争的事实。雇工的过失是否构成重大过失，可根据雇工客观的注意能力或程度以及其行为与一个"善意之人"行为之间的差别来定。民法理论上，过失的程度分为三级：①应尽善良管理人之注意而欠缺者（即依交易上一般观念，认为有相当知识、经济及诚意之人应尽之注意），为抽象的轻过失。此种情形，行为人所负的注意责任程度最重。②应与处理自己事务为同一注意而欠缺者，为具体的过失，又称一般过失。

③显然欠缺普通人之注意者，为重大过失。此种情形，行为人所负的注意程度最轻，只要稍加注意，即可避免损害的发生。具有重大过失的行为人对其行为后果毫不顾及，对他人的利益极不尊重，不仅未能按法律和道德提出的要求来行为，连一般普通人能尽到的注意都没有尽到。如受雇佣的司机在刹车不灵情况下坚持出车，以致酿成事故，应认定司机具有重大过失。

四 提示

在审判实践中，雇主追偿权主要出现在道路交通事故损害赔偿纠纷和一般人身损害赔偿纠纷中。雇员为实现雇主的利益，在雇佣劳动过程中受到伤害，雇主应当承担赔偿责任。雇员对损害的发生或扩大有故意、过失的，可以减轻雇主的赔偿责任。但需要注意的是，受害人只有一般过失的，不减轻雇主的赔偿责任。

胜败关键

雇员为实现雇主的利益，在雇佣劳动过程中受到伤害，作为雇主的被告应当承担赔偿责任，但雇员对雇佣劳动中所受的伤害有重大过失的，可以减轻雇主的赔偿责任。

010 “买饭”受伤，雇主需承担责任吗？

一 案情

原告徐某经别人介绍到被告沈某经营的酒水批发部打工。2006年10月18日中午，被告沈某安排徐某外出买饭。在买饭过程中，发生交通事故，致原告徐某受伤。原告伤情经鉴定，构成八级伤残。被告支付部分费用之后，就不再过问。为此，原告诉至本院要求被告赔偿损失39 000元。

二 结果

法院经审理认为，原告经人介绍到被告经营的酒水批发部打工，双方形成了雇佣关系。从表面上看，原告虽然不是在从事雇佣活动中受到的伤害，但是，原告是在从事被告指派的非雇佣活动中遭受的损害，亦应依法认定为从事雇佣活动中所受到的伤害，雇主应当承担赔偿责任，依照最高人民法院《关于审理人身损害赔偿案件适用法律若干问题的解释》第9条第2款之规定，支持了原告的诉讼请求。

三 分析

法院的判决最终认定原被告双方形成了雇佣关系，原告是在从事被告指派的非雇佣活动中遭受的损害，亦应依法认定为从事雇佣活动中所受到的伤害，雇主应当承担赔偿责任。笔者同意这一观点，具体分析如下：

一、原、被告之间雇佣关系成立

雇佣关系存在与否，是雇主责任的基础。雇佣法律关系，是指受雇人利用雇佣人提供的条件，在雇佣人的指示、监督下，利用雇主提供的条件，以自身的技能为雇佣人提供劳务，并由雇佣人提供报酬的法律关系。在雇佣法律关系中，雇工的主要权利为报酬请求权，主要义务为提供劳务的义务。雇主的主要权利为劳务供给请求权，主要义务为报酬支付义务和保护义务。

雇佣关系通常以雇佣合同确定，但是有些当事人之间并不存在此合同，而存在事实上的雇佣关系。因此，判断是否存在雇佣关系不能只从形式要件上判断，主要应从实质要件上来考察。首先，要看双方的权利义务是否是一方提供劳务，另一方支付报酬。其次，要看雇工是否受雇主控制、指挥、监督，即是否存在隶属关系。雇员受雇主控制、指挥、监督是雇佣关系存在的基础。在雇佣关系中，雇主是控制他人行为的人，而雇员仅是雇主雇佣来完成某种工作的人。雇员在完成此种工作时听命于雇主，服从雇主的监督指导，雇主为雇员提供劳动条件。第三，雇员应为雇主所选任。雇员既可以是雇主自己亲自选任的，也可以是雇主授权选任的。结合本案来看，原告没有与被告明确约定具体工资数额，原告只是通过自己销售酒水的金额拿相应的提成。但这已足够说明原告是受雇于被告，并从被告处获得报酬。不论是被告给原告固定的工资，还是按业绩给原告提成，所有这些只是被告支付报酬的一种方式，对雇佣关系的成立没有任何影响。

二、原告在从事雇主指派的非雇佣活动中遭受的损害，亦应依法认定为从事雇佣活动中所受到的伤害，雇主应当承担赔偿责任

雇工在工作中受到伤害，雇主承担赔偿责任的归责原则我国法律和司法解释（指最高法院《人身损害赔偿解释》公布前）均无明文规定，学者们的看法也不尽相同。在我国的司法审判实践中，有运用过错原则来解决雇主赔偿责任的判例，如最高人民法院公报 1989 年第 1 号发表的《张连起、张国莉诉张学珍损害赔偿纠纷案》，1999 年第五期发表的《刘明诉铁道部第二十工程局二处第八工程公司、罗友敏工

伤赔偿案》，法院均是采用的过错责任原则认定雇主对雇员的赔偿责任。但是随着实践的发展和理论研究的深化，主张雇主对雇员在雇佣活动中所受的伤害应承担无过错责任，已成为共识。理由是：①雇工完成工作系为雇主创造经济利益，雇主是受益人，雇主利用他人劳动力扩大了自己的活动范围，为其增大了获得利益的可能性，故他应为扩张的范围内发生的损害承担责任。这也符合“利之所在，损之所归”的传统报偿理论。②雇工在工作中享有劳动保护的权利，雇主对雇员的职业活动负有安全注意和劳动保护的职责义务。不采取适当的劳动保护措施，造成劳动者人身损害的，雇主应承担责任。③雇佣活动是危险的来源，只有雇主能在某种程度上控制防范此种风险，规定雇主无过错责任有利于促进雇主的劳动保险和劳动保护意识。④适用无过错责任的归责原则是现代各国立法的通例。1884 年 7 月德国制定了《劳工伤害保险法》，该法首次推行了工业事故社会保险制度，使工业事故的无过失责任得以落实。法国于 1898 年 4 月制定了《劳工赔偿法》，规定了工业事故的无过失责任。1897 年英国颁布了《劳工补偿法》，该法规定，即使受害的雇员及其同伴和第三者对事故损害互有过失，而雇主无过失，雇主仍应对雇员在受雇期间的伤害负赔偿责任。香港《雇员赔偿条例》规定，雇主对其雇员因工受伤所负赔偿责任是一种无过失责任，即使意外并非雇主的疏忽而引致，雇主仍须负赔偿责任。美国各州在 1910 年以后相继颁布了劳工赔偿条例。这些条例通常都规定：不论雇佣人或受雇人有无过失，雇佣人对于所发生的伤害事件在雇佣上应承担风险。以上的例子说明无过错责任已被广泛认同。⑤采用无过错责任原则有利于保护雇员的利益。从雇主与雇员的经济地位来看，雇主明显优于雇员。雇员在执行受雇工作时遭受损害，在一般情况下，雇员是很难证明雇主有过错的，而且有时雇主也确无过错。这时，如果雇主不承担责任，则极不利于保护雇员的合法权益，不符合民法的公平原则。

据此，最高人民法院公布的《关于审理人身损害赔偿案件适用法律若干问题的解释》就雇主对雇员的赔偿责任作了明确规定，该解释第11条规定“雇员在从事雇佣活动中遭受人身损害，雇主应当承担责任”，首次以司法解释的形式规定了雇主的无过错责任，为雇主对雇员在雇佣活动中所受的伤害赔偿提供了法律依据。本案中，原告是在中午休息期间外出买饭时遭受的伤害，从表面上看，与酒水批发工作没有任何联系，如果单纯从字面上理解“雇佣活动”，被告就不应当承担赔偿责任。但是，这种“一刀切”的简单理解，对受害者显然不公平。原告虽然不是在从事酒水经营活动时受到的伤害，但是，其外出买饭是接受被告的指派在被告指示的范围内从事的劳务活动，被告依法应当承担赔偿责任。

四 提 示

在日常生活中，虽然存在雇佣关系，但由于雇员的法律意识一般比较淡薄，在其合法权益受到侵害，诉至法院之后，对于是否存在雇佣关系以及是否是在从事雇佣活动中受到的伤害，不能提供足够的证据予以证实。这给法院认定是否存在雇佣关系带来了一定的困难。不过，在处理这类纠纷案件时，法院应当从宽把握，只要雇员有证据证明当事人之间存在雇佣或者打工等行为，就可以认定雇佣关系成立，而不应当要求雇员提供工资单、出勤表等苛刻证据，事实上这些证据对认定是否存在雇佣关系也没有实质影响。另外，在认定雇员从事雇佣活动时受到的伤害上，也应当从宽把握，不能因为不是在工作期间受到的伤害就单纯判定雇主不承担责任；相反只要雇员在从事雇主授权或指示范围内的生产经营活动或者其他劳务活动时受到的伤害，即使其行为超出了授权范围，但其表现形式是履行职务或者与履行职务有内在联系的，雇主就应当承担责任。因此，只有真正把握《人身损害赔偿解释》中关于处理雇佣关系的基本内涵，才能体现法律所追求的公平与正义的价值，才能更好地保护弱者的合法权益。

雇员虽是在从事雇主指派的非雇佣活动中遭受的损害，但该活动是履行职务或者与履行职务有内在联系的，雇主应当承担赔偿责任。

011 车辆占有人放纵他人酒后驾车，是否应承担连带责任？

一 案情

2004年1月23日21时许，在某区琉璃河镇兴礼环岛，章某驾驶红旗牌小轿车与石某驾驶的夏利小轿车发生交通事故。夏利小轿车上乘坐赵某、邱某、范某。此事故经交通主管部门认定，章某负此次事故的全部责任，石某、赵某、邱某、范某不负事故责任。

事故发生后，石某被送入北京积水潭医院诊治，于2004年1月24日在北京积水潭医院住院治疗，2004年2月13日出院。积水潭医院诊断为：股骨粗骨下骨折，股骨平台骨粉碎性骨折。石某在诊治期间共花费医疗费43 734.31元；支出交通费400元；误工损失1800元；购置拐杖花费220元；护理误工费损失1000元。应得住院伙食补助费660元，营养费1000元。在事故处理过程中章某、李某给付石某人民币19 500元。

另查明，红旗牌小轿车登记车主为某机关。2002年9月王某持有红旗牌小轿车与李某持有的帕萨特小轿车互换，之后到事故发生前，李某一直控制该车。2004年1月23日晚，章某与李某共同饮酒后，章某将红旗牌小轿车开走。李某在明知酒后不准驾车的情况下，并没有制止章某驾车。

二 结果

法院认为：章某在此次事故中负全部责任，对石某的损失理应赔偿。章某作为机动车驾驶员，应当明知酒后不准驾车。李某作为车辆的实际控制人，在明知酒后不能驾驶机动车的情况下，仍然将车辆交由酒后的章某驾驶。二人对酒后驾车违法性以及可能发生的后果应当预见到，但是都轻信能够避免，因此章某、李某对此次事故的发生具有共同过失，构成共同侵权。所以李某应当对章某的事故责任承担连带责任。肇事车辆的登记户主应当在第一、二被告无力赔偿原告损失的情况下承担垫付责任。某机关服务中心作为本单位机动车的管理人且具有独立法人资格，在第一、二被告无力赔偿情况下应当承担垫付责任。章某、李某要求追加王某为共同被告，没有法律依据，本院不予支持。据此，依法判决被告章某赔偿原告石某医疗费、营养费、住院伙食补助费、交通费、护理费等损失共计29314.31元；被告李某对章某上述义务承担连带责任；被告某机关服务中心在章某、李某无力赔偿的情况下承担垫付责任；驳回原告石某其他诉讼请求。

宣判后，双方当事人均未提出上诉。

三 分 析

本案就触及到民法共同侵权行为的构成问题。即章某酒后驾车致石某受伤，其行为已构成侵权，但李某放纵章某酒后驾车的行为是否与章某构成共同侵权？笔者认为，二人的行为已构成共同侵权行为，具体分析如下。

所谓共同侵权，是指二人或二人以上共同侵害他人合法民事权益，造成一定的损害后果，应当承担连带责任的侵权行为。根据民法原理，构成共同侵权行为须具备四个法律特征：一是共同侵权行为的主体须为二人或二人以上；二是共同侵权行为的行为人在主观上具有共同的过错，即共同的故意或过失；三是数个共同加害人的共同行为所造成的损害是同一的，不可分割的；四是数个共同加害人的行为与损害结果之间具有因果关系。共同故意是指数个加害人共同追求或放任损害结果的发生。共同过失是指数个加害人应当预见或者能够预见自己的行为可能与他人的行为结合造成某种损害而没有预见，导致损害发生的；或者虽然预见到，但轻信可以避免而导致损害结果发生的。

根据以上共同侵权的基本原理，结合本案案情，可以认定二被告在造成此次损害的行为中，具有共同过错。章某酒后驾驶李某的车，而李某明知酒后驾驶不符合规定，仍放纵章某驾走自己的车。李某虽未直接实施侵权行为，也未与章某有共同侵权的故意，但二者的过错综合起来导致损害结果的发生。因此，二人之间构成共同侵权行为，应当承担连带责任。

四 提 示

共同过错的侵权行为在共同过错人之间产生连带责任。综合原因导致的损害结果，通常是缺一原因不会发生，但亦很难权衡出各自原因力所占的比重。在此情况下，以连带责任来定位当事人的责任更妥当。不仅有利于充分维护受害人的利益，且有助于加强侵权者的责任约束，对行为者起到了警戒的作用。

胜败关键

车主与肇事司机对酒后驾车违法性以及可能发生的后果应当预见到，但是都轻信能够避免，具有共同的过错，应当承担连带责任。

012 无证驾车肇事致人伤残，车辆出借人承担责任吗？

一 案情

甲与乙是近邻。2005 年 10 月 1 日甲新购了一辆摩托车，并办理了相关手续。11 月 2 日，乙因有事向甲提出借车，甲认为乙无驾驶证上路不安全，且有交警在公路上值勤，不愿出借，乙表示自己曾多次驾驶摩托车，且本次所经路线均为乡村小路，路上无交警值勤。甲听了乙的话，同意出借车辆。乙驾驶摩托车上路途经一乡村十字路口时，因对路面情况观察不够，见相向行驶的自行车后车辆摇晃，遇情况采取措施不力，导致与正常行驶的驾驶自行车的丙相撞，丙跌地受伤。交警部门现场勘察后认定乙负事故的主要责任，丙负事故的次要责任，丙经法医鉴定为 8 级伤残。后丙向法院提起诉讼，要求甲、乙共同赔偿原告医疗费、误工费、护理费、营养费、残疾赔偿金等合计人民币 6 万余元。

二 结果

法院经审理认为，乙在驾车过程中，对路面情况观察不够，遇情况采取措施不力，造成使丙受伤的交通事故发生，对此乙应承担相应的民事责任。甲明知乙无驾驶证而将车辆交给其驾驶，致事故的发生，甲与乙构成共同侵权。据此，判决乙赔偿丙合理损失 5 万元，甲对乙的赔偿承担连带责任。

三 分析

本案的争议焦点在于机动车的所有人甲与驾驶人乙是否构成共同侵权。

《民法通则》第130条规定："二人以上共同侵权造成他人损害的，应当承担连带责任。"该条规定的就是共同侵权行为责任。可见共同侵权行为是指两个或两个以上的行为人，基于共同的故意和过失，侵害他人人身权利和财产权利的行为。

1. 共同侵权行为的特征

其法律特征是：(1) 共同侵权行为的主体须为多个人，即共同侵权须由二人或二人以上构成。(2) 共同侵权行为的行为人之间，在主观上具有共同故意或过失。共同侵权行为不仅共同故意可以构成，共同过失也可以构成。(3) 数个共同加害人的共同行为所造成的损害是同一的、不可分割的。共同加害人的行为是相互联系的共同行为，造成统一的损害结果，而非所造成结果的简单相加。(4) 数个共同加害人的行为与损害结果之间存在因果关系。

2. 共同侵权的判断标准

我国司法实践素来以"共同过错"作为确定共同侵权行为的标准，共同侵权行为的共同过错不仅包括共同故意，而且包括共同过失。共同加害人的共同过错决定了损害的共同性和行为的共同性。共同侵权行为的行为和结果，都必须是共同的，之所以如此，是因为各行为的共同过错在起决定作用，各行为人认识或意识到其行为对造成损害结果的共同作用，因而各自的行为统一为共同行为，造成的损害结果也必然是共同结果，而非各行为人的单独行为所致。

3. 共同侵权的主体

共同加害人是共同侵权行为的行为主体，是基于共同过错共同实施加害行为并造成他人损害的数个行为人。作为共同侵权行为的行为主体，共同加害人应当是二人或者二人以上，不能由单个人构成。

4. 共同侵权的法律后果

共同侵权行为在当事人之间发生连带责任的法律后果。共同侵权的连带责任指受害人有权向共同侵权人中的任何一个人或数个人请求赔偿全部损失，而任何一个共同侵权人有义务向受害人负全部的赔偿责任，一旦共同侵权人中的一人或数人全部赔偿了受害人的损失，则免除其他侵权人应向受害人承担的赔偿责任。

本案中，摩托车的所有人甲在明知乙无驾驶证，驾车上路行驶可能会发生交通事故，即已预见到自己出借车辆的行为可能会有危险发生的情况下，仍将摩托车交给乙使用，甲的主观方面是轻信可以避免危险的发生，属过于自信的过失。乙违章驾驶摩托车上路，其主观方面也是轻信可以避免危险的发生。可见，甲、乙两人具有共同的过失，并造成了与丙发生交通事故，致丙8级伤残的后果，构成了共同侵权，甲应对乙的侵权损害赔偿承担连带责任。

四 提 示

本案对随意出借车辆给他人的车主们敲响了警钟，根据《中华人民共和国道路交通安全法》第19条第1款：驾驶机动车，应当依法取得机动车驾驶证。明知借用人没有机动车驾驶证而将车辆出借给他人的，将与借用人一同构成共同侵权，承担连带责任。

摩托车的所有人在明知乙无驾驶证，驾车上路行驶可能会发生交通事故的情况下，仍将摩托车交给乙使用，甲的主观方面是轻信可以避免危险的发生，属过于自信的过失。乙违章驾驶摩托车上路，其主观方面也是轻信可以避免危险的发生。甲、乙两人具有共同的过失，并造成了与丙发生交通事故的后果，构成了共同侵权，甲应对乙的侵权损害赔偿承担连带责任。

013 救护途中出车祸，所受损害由谁负责？[①]

一 案情

2005年9月27日14时30分许，施某在吕蒿线秦潭新港闸地段驾驶二轮摩托车单方发生了交通事故，施某因此而受伤。50分钟后，施某被人送往市医院诊治，经CT检查示：左侧颞顶枕部硬膜下薄层血肿伴左侧大脑半球脑肿胀。施某因伤情严重，随即被转往南通大学附属医院治疗，并由杨某驾驶市医院的救护车护送。当日16时35分许，当杨某驾驶的救护车行驶至新通吕公路海门市包场镇长桥村五组地段时，与停在非机动车道内的赵某驾驶的某旅游公司的苏FX号大客车（注：该车已向某保险公司投保了第三者责任险，保险金额为五十万元）相撞，致所驾车辆侧翻、陪护人员受伤、车辆受损的交通事故，施某当天经医院抢救无效死亡。抢救中，花去医疗费用1917.52元，交通费700元。期间，市医院向施某家预付了各项费用10000元。

2005年10月27日，市公安局作出（2005）第176号交通事故责任认定书，认定：一、杨某驾驶机动车辆在没有限速标志的路段行驶时未保持安全车速，雨天易发生路滑的天气条件下未降低行驶速度，且行驶时疏于对路面情况进行观察，未按照操作规范安全文

① 摘编自陆建辉："救护途中出车祸，所受损害由谁负?"，载于东方法治网，http：//www.justice.gov.cn/renda/node352/node3112/node3131/node8104/u1a1322052.html，最后访问于2008年10月5日。

明驾驶，违反了《中华人民共和国道路交通安全法》第 42 条和第 22 条第 1 款之规定。二、赵某在机动车道与非机动车道、人行道之间设有隔离设施的路段停放车辆，违反了《中华人民共和国道路安全法实施条例》第 63 条第 1 项之规定。三、杨某自述中反映驾驶机动车在避让由北向南过公路的自行车时发生事故，但没有证据证明。经鉴定，结论为：苏 FX 号大客车左前轮后侧与救护车右前侧发生碰撞。死者第一次发生道路事故 50 分钟后经市医院 CT 检查显示左侧颞顶枕部硬膜下薄层血肿伴左侧大脑半球脑肿胀，后在转院过程中再次发生交通事故（与第一次交通事故相差 2 小时 05 分），经南通大学附属医院 CT 检查（与第一次交通事故相差 7 小时），示左侧颞顶枕部硬膜下血肿、脑肿胀、蛛网膜下腔出血。阅片检验见左侧颞顶枕部硬膜下血肿，后片比前片出血量明显增多，且伴有明显占位效应。据此分析，颅内血肿量增多以第一次交通事故引起并因病程迁延所致的可能性大，不排除第二次交通事故使其血肿量增多或起着辅助因素，结论：死者施某系严重颅脑损伤而死亡。2005 年 12 月 27 日，施某亲属黄某在交警部门调解未果的情况下，向法院提起诉讼，要求市医院、杨某、赵某、某旅游公司赔偿 162150. 70 元。因赵某下落不明，法院于 2006 年 1 月 17 日在江苏法制报向赵某公告送达。审理期间，法院根据某旅游公司的申请，于 2006 年 1 月 18 日依法追加保险公司为本案的共同被告。同年 2 月 3 日，保险公司提出管辖权异议。同月 7 日，法院依法驳回保险公司对管辖权提出的异议。庭审中，黄某对丧葬费、死亡赔偿金、被告扶养人生活费增加诉讼请求，要求赔偿额增加至 174927. 62 元。同时，黄某撤回了对赵某的起诉，法院依法口头裁定，准予黄某撤回对赵某的起诉。因原、被告对赔偿的意见不一，致使调解未成。

二 结果

2006 年 6 月 16 日，法院依法作出判决：一、原告黄某请求赔偿的合理损失，包括丧葬费、死亡赔偿金、被扶养人生活费、医药费、误工费、交通费、精神损害赔偿金合计 149927.62 元，被告保险公司赔偿 59970.80 元，扣除已预领的 10000 元，还应支付 49970.80 元，其余由原告自理。二、被告保险公司支付市医院预付款 10000 元。三、被告市医院、杨某、某旅游公司在本案中不承担赔偿责任。本案受理费等合计 7221 元（原告已预交），由原告负担 4341 元，被告保险公司负担 2880 元。

三 分 析

一、本案中，杨某与赵某的责任由市公安局交通巡逻警察大队的责任认定书为证。杨某与赵某分别系市医院与某旅游公司的工作人员，所发生的事故是在其履行职务期间，故杨某与赵某的民事责任应由市医院与某旅游公司承担。某旅游公司的肇事车辆投保于某保险公司，其中第三者责任险最高限额调整为 500000 元。

《中华人民共和国道路交通安全法》第 76 条规定："机动车发生交通事故造成人身伤亡、财产损失的，由保险公司在机动车第三者责任强制保险责任限额范围内予以赔偿；不足的部分，按照下列规定承担赔偿责任：（一）机动车之间发生交通事故的，由有过错的一方承担赔偿责任；双方都有过错的，按照各自过错的比例分担责任。（二）机动车与非机动车驾驶人、行人之间发生交通事故，非机动车驾驶人、行人没有过错的，由机动车一方承担赔偿责任；有证据证明非机动车驾驶人、行人有过错的，根据过错程度适当减轻机动车一方的赔偿责任；机动车一方没有过错的，承担不超过百分之十的赔偿责任。交通事故的损失是由非机动车驾驶人、行人故意碰撞机动车造成的，机动车一方不承担赔偿责任。"依照上述规定，某旅游公司的赔偿额应由某保险公司在第三者责任险保额范围内承担。

二、本案中，对两次交通事故责任人所承担的责任进行分配，要依据两者的原因力大小及在引起施某死亡过程中所起的作用等情况进行综合判断。从为自己的行为负责的侵权法的基本原理出发，由于偶然因素导致无意思联络的数人行为造成同一损害，不能要求其中一人承担全部责任或连带责任，而只能使各行为人对自己的行为造成的损害后果负责。如果仅仅因为自己的行为与他人的行为偶然结合就必然承担连带责任，则过于苛刻。施某死亡的原因是由第一次交通事故引起并因病程迁延所致的可能性大，不排除第二次交通事故使其血肿量增多或起着辅助作用。《中华人民共和国民法通则》第119条规定，侵害公民身体造成伤害的，应当赔偿医疗费、因误工减少的收入、残废者生活补助费等费用；造成死亡的，并应当支付丧葬费、死者生前扶养的人必要的生活费等费用。同时最高人民法院《关于确定民事侵权精神损害赔偿责任若干问题的解释》第8条第2款规定，因侵权致人精神损害，造成严重后果的，人民法院除判令侵权人承担停止侵害、恢复名誉、消除影响、赔礼道歉等民事责任外，可以根据受害人一方的请求判令其赔偿相应的精神损害抚慰金。故本案中黄某主张由保险公司等赔偿医疗费、误工费、丧葬费、死亡赔偿金、被扶养人生活费等合理的部分，应予以支持。施某死亡后，给其亲属在精神上带来了损害，主张精神损害赔偿应酌情予以考虑。某保险公司称施某死亡与第二次交通事故无关无证据证实，难予采信。市医院已垫支的预付款，应由某保险公司在赔偿范围内归还。

四 提示

在现实生活中，经常会遇见多个侵害原因导致一个损害结果发生的现象。在这种情况下，要区分各个侵害原因在导致损害结果发生过程中的作用大小，以确定相应的损害赔偿责任。

014 如何区分多因一果的交通事故中的直接结合与间接结合？

一 案情

2005年2月21日7时许，原告薛某驾驶制动性能不合格的电动自行车在道路右侧非机动车道内行驶中，遇被告金某携自行车对向而来，结果发生薛某倒地受伤的交通事故，当时路面有蒸汽大量冒出，影响视线。该蒸汽系被告无锡市某热电厂铺设的管道泄漏所产生。薛某受伤即被送至医院进行抢救，截止2005年4月26日，薛某已花费抢救费用82 354.45元，其中金某支付了14 000元。2005年4月29日，薛某向法院提起诉讼，要求金某、热电厂支付医疗费68 354.45元。诉讼中，薛某申请法院先予执行，为法院准许。后金某支付10 000元，热电厂支付30 000元。无锡市公安局交通巡逻警察支队区大队制作的《交通事故认定书》认定二车发生了碰撞，但未认定事故责任。

二 结果

区法院经审理认为，被告金某骑自行车逆向行驶，违反了非机动车靠右侧通行的法律规定，是造成两车相撞的直接原因，金某负有过错，应负事故的主要责任；被告热电厂在事发路段、事发当时，供汽管道的疏水井有足以影响路面行人或骑车人视线的蒸汽冒出并散发，严重影响行人或骑车人的视线，妨碍了行人或骑车人对紧急情况的处置，是造成本起事故的原因之一，热电厂未尽到及时修缮、妥善管理之义务，负有过错，应负事故的次要责任；原告薛某驾驶制动不合格的非机动车在视线受限、路面动态不明的情形下，未尽到谨慎驾驶之义务，其行为也是事故发生的原因之一，薛某负有过错，应负事故的次要责任。因三方行为的间接结合致事故发生，三方应按原因力大小分担责任。综上，认定金某应负本事故百分之六十的责任，热电厂应负本事故百分之三十的责任，薛某应负本事故百分之十的责任。已经先行支付的赔偿款，应予以扣除。据此，该院依照《中华人民共和国道路交通安全法》第35条、第36条、第57条的规定，于2005年6月13日作出（2005）北民一初字第338号民事判决如下：1. 金某赔偿薛某医疗费49 413元，扣除已经支付的24 000元，余款25 413元于本判决发生法律效力后十日内付清。2. 热电厂应赔偿薛某医疗费24 706元，热电厂已支付30 000元，薛某应于本判决发生法律效力后十日内返还热电厂人民币5 294元。判决后，当事人均未上诉并已履行完毕。

三 分析

在我国传统司法实践中，为避免加重加害人的赔偿责任，通常以“有无意思联络”作为是否承担连带责任的标准，以“共同故意或者共同过失”作为承担连带责任的条件。但在某些特定情形下，该标准和条件却不能为受害人提供强有力的保护和救济。这在理应贯彻无过错责任的公害、交通事故等类型侵权案件中表现得尤为突出。针对此种情形，最高人民法院《关于审理人身损害赔偿案件若干问题的解释》第3条作出了专门规定：“二人以上共同故意或者共同过失致人损害，或者虽无共同故意、共同过失，但其侵害行为直接结合发生同一损害后果的，构成共同侵权，应当依照民法通则第一百三十条规定承担连带责任。二人以上没有共同故意或者共同过失，但其分别实施的数个行为间接结合发生同一损害后果的，应当根据过失大小或者原因力比例各自承担相应的赔偿责任。”也就是说，该司法解释将无意思联络的数人的侵害行为直接结合产生同一损害后果的情形，明确定性为

“无意思联络共同侵权”。

本案中，从热电厂的蒸汽泄漏，足以影响骑车人的视线和对路面动态的处置。因此应当认定热电厂之蒸汽扩散在非机动车道上空，严重影响骑车人的视线，妨碍了骑车人对紧急情况的处置，是造成本起事故的原因之一。设备的所有人应当对设备安全负责，因设备不安全产生的损害后果，所有人应当承担责任。

但是蒸汽泄漏并不必然致事件发生，只是为受害人不能避让受伤害创造了条件。因此热电厂的蒸汽泄漏和金某的违章行为二者应当为间接结合，二者应当按原因力大小分担责任。金某的行为违章，于损害后果而言距离更近，可能性较大，系直接原因、主要原因。蒸汽泄漏于事故而言，只是提供了一个条件，实际于后果的发生作用更小，距离更远，应为间接原因、次要原因。

四 提 示

在多因一果的交通事故中，要正确理解数个侵权行为“间接结合”和“直接结合”的区别，以确定责任的承担方式。多个侵害行为直接结合发生同一损害后果的，构成共同侵权，应当承担连带责任；数个行为间接接合的，应当按责任和原因力分别承担责任。

被告金某骑自行车逆向行驶，违反了非机动车靠右侧通行的法律规定，是造成两车相撞的直接原因，应负事故的主要责任；被告热电厂在事发路段、事发当时，供汽管道的疏水井有足以影响路面行人或骑车人视线的蒸汽冒出并散发，严重影响行人或骑车人的视线，妨碍了行人或骑车人对紧急情况的处置，是造成本起事故的原因之一，热电厂未尽到及时修缮、妥善管理之义务，应负事故的次要责任；原告薛某驾驶制动不合格的非机动车在视线受限、路面动态不明的情形下，未尽到谨慎驾驶之义务，其行为也是事故发生的原因之一，应负事故的次要责任。因三方行为的间接结合致事故发生，三方应按原因力大小分担责任。

015 两车未发生碰撞只是造成了一方受伤的危险，如何认定责任？

一 案 情

2006年6月22日11时10时许，原、被告及袁卫星三人同去北新工业园区送钢材后返回汇龙镇的途中，被告徐利驾驶的电动三轮车沿335省道南侧的机动车道由西向东行驶至34KM+300M路段右转弯进入南侧非机动车道并靠左侧行驶时，遇在其后由原告王充驾驶的电动三轮车在该路段南侧非机动车道内以30公里/时左右快档上的速度由西向东行驶，被告徐利听到其身后一声响后停车观看，发现原告王充所驾驶的车辆在其车后19.30米处侧翻，原告翻车位置距两车道分道口18米，车厢距非机动车道右侧路沿0.20米，车头向左且距非机动车道右侧路沿1米。被告即下车将受伤的原告扶起，原告王充认为是被告将其撞伤，原、被告等袁卫星从后面赶上来后报警。原告受伤后住院治疗40天，花去医疗费13456.03元，出院后医嘱休息3个月。2006年7月10日，启东市公安局交通巡逻警察大队作出启公（交）痕检［2005］第80127号交通事故痕迹检验记录，检验意见：根据对事故车辆痕迹的形态、高度等综合分析，符合事故车辆一右侧栏板和右后轮与另一事故车辆二车厢左侧前端和车厢下端相碰。被告对该检验意见提出异议，交警部门取样后送检。同年7月25日上海市公安局刑事科学技术研究所作出的沪公刑技理字［2006］第0473号检验报告，检验结果：送检徐利所骑电动三轮车车厢右侧栏板上提取的附着物与王充所骑电动三轮车车厢左前角提取的银白色涂层油漆其质地、含主要元素均有差异，为不同种类的物质。同年 8 月 8 日，启东市公安局交通巡逻警察大队作出交通事故认定书，认为无法查证交通事故事实。原告遂于 2006 年 9 月 6 日向本院提起诉讼。

二 结果

法院经审理认为，在该起交通事故中，原告在庭审中陈述的撞车过程缺乏相应的证据予以支持，原告也无其他证据证明原、被告所驾驶的车辆发生了碰撞，故原告主张被告的车辆与其车辆发生碰撞后导致其翻车受伤的事实，本院无法认定；事故中，原告的车辆行驶速度较快，且发现前方来车时采取的措施不当，是发生本起事故的主要因素；虽然公安机关通过两次对原、被告的电动三轮车进行痕迹检验后作出了"无法查证交通事故事实"的认定，但结合本案的其他证据，当时事故现场确实存在被告驾驶的电动三轮车由机动车道转入原告正常行驶的非机动车道的变道行驶行为，且被告又无证据证明事故现场有其他车辆存在的事实，因而无法排除被告的行为与原告受伤事实之间的因果关系，客观上被告的行为对原告产生了危险，是导致本起事故发生的次要因素，故被告应承担相应的民事责任。据此，法院作出判决：原告王充因事故造成的各项损失合计 20976.03 元，由被告徐利赔偿 4192.2 元，其余由原告王充自理。

三 分析

《道路交通安全法》中对于无过错责任原则的确立意味着对驾驶方对于汽车本身的危险责任、职业上的注意义务、优者负担、生命权大于财产权等思想的肯定，平衡优者机动车一方与弱者非机动车驾驶人或行人的诉讼地位。在确定责任时，笔者认为，尤其应注意从以下几个方面进行把握：1. 强调机动车驾驶人员是职业上的注意义务，避免对行人、非机动车驾驶人的苛刻要求，因为我国国民交通安全意识比较淡薄，交通基础条件较差。判断机动车驾驶人员责任时，不应仅看其是否违章，不违章并不意味着已尽注意义务，还应看其是否遵守了职业上的安全注意义务，因为任何发达的交通规则都不能完全概括现实交通中所有的复杂情况。此时法官要遵循法官职业道德，运用日常生活经验对责任划分进行精确判断，综合分析认定。2. 若双方均未报案，一般应认定机动车一方有条件报案而未报案，使其承担赔偿责任，因为机动车一方有义务报案。3. 受害人仅有一般过失或者受害人为残疾人、70 岁以上老人、10 岁以下儿童的，可不减轻机动车一方的责任，即机动车一方负全部责任，这一点由法官自由掌握。机动车驾驶员和非机动车驾驶员都是驾驶机动性能的交通工具，在驾驶中，应当谨慎小心，善尽注意义务。这种注意义务应当是一种善良人的注意义务，是一种最高级别的注意义务，要求用谨慎人的心理状态进行驾驶。车辆驾驶行业的各种规章制度、操作规程、驾驶规范、行业习惯以及作为一名驾驶人，在驾驶过程中学到的驾驶知识、驾驶技巧等都是一名驾驶员在驾驶上应注意的义务。因此，在交通事故责任承担上，没有违章行为，并不代表没有过失，是否承担民事责任要根据驾驶员是否违反自己业务上的注意义务以及法律上有无规定。

本案中事故发生时没有其他机动车辆、非机动车辆和行人，可以排除其他车辆行人对原告突然偏向翻车的影响。虽然公安机关作出了“无法查证该事故事实”的认定，但结合本案的其他证据，被告驾驶电动车在由机动车道转入原告正常行驶的非机动车道时，没有尽到谨慎驾驶的义务，未注意后方同方向行驶的由原告驾驶的电动车，没有尽到谨慎驾驶的注意义务，客观上被告的驾驶行为对原告产生了危险，且当时事故现场仅有被告的电动三轮车和原告的电动三轮车，可以认定被告的行为与该起事故的发生具有因果关系，应根据双方过错的大小承担相应的赔偿责任。

四 提 示

任何一部法律都不可能详尽规定每一种情况，这就要求法官根据每一个案件的道路环境，具体分析不同情况下车辆驾驶人安全注意义务的程度及有无，以此把握责任承担的情况，合理分担损失，真正实现法律所要求的公平正义。

胜败关键

无法排除被告违反注意义务的行为与原告受伤事实之间的因果关系，客观上被告的行为对原告产生了危险，是导致本起事故发生的次要因素，故被告应承担相应的民事责任。

016 无意思联络侵权行为是否构成共同侵权？

一 案情

2005年某日晚9时许，原告崔某驾驶三轮摩托车由某乡镇返回县城途中，因见有距离地面高约1.5米左右的一组电信用电缆线挡于路面上而停车观察情况，恰在此时，对面驶来一辆大货车撞在电缆线上，电缆线击中原告，致原告身体多处受伤，车辆及财产受到不同程度的损害。原告治愈后向法院提起诉讼，请求判令被告电信局赔偿其遭受的损失。

二 结果

法院经审理认为，公民享有生命健康权，公民的合法财产受法律保护，被告电信局是事故路段电缆的所有人和管理人，事发时该段电缆不符合规定的高度，其未及时修复电缆线，应当承担赔偿责任。大货车冲撞电缆线的行为也是原告受到伤害的原因之一，正是两种行为的结合，给原告造成损害。原告在行驶过程中已经尽到了安全注意义务，对自身伤害不存在过错，电信局与大货车车主应按造成该起事故的原因力比例的大小各自承担责任。由于大货车冲撞电缆线的行为是造成原告损害的直接原因，电信局未尽管理义务是造成原告损害的间接原因，综合判断，电信局承担原告损害的40%比例为宜。依照《民法通则》第75条、第98条、《最高人民法院关于审理人身损害赔偿案件适用法律若干问题的解释》第3条第2款等法律规定，判决被告电信局承担40%的民事责任，即赔偿原告崔某损失共计4799.77元。

三 分析

一、电信局承担侵权责任应适用过错责任原则

《民法通则》第106条第2款规定："公民、法人由于过错侵害国家的、集体的财产，侵害他人财产、人身的应当承担民事责任。"本案所涉及的致害物是电缆线，电缆线是电信局从事公共事业服务的基础设施。目前，我国法律上并没有将公共设施致人损害规定为特殊侵权的类型，因此本案不能适用《民法通则》第126条规定的过错推定责任原则，而应当适用过错责任原则。因此，电信局作为电缆线的所有人及管理者，对电缆线的使用负有安全保障义务。当电缆线未达标准高度形成路障时，电信局应当及时修复，其疏于管理在主观上对原告所遭受的损害存在过错，应当基于过错责任原则承担法律责任。

二、无意思联络行为不构成共同侵权

无意思联络的数人侵权，指数人行为事先并无共同的意思联络，但其行为在客观上造成同一损害的情形。这种侵权行为的法律特征在于主观和客观两个方面：主观上是各行为人无意思联络，这是此种行为与共同侵权行为的根本区别所在。各行为人既无共同故意，亦无共同过失，他们通常并没有任何身份关系和其它联系，彼此之间甚至互不相识，因而不可能认识到他人的行为性质和后果，尤其是不能预见到自己的行为会与他人的行为发生结合并造成对受害人的同一损害结果。客观上必须是各行为人行为的偶然结合造成了对受害人的同一损害。使各行为人的行为结合在一起的因素不是主观因素，它是行为人所不能预见和认识的客观的、外来的、偶然的情况。无意思联络的数人侵权行为的性质是不真正连带责任的一种典型形态。不真正连带债务，是指数个债务人基于不同的发生原因，对于债权人负以同一给付为标的之数个债务，依一债务人之完全履行，他债务团目的之达到而消灭的法律关系，在不真正连带债务中，由于法律规范关于此债务的

规定发生竞合，他们之间偶然地形成连带之债，这与我们一般所说的连带之债有着本质的区别，故称其为不真正连带债务。不真正连带债务的债权人与各债务人之间的债务相互独立，不具同一目的，从实质上看，是数个单一主体之债而非多数人之债。各债务人对债权人所负的债务是自己的债务，债权人依据自己责任的私法原则向债务人全部、部分或其中的一个请求履行义务、实现债权并无任何不当之处。

在现代法治社会，法律对各债务人之间的关系没有规范的情形是个别的、偶然的，对各债务人之间的利益关系有所规范则是大量的、普遍的，而不真正连带债务则是法律未进行规范的典型形态。对不真正连带债务，各国法律少有规定，除德国的判例予以承认外，其理论更多地出自于学者的归纳，通说认为系属于广义的请求权竞合的一种。无意思联络这种不真正连带责任形态的侵权行为如何处理，我国现行的法律中亦无规定。众所周知，连带责任是一种加重责任，在侵权行为法上，是以个人单独负责为原则，唯在特殊情形下，法律才规定，数人应就同一损害对被害人负全部赔偿责任，学说上称为连带侵权责任。而无意思联络的数人侵权，某人因其行为与他人的行为偶然竞合，即令其就所生损害负全部赔偿责任，衡诸情理，堪称苛严。

从为自己行为负责的侵权行为法的基本原则出发，无意思联络的侵权人只能对自己的行为后果负责，是以各人的损害部分能够单独确定为前提，若各人的损害部分不能单独确定，又该如何处理呢？对此，《德国民法典》第714条第2款规定："多数人之行为导致损害，虽无意思联络，若各人对损害所生之部分，无法确定者，负连带赔偿责任。"这种观点乃德国当今之通说，该通说认为，数人行为致生损害，虽属无疑，但因未能证明各人加害之范围，而难求偿，殊失事理之平。此项规定，对被害人极为有利，立法意旨在于保护受害人。

笔者认为，无意思联络的数人侵权，鉴于其行为的独立性，对因偶然的情况导致的同一损害后果各个行为人应依据各自的过错程度承担自己应负的责任，这是该种侵权形态的一般原则，但在损害部分不能确定的情况下，以连带责任为例外。因为侵权行为法的根本目的，在于移转或分散社会上发生之各种损害，何况，无意思联络的数人侵权是产生不真正连带债务的一种典型形态。在不真正连带债务中，虽然各债务的发生原因不同，然而各债务人对债权人均负全部给付义务，债权人得向债务人中之一人、数人或全体，同时或先后为一部或全部之请求，因一债务人的履行，其他债务人亦获免责，故就此效力而言，与连带债务并无二致，均是当各债务人不履行其债务致使债权不能实现时，各债务人即应对债权人负连带责任。尽管在性质上，不真正连带债务与连带债务不同，但就其对外承担责任的效力而言，与连带债务并无区别。不真正连带债务的规范价值在于各债务人对债权承担的责任是自己责任，某一债务人向债权人清偿使债权得以实现导致其他债务人与债权人的债务消灭，债权人并不对其他债务人享有求偿权，但若该债权实现的结果在各债务人之间造成利益失衡，则需另依其他法规进行平衡。尽管，不真正连带责任的债权实现后，并不当然在各债务人之间形成利益冲突关系，但因债权人实现的结果使其在事实上发生了牵连关系，本着纠纷处理合理的目的性原则和一次性解决原则，将它们合并起来作为一个类型处理则是合理而恰当的选择。由此，笔者认为，在无意思联络的数人侵权的民事责任承担方式上应以各自承担为原则，以连带责任为例外。本案电信局疏于管理与大货车冲撞电缆线的行为间既无共同故意，也无共同过失，只是因为偶然的因素使无意思联络的电信局与大货车车主的行为偶然结合而造成同一损害后果，无意思联络的各侵权方只应对自己的行为后果负责，故电信局与大货车的车主应按过错程度即造成该起事故的原因力比例的大小对原告受到的损害承担侵权责任。原告在事故发生前已驻足不前尽到了安全注意义务，对自身伤害不存在过错，大货车因疏忽大意冲撞电缆线是造成原告损害的直接原因，而电信局未尽管理义务是导致原告遭受损害的间接原因，法院据此判令被告电信局承担40%的赔偿责任并无不当。

四 提示

对于在主观上没有共同的故意或过失而只是由于行为偶然结合而造成同一损害后果的行为人，无意思联络的各侵权方只应对自己的行为后果负责。

胜败关键

被告电信局是事故路段电缆的所有人和管理人，事发时该段电缆不符合规定的高度，其未及时修复电缆线应当承担赔偿责任。大货车冲撞电缆线的行为也是原告受到伤害的原因之一，正是两种行为的结合，给原告造成损害。电信局与大货车车主应按造成该起事故的原因力比例的大小各自承担责任。

017 本案第一被告能否向原告、第二被告提起反诉？

一 案情

2006年3月29日，天下着雨，路面较滑。15时30分左右，原告蒋某驾驶轿车，沿334线由西向东行驶至27KM+700M路段，遇同向骑自行车的第一被告陈某，在绕行第二被告徐某堆放在公路南侧石子堆的过程中与陈某发生碰撞交通事故，原告蒋某的轿车损坏，被告陈某受伤。后原告的轿车经评估，该车的修理费、材料费为17173元。被告陈某受伤后到江苏省如东县人民医院治疗，后经鉴定构成十级伤残。交警部门经调查作出责任认定：在本起事故中，原告蒋某、被告陈某各负主要责任，被告徐某负次要责任。后为经济损失赔偿事宜，原告蒋某诉至法院，要求两被告赔偿经济损失12931元，被告陈某在答辩期限内提起反诉，要求原告蒋某、被告徐某赔偿经济损失21479.5元。

二 结果

法院经审理，受理了陈某的反诉申请，将两案合并审理。

三 分析

诉权是当事人请求人民法院行使审判权，以保护其财产权和人身权不受侵犯的权利；程序意义上的诉权则是民诉法确定的赋予当事人进行诉讼的基本权利。它对提起诉讼的原告一方来讲，是请求人民法院行使审判权，对自己的合法权益给予保护的权利，即原告所享有的起诉权；它对被告一方来讲，就是应诉答辩的权利和提起反诉的权利。原、被告都享有平等的诉权，即请求司法保护的权利，当原告首先起诉被告后，被告的诉权并未消灭，被告仍享有反诉原告的权利。作为诉权，反诉与本诉是平等、相互独立、共同并存并相互排斥或吸收的。当被告反诉原告后，即使原告撤回本诉，反诉也能继续独立存在。所以，赋予被告一方以反诉权，是保障被告一方程序意义上诉权的重要体现。在反诉中，司法机关一般把反诉案件与本诉案件合并审理，这可以节省人力、物力和时间，减少个别诉讼的成本；同时，一次性解决两方面的争议，有助于简化诉讼程序，提高办案效率，达到诉讼经济的效果。通过反诉，将两个有联系的诉讼请求合并审理，可以避免法院作出相互矛盾的判决，维护法院的形象。通过反诉可以促使债的抵消；反诉与本诉往往是彼此对立的请求，这就为彼此之间债务的抵销提供了条件。我国现行民事诉讼法就反诉制度规定得比较原则、简单，没有明确规定反诉的范围、种类以及提起的程序等问题，尤其是就反诉是否仅能向本诉原告提出，我国民事诉讼法目前尚无明确规定。虽然理论上一般认为反诉的对象仅限于本诉的原告，但从目前其他国家的司法实践和理论发展来看，多数都支持适当扩大反诉当事人范围，以充分实现反诉制度的诉讼效益。本案中，被告陈某的反诉具有抵销、吞并原告蒋某诉讼请求的目的，而且反诉与本诉涉及的是同一法律事实，完全符合牵连关系的范畴。因此，被告陈某对原告蒋某、被告徐某提起的反诉，应予受理，并与本诉合并审理，这样不仅可以减少当事人的讼累，平等的保护各方当事人的合法权益；而且可以实现诉讼经济，避免法院就此两个联系密切的诉作出相互矛盾的判决，这完全符合反诉制度多元的立法意图。

四 提示

适当的扩大反诉对象的范围，更符合民事诉讼程序所追求的公正原则、效率原则和效益原则。为此，美国《联邦民事诉讼规则》将此类反诉规定为强制性反诉，被告必须在本诉程序中提起反诉，否则根据既判力的原则，他将丧失权利，产生失权效果，并且在原则上不得另案起诉。另外根据既判力的积极作用，后诉法院应当尊重前诉法院的判断，在审理和判断中应受前诉判决内容的拘束。

胜败关键

就反诉的对象仅限于本诉原告的问题，目前法律尚无明确规定；且本案的反诉与本诉涉及的是同一法律事实，符合反诉的实质要件。就此反诉与本诉合并审理，不仅可以减少当事人的讼累，平等的保护各方当事人的合法权益；而且可以实现诉讼经济，避免法院就此两个联系密切的诉作出相互矛盾的判决，这完全符合反诉制度多元的立法意图。因此，被告陈某对原告蒋某、被告徐某提起的反诉，应予受理，并与本诉合并审理。

第二章 交通事故损害赔偿纠纷

交通事故损害赔偿，是指交通事故责任者，由于自己的违章行为造成交通事故，致使他人人身权利或财产权利受到损害，依法用一定数额的财物赔偿受害者所受的损失的行为。

交通事故损害赔偿的原则，包括财产损失全部赔偿原则、由人身损害赔偿引起的财产损失赔偿的原则、按交通事故责任承担损害赔偿的原则、机动车方负无过错责任原则、公平合理的原则和适当照顾弱者的原则。

交通事故中的伤亡事故损害赔偿项目主要有：

(1) 因就医治疗支出的各项费用以及因误工减少的收入，包括：医疗费、误工费、护理费、交通费、住宿费、住院伙食补助费、必要的营养费。

(2) 因伤致残的，因其增加生活上需要支出的必要费用以及因丧失劳动能力导致的收入损失，包括：残疾赔偿金、残疾辅助器具费、被扶养人生活费和因康复护理继续治疗实际发生的必要的康复费、护理费、后继治疗费。

(3) 当事人死亡的，赔偿义务人除应当赔偿因抢救治疗支出的费用外，还应当赔偿丧葬费、被扶养人生活费、死亡赔偿金、受害人亲属办理丧葬事宜所支出的交通费、住宿费和误工损失、受害人或者死者近亲属的精神损害抚慰金。

018 在交通事故中，如何计算被扶养人生活费？

一 案情

某地发生一起交通事故，肇事司机闵某驾驶一辆中型货车与当地农民李某驾驶的农用运输车发生碰撞。事故的起因是两车在通过没有红绿灯的十字路口时均没有按照规定注意观察、减速慢行，结果发生碰撞。李某当场死亡，闵某受轻伤，两车损坏。经公安机关交通管理部门的现场勘查认定，两车均有违反交通安全法律规范的行为，但按照规定，李某的车辆可以优先通行。此次交通事故由闵某承担主要责任，李某承担次要责任。李某的妻子在李某死后不久分娩，生育一名男婴。在协商赔偿问题时，双方就被扶养人生活费一项发生争议，诉至法院。

李某的妻子提出，李某之子虽然是在其父亲李某死亡后出生，但父亲有扶养教育未成年子女的法定义务，如果李某在世的话，必然会扶养其子，承担其生活费用。因此，李某之子有权获得生活补助费。

闵某提出，根据我国《民法通则》的规定，所谓被扶养人的生活费是指死者生前扶养的人的必要的生活费。李某之子是在其父死亡后出生的，显然不属于死者生前扶养的人，在交通事故损害赔偿中不能计算其生活费。

二 结 果

法院经审理，支持了李某之子获得生活补助费的诉讼请求。

三 分 析

一、李某之子能否作为被扶养人获得生活费赔偿

《民法通则》第119条规定："侵害公民身体造成伤害的，应当赔偿医疗费、因误工减少的收入、残废者生活补助费等费用；造成死亡的，并应当支付丧葬费、死者生前扶养的人必要的生活费等费用。"如果仅从字面上理解，被扶养人生活费的赔偿对象是"死者生前扶养的人"。因此，如何针对本案正确理解和把握"死者生前扶养的人"，就成了正确处理本案争议的关键。

依照我国民法通则的规定，胎儿不具有民事权利能力。但是，根据民法理论有关权利延伸保护的原理，必要时根据相关法律规定，应为胎儿在将来出生时行使权利预留合理的空间。所以，本案中李某之子虽然在损害发生时尚未出生，但民法对其权利的保护理应向前延伸至受孕后出生前，使其在实际出生后能够得到及时和有效的司法救济。换言之，即该婴儿一旦出生并为活体，其民事主体就应得到承认，其权利就延伸至孕育期间，而与其父亲必然形成法定的抚养关系。

二、被扶养人生活费应如何计算

所谓被扶养人生活费，是指受害人因道路交通事故或者伤残而丧失劳动能力的情况下，由其扶养的、无其他生活来源的人因为生活来源的丧失而遭受不利益，其扶养费给付请求权难以实现，直接影响其现实生活，由事故相关责任人按照一定的标准给予这些人的一定数额的赔偿。被扶养人扶养利益的减损是道路交通事故致人死亡或者致人伤残而丧失劳动能力的直接后果，应当得到赔偿。《最高人民法院关于审理人身损害赔偿案件适用法律若干问题的解释》第28条规定："被扶养人生活费根据扶养人丧失劳动能力程度，按照受诉法院所在地上

一年度城镇居民人均消费性支出和农村居民人均年生活消费支出标准计算。被扶养人为未成年人的，计算至十八周岁；被扶养人无劳动能力又无其他生活来源的，计算二十年。但六十周岁以上的，年龄每增加一岁减少一年；七十五周岁以上的，按五年计算。被扶养人是指受害人依法应当承担扶养义务的未成年人或者丧失劳动能力又无其他生活来源的成年近亲属。被扶养人还有其他扶养人的，赔偿义务人只赔偿受害人依法应当负担的部分。被扶养人有数人的，年赔偿总额累计不超过上一年度城镇居民人均消费性支出额或者农村居民人均年生活消费支出额。”根据上述司法解释的规定，被扶养人生活费的计算公式为：

被扶养人生活费赔偿金额 = 受诉法院所在地上年度城镇居民（农村居民）人均消费性支出（年生活消费支出）× 扶养年限。

被扶养人没有其他生活来源，是指被扶养人的生活来源主要依靠交通事故受害人，在交通事故的受害人死亡或者致残而不能再提供生活来源时，被扶养人难以通过其他途径取得生活来源。至于交通事故责任人负担被扶养人生活费的年限，依被扶养人的年龄和有无劳动能力而有所不同。公民年满 18 周岁，取得基本劳动能力，可以通过自己的劳动获得生活来源；而公民在 18 周岁以下的，不具有完全的行为能力，不能参加劳动以取得生活保障，所以，一般的原则是事故责任人负担其至 18 周岁的生活费。但对年满 60 周岁以上的，年龄每增加一岁，被扶养的年限减少 1 年；对于年满 75 周岁以上的被扶养人，则一律负担 5 年的扶养费。

四 提 示

在确定被扶养人生活费时，首先应当确定哪些人属于被扶养人，然后主要依据年龄分别计算。确定被扶养人时，以实际扶养为判断标准，实际扶养为事实上的扶养而非法律上的扶养。不论交通事故受害人同其扶养的人之间有无法律上的扶养关系，只要他们之间形成事实上的扶养关系，被扶养人就能够请求交通事故责任人支付必要的生活费用。

019 交通事故受害人的死亡赔偿金如何计算？

一 案情

方某原为农村居民。5年前，方某被县城的某工厂招用，此后一直在该工厂做工。其妻子也随方某到城市生活，并在城区购买了一处平房。方某虽然不时寄钱给其父母，但实际上已经分家单过。2005年8月，方某在上班途中被张某驾驶的车辆撞成重伤，经抢救无效死亡。经公安机关现场勘查认定，此次交通事故是由张某在驾驶车辆的过程中违反交通规则，野蛮驾驶引起的，由其承担全部责任。在公安机关主持调解过程中，双方就方某的死亡赔偿金一项发生争执，死者家属诉至法院。

方某的家属认为，方某五年前进入城区做工并一直在城区居住生活，死亡赔偿金应按城镇居民人均可支配收入的标准计算。

张某提出，方某生前系农村户口，死亡赔偿金应按农村居民人均纯收入的标准计算。

二 结果

法院经审理，按照按城镇居民人均可支配收入的标准计算支持了原告的诉讼请求。

三 分析

受害人因人身损害死亡，家庭可以预期的其未来生存年限中的收入因此丧失，实际使家庭成员在财产上蒙受消极损失。基于此，死亡赔偿金是财产损害赔偿，而且是收入损失的赔偿。

关于死亡赔偿金的计算标准，根据《最高人民法院关于审理人身损害赔偿案件适用法律若干问题的司法解释》第29条之规定，死亡赔偿金应以受诉法院所在地上一年度城镇居民人均可支配收入或农村居民人均纯收入标准，按20年计算。人的生命是无价的，但在生命权受到侵害后，需要以金钱的方式进行赔偿，就必然涉及到赔偿标准问题。上述司法解释的规定是考虑到城镇居民的平均消费水平和收入水平均高于农村居民，为合理地补偿受害人的损失，同时避免加重赔偿人的责任，故对城镇居民和农村居民的死亡赔偿金计算标准加以区别，其本意并非人为地以户籍因素划分生命价值的高低。近年来，随着市场经济的发展，人员的流动性也日益增强，大批农村居民进入城镇务工，其中有相当一部分农村居民常年在城镇工作生活，其收入相对稳定，消费水平也和一般城镇居民基本相同，虽然户籍登记仍为农村居民，但是事实上已经融入城镇生活。如果这类人员发生死亡事故，在计算死亡赔偿数额时，仍以其户籍登记作为判断依据，按照农村居民标准给予赔偿，显然不能合理的补偿经济损失，从而有失公平。全面准确地理解上述规定，在确定死亡赔偿金计算标准时，不能简单地依据受害人的户籍登记作出判断，而应综合考虑受害人的经常居住地、工作地、获取报酬地、生活消费地等因素进行确定。

在现行司法解释中，死亡赔偿金被定性为对死者收入损失的赔偿。因此，就不应当单纯机械地根据户籍来确定赔偿标准，应当围绕影响收入的因素对赔偿标准加以调整。一般而言，要考虑以下几方面的因素，来确定适用标准：

（1）死者生前经常居住地

根据《最高人民法院关于贯彻执行〈中华人民共和国民法通则〉若干问题的意见（试行）》第9条之规定，经常居住地是指公民离开住所地最后连续居住一年以上的地方。是否购有房产可以作为生前经常居住地的考量因素，但是不应当作为决定性因素。因为，租房居住也是一种常见的形式。

（2）工作地点及性质

死亡受害人生前工作地点应当在城镇，且从事非农业的工作。与经常居住地要求居住的连续性和一定时间长度相同，工作地点和性质也应当有一定的连续性且持续一定的时间。

（3）获取报酬地及收入情况

死亡受害人生前主要的收入应当来源于其在城镇的工作且收入较稳定。如前所述，根据目前的规定，死亡赔偿金被定位为收入损失，因此，收入情况当然应当是赔偿时考虑的主要因素。死亡受害人生前即使居住在城镇，但如果长时间没有工作、没有稳定收入的话，也会影响到赔偿标准的调整。

（4）生活消费情况

生活消费情况应当考虑主要消费地点和消费水平。主要消费地点和消费水平是相关联的，这两项指标又对收入水平有影响。

结合本案，方某5年前便进入城区做工，在城区已有稳定的职业与居住场所，经济和生活已经从原来的大家庭中独立出来。虽然方某时有寄钱给其父母，但收入主要用于小家庭的开销、积累，经济已经不再连成一体。因此，死亡赔偿金应按城镇居民人均可支配收入的标准计算。

四 提 示

户籍在农村的人员到城市后有稳定的职业和居住场所的，应当认定为城镇常住人口，死亡赔偿金的计算应当按照城镇居民人均可支配收入的标准进行。农村户口人员到城镇生活多年，因发生交通事故死亡，死亡赔偿金才能按城镇居民的标准计算，可以参照最高人民法院《关于适用〈民事诉讼法〉若干问题的意见》第五条的规定："公民的经常居住地是指公民离开住所地至起诉时已连续居住、生活一年以上的地方。”因此，农村户口人员发生交通事故时，已经在城镇连续居住、生活一年以上，且有固定收入的，计算死亡赔偿金数额时就可以按城镇居民的标准对待。

胜败关键

方某5年前便进入城区做工，在城区已有稳定的职业与居住场所，经济和生活已经从原来的大家庭中独立出来。虽然方某时有寄钱给其父母，但收入主要用于小家庭的开销、积累，经济已经不再连成一体。因此，死亡赔偿金应按城镇居民人均可支配收入的标准计算。

020 在交通事故损害赔偿中，护理费如何计算？

一 案情

李某是某企业职工。2005 年 8 月，李某在单位加夜班后回家途中遭遇交通事故，被王某驾驶的车辆撞成重伤。李某当即被送往附近的医院治疗，经过抢救，脱离了生命危险，但最终留下了终身残疾。经公安机关现场勘查认定，此次交通事故是由王某在驾驶车辆过程中违反道路交通安全法律规范，在通过十字路口时不按交通信号灯的指示通行造成的，王某负全部责任；李某不负责任。在协商赔偿问题时，双方就李某今后的护理费用发生争执，经公安机关调解未能达成一致意见，李某诉至法院。

李某认为，王某违反道路交通安全法律规范，造成交通事故，致使自己终身残疾，丧失劳动能力，生活不能自理，给自己和家人以后的生活造成了严重的困难。为满足自己今后的正常生活需要，请求判决其赔偿今后 20 年的护理费。

王某提出，李某提出的护理费计算不合理，应当根据实际情况重新核定。

二 结果

法院经审理，根据法律规定，支持了李某要求护理费的诉讼请求。

三 分析

交通事故人身损害赔偿纠纷中的护理费，是指交通事故发生后，受害人因接受治疗或者造成身体残疾，暂时或永久丧失生活自理能力，需要他人的护理，由事故责任人根据一定标准而赔偿的费用。在本案中，交通事故受害人李某因交通事故造成终身残疾，丧失生活自理能力，其要求赔偿今后的护理费用，应当予以支持。

最高人民法院《关于审理人身损害赔偿案件适用法律若干问题的解释》第21条规定："护理费根据护理人员的收入情况和护理人数、护理期限确定。护理人员有收入的，参照误工费的规定计算；护理人员没有收入或者雇佣护工的，参照当地护工从事同等级别护理的劳务报酬标准计算。护理人员原则上为一人，但医疗结构或者鉴定机构有明确意见的，可以参照确定护理人员人数。护理期限应计算至受害人恢复生活自理能力时止。受害人因残疾不能恢复生活自理能力的，可以根据其年龄、健康状况等因素确定合理的护理期限，但最长不超过二十年。受害人定残后的护理，应当根据其护理倚赖程度并结合配制残疾辅助器具的情况确定护理级别。"本案中，原告护理费赔偿金额的计算应当根据上述标准来确定，而不能简单地以司法解释规定的最高护理年限来计算。因此，本案应当赔偿的护理费用应由法官来依法核定。

四 提示

交通事故受害人因事故致残而要求赔偿护理费用的，其护理费用的计算涉及到护理级别和护理期限的确定。护理期限要考虑到受害人的年龄、健康状况等因素；护理级别则要根据护理依赖程度并结合配制残疾辅助器具的情况确定。确定了这两项内容后，结合护理人员的收入情况计算护理费的赔偿金额。其中，护理人员有收入的，按照误工费的规定计算；护理人员没有收入或者雇佣护工的，按照交通事故发生地从事同等级别护理的劳务报酬计算。

胜败关键

受害人李某因交通事故造成终身残疾，丧失生活自理能力，其要求赔偿今后的护理费用，应当予以支持。但护理费赔偿金额应由法官来依法核定。

021 超过60岁的，误工损失还能得到赔偿吗?[1]

一 案 情

朱某现年已65岁，原系某单位监理工程师，退休后被另一单位聘为顾问，月薪2000元，退休工资由原单位照发。某日，朱某下班途中发生交通事故，造成其腿部骨折住院治疗，后在家休养半年时间。经公安交警部门认定，对方负事故的全部责任。朱某向法院提起诉讼，要求肇事方赔偿各项经济损失30000元，其中包括误工费12000元。而对方则认为误工费不应赔偿，理由是朱某已超过六十岁，是退休工人，退休后意味着没有劳动能力，因此造成的损失不应得到赔偿。

二 结 果

法院经审理认为，法律对退休年龄的规定并不能当然认定为是对劳动能力有无的界定，其只是对退休年龄的规定，而现实中劳动能力的有无、大小，应根据实际情况因人而异，不同的情况应区别对待，不能一概认为超过60岁的，误工费就不应得到赔偿，本案中朱某退休后从事劳动获得相应的合法收入，因肇事方的过错给朱某造成的误工

---

① 摘编自朱宏、张尊敬："超过60岁的误工损失还能得到赔偿吗?"，载于江苏法院网案例评析频道，http：//www. jsfy. gov. cn/cps/site/jsfy/index_ content_ a2006101018606. htm，最后访问于2008年10月5日。

损失，朱某当然有权得到赔偿。故判决支持朱某对于误工费的诉讼请求。

三 分 析

本案涉及的是退休人员在侵权纠纷中造成的实际收入减少如何赔偿的问题。对此，理论和实践中有一定争议，笔者在此想谈两点意见。

一、退休不等于没有劳动能力

我国一般劳动者的退休年龄为男60岁、女55岁，特殊的行业尚有不同的规定。但达到退休年龄并不等于没有劳动能力，有的人没到退休年龄就已丧失劳动能力，生活不能自理，而有的人退休后却仍能从事诸多工作，继续赚取收入。因此劳动能力的有无、大小，应以实际情况因人而异，不同的情况应区别对待。而且《最高人民法院关于审理人身损害损害赔偿案件适用法律若干问题的解释》第20条关于误工费赔偿的规定，并没有年龄上的限制。在本案中，朱某虽然已退休，但其又被现在的单位聘用，并有固定的收入，该收入是朱某的合法收入。由于此次交通事故的发生，造成其实际收入减少，该损失当然应由赔偿义务主体予以赔偿。因此，以劳动者年龄超过退休年龄为由不予赔偿误工费的主张，笔者认为没有法律依据，应以当事人受到损害后的实际损失为依据予以赔偿，而不应因年龄、就业背景的不同受到限制，只要是造成合法收入的减少，就应赔偿。

二、退休费和误工费是两个概念

退休金和误工费是两个独立的概念，不存在谁包含谁，或谁替代谁的问题。退休金是国家和社会对工作达到一定年限或达到一定年龄的劳动者在经济上的一种保障，具有一定的福利性质，只要具备一定的条件，劳动者就当然享有获得从国家或社会领取退休金的权利。换句话说，领取退休金是劳动者的一种权利，且该权利一旦享有则具有相对的稳定性，非经法定程序，没有法定事由，不得任意剥夺。而误工费是劳动者因一定事实的出现而导致合法收入减少所应得到的经济赔偿，是人民法院处理人身损害赔偿类案件中的常规项目。只要收入是正当、合法的，就理应得到赔偿。因此，两者的并存不是冲突的，也并不能因为两者的并存而当然得出会出现不当得利的结论。

四 提示

退休金和误工费的并存，从一定意义上体现了经济领域的按劳分配的观念，有助于鼓励和保障退休人员发挥主观能动性，激发他们的工作热情，促使他们利用自己掌握的知识、丰富的经验为社会创造更大的价值。因此，从这一点来说，法律也不应对退休人员的误工损失持否定态度，而应积极保护，维护他们的合法权益。尤其我国广大农村的农民，60 岁以后仍在不辞劳作、以自己的劳动收入作为主要生活来源的不在少数，一旦出现人身受到侵害的情况，如果误工损失不能得到赔偿，那么这些人将何以维生？

胜败关键

法律对退休年龄的规定并不能当然认定为是对劳动能力有无的界定，其只是对退休年龄的规定，而现实中劳动能力的有无、大小，应根据实际情况因人而异，不同的情况应区别对待，不能一概认为超过 60 岁误工费就不应得到赔偿，本案中朱某退休后从事劳动获得相应的合法收入，因肇事方的过错给朱某造成的误工损失，朱某当然有权得到赔偿。

022 交通事故人身损害赔偿纠纷中诉讼时效的起算点如何确定?[①]

一 案情

2004年8月12日20时35分，郭某驾驶摩托车与丁勇驾驶的普通货车发生碰撞，致郭某受伤。当日郭某被送至医院住院治疗，同年8月26日出院，诊断为：右第5趾近节骨折、右骰状骨撕脱骨折、右上肢多处皮肤擦伤、右胸软组织伤，出院医嘱：定期门诊复查。郭某在医院的最后一次门诊为2005年2月26日。2004年9月30日，交警部门作出交通事故认定书，认定郭某承担事故的主要责任，丁勇承担事故的次要责任。在交警部门处理过程中，各当事人均未申请调解。2006年2月13日郭某向法院首次提起民事诉讼，请求判令丁勇等被告依法赔偿其因事故所致损失计18 332元。被告答辩称，郭某起诉前从未向被告主张过权利，亦未请求公安部门进行过调解，其起诉已过诉讼时效期间，请求驳回郭某的诉讼请求。

二 结果

法院经审理认为，本案中，郭某于2004年8月12日发生事故，伤势明显，2005年2月26日最后一次门诊，2006年2月13日起诉。

① 摘编自王新妹、曹味东："人身损害赔偿纠纷诉讼时效的起算点确定"，载于江苏法院网案例评析频道，http：//www. jsfy. gov. cn/cps/site/jsfy/index_ content_ a2006051915972. htm，最后访问于2008年10月5日。

其应当在2005年8月12日前起诉已发生的损失，然其至2006年2月13日才提起诉讼，部分已过1年的诉讼时效，超过部分不予支持；但对于2005年2月12日后发生的损失，在时效期间内，应予支持。

三 分析

本案争议的焦点是郭某起诉是否已过诉讼时效期间。

一、诉讼时效的基本理论和法律规定

诉讼时效是权利人怠于行使其权利的状态持续达到法定期间，其公力救济的权利归于消灭的一项民事制度。设立诉讼时效制度的意义在于：首先，有利于督促权利人及时行使其权利，维护确定化的社会关系。若权利人能够行使其权利而长期怠于行使，则使义务人的法律地位长期处于不确定状态，将导致当事人之间社会关系的事实状态和法律状态长期不一致，不利于在当事人之间建立新的、确定化的社会关系。因此，法律认为每个人都是自己利益的最佳判断者和照料者，若权利人不关心自己的利益并照料之，可以推定他有放弃该利益的意思，那么他人更无关心、照料其利益之义务，应当撤销对他利益的强行保护。其次，通过督促权利人及时行使其权利，不仅可以提高权利的使用效率，而且能够提高经济资源的利用率。此外，还有利于降低诉讼成本。

我国《民法通则》第135条规定："向人民法院请求保护民事权利的诉讼时效期间为二年，法律另有规定的除外。"第136条规定："下列的诉讼时效期间为一年：（一）身体受到伤害要求赔偿的；（二）出售质量不合格的商品未声明的；（三）延付或者拒付租金的；（四）寄存财物被丢失或者损毁的。"

《民法通则》第137条规定："诉讼时效期间从知道或者应当知道权利被侵害时起计算。但是，从权利被侵害之日起超过二十年的，人民法院不予保护。有特殊情况的，人民法院可以延长诉讼时效期间。"

《最高人民法院关于贯彻执行〈中华人民共和国民法通则〉若干

问题的意见》第168条规定：“人身损害赔偿的诉讼时效期间，伤害明显的，从受伤害之日起算。”

二、诉讼时效的具体起算

1. 一般人身损害赔偿案件诉讼时效的起算点。伤害明显的，从受伤害之日起算；对于因交通事故受伤害的，当事人申请交警部门调解未达成协议的，诉讼时效从取得调解终结书之次日起算；当事人就损失达成赔偿协议的，诉讼时效从协议约定的履行期限届满之次日起算。对于伤害不明显或受伤害时未曾发现的人身损害赔偿案件，诉讼时效的起算点从伤势确诊之日起算。

2. 超过诉讼时效，但双方当事人对损害赔偿又达成协议的，应否保护的问题。根据《民法通则》及最高院有关“诉讼时效”批复的精神，笔者认为应予保护。

3. “后继损失”诉讼时效的计算。受害人因事故身体收到伤害需要长期治疗的，由于诉讼时效的限制，其不可能在一个时效期间内主张全部损失。权利人应当在损失发生或可以计算损失的依据取得后1年内主张权利。

在本案中，原告因交通事故身体受到伤害，属典型的人身损害赔偿纠纷，其诉讼时效期间为1年。原告于事发当日即住院治疗，应当说伤害明显，故其诉讼时效的起算点应当是2004年8月12日。2005年2月26日最后一次门诊，2006年2月13日起诉。其应当在2005年8月12日前起诉已发生的损失，然其至2006年2月13日才提起诉讼，部分已过1年的诉讼时效，超过部分不予支持；但对于2005年2月12日后发生的损失，在时效期间内，应予支持。

四 提 示

诉讼时效决定着案件的实体审理能否进行，决定着当事人的实体权利能否得到法律保护。人身损害赔偿类纠纷诉讼时效期间的起算点界定问题，是长期困扰民事审判的一个难点。不同法院对此有不同的看法，甚至同一法院不同审判人员在审判实践中也是各执己见。于是，在案情基本相同的情形下，不同法院之间甚至同一法院，极可能出现结果截然相反的两种判决。

胜败关键

郭某于2004年8月12日发生事故，伤势明显，2005年2月26日最后一次门诊，2006年2月13日起诉。其应当在2005年8月12日前起诉已发生的损失，然其至2006年2月13日才提起诉讼，部分已过1年的诉讼时效，超过部分不予支持；但对于2005年2月12日后发生的损失，在时效期间内，应予支持。

023 交通事故中赔偿单位的损害赔偿责任可否因已向被害人支付补助金而免除?[①]

一 案情

魏某系某报社司机。2007 年 8 月 10 日，魏某驾驶某报社的小客车，自东向西行驶至本市龙北河路口时，适有王盛驾驶小客车自南向北行驶至此，王盛驾驶的小型客车右前部与魏某驾驶的小型客车左后部相撞，造成魏某所驾车内乘客翟悦死亡。交通支队道路交通事故责任认定书证实：魏某负此交通事故的主要责任，王盛负此次交通事故的次要责任，翟悦不负事故责任。魏某上述行为给被害人翟悦的父母翟伟、陆丽造成各项经济损失共计人民币 181 608.33 元。

2007 年 8 月 14 日，某报社就翟悦死亡之后有关事项进行研究，并作出一份《会议纪要》，其中对赔偿问题的意见是：经研究决定，不管交通部门最后对事故如何认定，某报社先以补助形式一次性先行赔付遗属 40 万元（含某报社对事故的所有赔偿）由遗属自行分配。本案再审中，双方均认可该《会议纪要》在本案诉讼前未向翟悦的遗属出示过。

2007 年 8 月 15 日，某报社与翟悦之妻乔某、之女翟某、翟悦之父母协商后，共同签订《关于办理翟悦同志善后有关事宜的决定》

---

① 摘编自北京法院指导案例总第 954 期。

（以下简称《决定》），该决定就翟悦一家的住房、女儿学费、未来工作安排、抚恤补助、死亡事故赔偿、遗属生活困难补助等问题进行了约定。其中，第 5 条为：事故赔偿的问题由公安部门裁定后，由责任方负责赔偿；第 6 条为：经某报社研究决定，一次性给予翟悦同志遗属 40 万元人民币的补助，按乔某、翟某、翟悦父母每人 10 万元分配，由乔某及翟悦父母分别领取。某报社在决定上盖章，乔某、翟某、翟悦父母的委托代理人分别在决定上签字，某报社按双方约定支付上述四人每人 10 万元。后检察院指控原审被告人魏某犯交通肇事罪，死者翟悦的父母翟伟、陆丽也对魏某及某报社提起附带民事诉讼，要求魏某及某报社赔偿因翟悦死亡造成的各项损失。

某报社答辩称，事故发生后该社已赔偿了原审附带民事诉讼原告人 20 万元人民币，其赔偿金已经支付。

二 结果

法院认为，魏某违反交通管理法规，违章驾驶车辆致一人死亡，给翟伟、陆丽造成的经济损失应予赔偿。某报社作为魏某的雇主及肇事车的所有人，对上述损失应承担连带赔偿责任。某报社与翟悦遗属签订的《决定》表明，某报社一次性给予翟悦遗属 40 万元人民币的补助，不包括事故责任方应承担的赔偿责任。根据最高人民法院《关于审理人身损害赔偿案件适用法律若干问题的解释》第 9 条第 1 款之规定："雇员在从事雇佣活动中致人损害的，雇主应当承担赔偿责任；雇员因故意或者重大过失致人损害的，应当与雇主承担连带赔偿责任。雇主承担连带赔偿责任的，可以向雇员追偿"，交通部门的事故责任认定书证实，魏某负此交通事故主要责任。由于魏某是受雇于某报社的司机，且其所驾驶的车辆注册在某报社名下，除魏某应承担交通肇事的刑事责任、赔偿责任外，某报社亦应按照法律规定，对魏某的重大过失致人死亡的行为承担责任方的连带赔偿责任。关于某报社提供的《会议纪要》，因系单位内部决定，其内容又与双方签订的决定不符，且未向翟伟、陆丽出示，亦未征得二人同意，故该《会议纪要》对翟伟、陆丽没有约束力。某报社与翟悦的遗属双方在《决定》中协议约定，事故赔偿的问题由公安部门裁定后，由责任方负责赔偿；经某报社研究决定，一次性给予翟悦同志遗属40万元人民币的补助，按乔某、翟某、翟悦父母每人10万元分配，由乔某及翟悦父母分别领取。因此，某报社已给付翟悦父母的20万元补助费，并未包括在道路交通事故责任确定后其所应承担的连带赔偿责任中，故翟伟、陆丽要求某报社给付死亡赔偿金理由正当，应予支持。遂以交通肇事罪，判处魏某有期徒刑一年缓刑一年；被告人魏某赔偿附带民事诉讼原告人翟伟、陆丽死亡赔偿金人民币166 591.2元，被赡养人陆丽生活费15 017.13元，以上共计人民币181 608.33元，附带民事诉讼被告人某报社对上述损失承担连带赔偿责任。

三 分析

雇员致害的赔偿责任是指个体工商户、农村承包经营户、合伙组织等私营企业雇佣的人员在进行雇佣合同规定的生产经营活动中，造成第三人损害的，雇主应承担赔偿责任。《最高人民法院关于审理人身损害赔偿案件适用法律若干问题的解释》第9条第1款规定："雇员在从事雇佣活动中致人损害的，雇主应当承担赔偿责任；雇员因故意或者重大过失致人损害的，应当与雇主承担连带赔偿责任。雇主承担连带赔偿责任的，可以向雇员追偿。"雇主应对雇员对他人造成的损害承担赔偿责任，必须具备以下三个要件：第一，加害人须是雇员，雇员为雇佣关系的一方当事人。关于雇员的范围，我国《劳动法》没有做出规定。笔者认为，从雇佣关系的法律特征来看，雇员应是指根据雇佣合同的规定，在雇主提供的劳动条件下执行受雇任务，获取劳动报酬，而劳动成果归属于雇主所有的人。因此，加害人是不是雇员则是确定雇主是否应承担赔偿责任的前提。而判断加害人是否为雇员，则取决于雇佣关系的存在与否。雇佣关系是否存在，不仅要看有无雇佣合同关系，并且要看雇员行为时的事实关系，即作为加害人的雇员是否是根据雇佣合同的规定，为雇主提供劳务，为雇主所管理的人。作为加害人的雇员必须是在雇主管理之下为之服务的人。不在其管理之下为之服务的人，不是雇员。例如，定做人与承揽人之间，承揽人虽为定做人选任并为之服务，但因承揽人系独立工作，不是在定做人的直接管理之下进行工作，故承揽人不是雇员。第二，作为加害人的雇员须是在受雇工作中，致使第三人遭受损害，雇员只有在进行受雇工作中致使第三人遭受损害，雇主才承担赔偿责任。判断雇员是否是在受雇工作中致使第三人遭受损害，主要是看雇员致使第三人遭受损害的行为与雇员受雇的工作是否有关联关系，这一般可以从以下三个方面来考虑："一是雇员所从事的工作性质，即雇员所从事的工作是否是他应当做的事。这主要是考查雇员所从事的活动与受雇工作之间的关联程度。二是雇员实施致害第三人行为的时间，即雇员是否是在受雇期间内致使第三人遭受损害。这里的受雇时间不一定限于工作时间，也可以是工作时间以外的时间。在工作时间以外，只要雇员是在从事与受雇工作有关的时间内致使第三人遭受损害，也应视为雇员在受雇期间致使第三人遭受损害。雇主也应承担赔偿责任。三是致使第三人遭受损害的地点，即损害发生时，雇员所在的地方是否为应该出现的地方。这里主要是考察损害发生的地点与受雇工作之间的关系，而并不限于雇员完成受雇工作的地点。"第三，雇员的行为须构成侵权。雇员的行为构成侵权是雇主承担赔偿责任的必要条件。雇员的行为是否构成侵权，应依据雇员所从事活动的性质和侵权行为的构成要件确定。如果雇员因执行职务所从事的活动属于适用过错责任的场合，只有雇员主观上存在过错才能产生雇员致害的赔偿责任，但雇主是否有过错在所不问。如果因执行职务所从事的活动属于适用无过错责任原则的场合，则无须雇员主观上有过错，只要造成损失，雇主就应该承担赔偿责任。本案中，某报社作为魏某的雇主，对魏某违章驾驶车辆肇事致被害人死亡而给被害人一方造成的损失应承担连带赔偿责任。

某报社与翟悦遗属明确约定，关于本次事故的赔偿问题待公安部门裁定后由责任方负责赔偿。某报社对翟悦遗属一次性补助40万元，按妻、女、父、母每人10万元分配。而且双方有真实明确的意思表示，确认该40万元只是对死者遗属补助。某报社还承诺将依据公安部门就事故责任程度的裁定另行承担赔偿责任。因为当时事故责任尚未确定，当事人也未能及时行使法定赔偿请求权，这里的40万元补助显然不属于某报社依法应当承担的赔偿责任范畴，而应视为单位对死亡职工遗属先行发放的困难补助。

四 提 示

人身损害赔偿属于我国民法规定的侵权损害赔偿责任之一，其性质不同于单位给付的补助金的性质。因此，无论作为侵权人的单位是否给付受害人补助，其法定损害赔偿责任不能免除，更不能充抵应承担的损害赔偿数额。

024 无近亲属老翁因车祸丧生，非近亲属能否主张赔偿？[①]

一 案情

2005年10月，被告王某驾驶轿车，途经通州市二甲镇某村时，与过公路的张某某发生碰撞，造成张某某受伤，经医院抢救无效死亡。张某某近八十岁，未婚，无儿无女，父母兄弟姐妹均去世，原告张某等六人均系张某某嫡亲侄子侄女，张某某生前靠六原告照料生活。张某某死后，由六侄子侄女出资办理了丧事。为赔偿问题，六侄子侄女作为共同原告诉至法院，要求肇事司机及保险公司赔偿死亡赔偿金、丧葬费、精神损失费共5万余元。

二 结果

本案在审理过程中，被告方对原告的主体资格提出异议，认为张某某已无法定继承人，应判决驳回六原告的诉讼请求。

法院在处理过程中，存在分歧意见：

第一种意见：根据《最高人民法院关于审理人身损害赔偿案件适用法律若干问题的解释》的规定，对于死亡受害人，只有其近亲属才有权提起诉讼请求赔偿，本案六原告系张某某侄子侄女，不属于近亲

① 摘编自金永南、徐淑华："无近亲属老翁因车祸丧生非近亲属能否主张赔偿?"，载于江苏法院网案例评析频道，http：//www. jsfy. gov. cn/cps/site/jsfy/index_ content_ a2006052316013. htm，最后访问于2008年10月5日。

属范围，故应驳回六原告的诉讼请求。

第二种意见：死者张某某未婚，无儿无女，父母兄弟姐妹均已去世，本案六原告作为其嫡亲侄子侄女，为第二顺序代位继承人，有权起诉要求赔偿。

第三种意见认为，六原告有权获得死亡赔偿金、丧葬费，但无权获得精神损害抚慰金。

最后，法院依据第三种意见作出了判决。

三 分 析

《最高人民法院关于审理人身损害赔偿案件适用法律若干问题的解释》第 1 条对"赔偿权利人"进行了总体上的界定："赔偿权利人"，是指因侵权行为或者其他致害原因直接遭受人身损害的赔偿权利人、依法由赔偿权利人承担扶养义务的被扶养人以及死亡受害人的近亲属。根据该规定，"赔偿权利人"分为两类：

一类为直接赔偿权利人，该类赔偿权利人为侵权行为损害后果的直接承受者，是因侵权行为而使民事权利受到侵害的人。在不法侵害他人致死的情形下，有双重直接受害人，即已死亡的受害人和为死者送葬、治疗而遭受财产损失和精神损害的近亲属。前者已经死亡，不能行使赔偿权利，后者可以依法行使请求赔偿财产损失和精神损害的权利。

另一类为间接赔偿权利人，是指侵权行为造成了直接赔偿权利人的人身损害，因而使人身权益受到间接损害的赔偿权利人。主要是行为人实施的侵害生命权和健康权行为造成直接受害人劳动能力丧失，原依靠直接受害人扶养，因直接受害人死亡或丧失劳动能力，而使其扶养来源丧失的人，而且，间接赔偿权利人还必须是直接受害人生前或丧失劳动能力之前扶养的人。《最高人民法院关于审理人身损害赔偿案件适用法律若干问题的解释》在第 28 条第 2 款还将被扶养人界定为：受害人依法应当承担扶养义务的未成年人或者丧失劳动能力又无其他生活来源的成年近亲属。

具体到本案，六原告作为非近亲属是否有权请求死亡赔偿金、丧葬费和精神损害抚慰金应视情况而定。

一、死亡赔偿金应看非近亲属与死者是否存在扶助关系。关于死亡赔偿金的性质，《最高人民法院关于审理人身损害赔偿案件适用法律若干问题的解释》第 17 条规定：“受害人死亡的，赔偿义务人除应当根据抢救治疗情况赔偿本条第一款规定的相关费用外，还应当赔偿丧葬费、被扶养人生活费、死亡补偿费以及受害人亲属办理丧葬事宜支出的交通费、住宿费和误工损失等其他合理费用。”据此，该解释所规定的死亡赔偿金的性质已经不是精神损害抚慰金了，而是死者家庭整体减少的家庭收入，是一种财产性的损害赔偿，可以由继承人继承。对于非近亲属能否提起诉讼，笔者认为应视其与死者是否存在扶助关系而定，如果死者生前生活主要依靠该非近亲属，或者该非近亲属主要依靠死者生活，他们之间存有扶助关系，则该非近亲属有权起诉赔偿；如果非近亲属与死者生前无任何扶助关系，则在其死亡之后无权获得赔偿。《中华人民共和国继承法》第 14 条规定，对继承人以外的依靠被继承人扶养的缺乏劳动能力又没有生活来源的人，或者继承人以外的对被继承人扶养较多的人，可以分给他们适当的遗产。再结合本案，死者张某某年近八十，原告方提供证据证明张某某丧失劳动能力，且无其他经济来源，生活主要依靠其中的六原告，因该六原告对死者尽了扶助义务，故该六原告可以根据继承法的规定要求被告赔偿被害人的死亡赔偿金。

二、丧葬费应看非近亲属是否为死者善后。加害人因其加害行为致被害人死亡，有义务让死者善终，承担死者丧葬费用。由于被害人无近亲属，六原告作为与原告关系最亲近的人，根据社会风俗习惯，有义务为死者善后。因此而支付的死者丧葬费，有权利向加害人求偿。

三、非近亲属不能请求精神损害抚慰金。《最高人民法院关于确定民事侵权精神损害赔偿责任若干问题的解释》第 7 条规定，自然人因侵权行为致死，或者自然人死亡后其人格或者遗体遭受侵害，死者的配偶、父母和子女向人民法院起诉请求赔偿精神损害的，列其配偶、父母和子女为原告；没有配偶、父母和子女的，可以由其他近亲属提起诉讼，列其他近亲属为原告。由此可见，精神损害赔偿金也只有近亲属才享有赔偿请求权，而由于精神损害赔偿金不具有遗产性质，所以不得被继承，故六原告虽然可能因其伯伯（叔叔）被被告撞死，造成一定的精神痛苦，但依法不应享有精神损害赔偿请求权。

四 提示

交通事故致人损害后，受害人近亲属和非近亲属所享有的权利是很不相同的。对此，应当严格根据法律规定，区分可以请求的赔偿范围，以免浪费诉讼费、代理费，甚至延误诉讼。

025 交通事故中多方行为导致的意外事件应如何分担责任?[①]

一 案 情

2003年6月23日，运通公司司机李大春驾驶的大客车由东向西停在安宁庄北路车站上下乘客，适有王国新骑电动自行车由东向西行驶，因自行车车把右侧与大客车左侧后部接触致王国新向左侧倒地，此时瑞宏公司司机杨尚军驾驶大货车由东向西驶来，大货车右侧中后轮将王国新碾压致死，事故发生后，大客车移位，电动自行车损坏。此交通事故经交通队调查，因不能确认是任何一方当事人的违章行为所导致的，故交通队对此事故不认定责任。王国新的父母、妻子、女儿向法院诉称：此次事故造成的经济损失包括死亡赔偿金、丧葬费、被扶养人生活费、住宿费、交通费、法医鉴定费、误工费、财产损失费等共计439388元，我们作为王国新的家人要求两被告赔偿上述损失金额的三分之二。瑞宏公司同意依法赔偿对方合理的经济损失；运通公司辩称，该公司在事故中没有责任，故不同意赔偿对方的经济损失。

二 结 果

一审法院经审理认为，本案事故发生的直接当事人王国新、杨尚军、李大春在此事故中均未发现有违章行为，该事故的发生系由各种

① 摘编自北京法院指导案例总第941期。

偶发因素竞合所致。对因王国新在此事故中死亡给其家人带来的经济损失，应依据民法的公平原则，在当事人对造成损害都没有过错的情况下，根据实际情况由当事人分担民事责任。又因李大春、杨尚军驾车分别系履行运通公司、瑞宏公司的职务行为，故两人的赔偿数额应由运通公司、瑞宏公司承担。现王大方等人所要求的法医鉴定费、住宿费、误工费证据充分，本院予以支持。其所主张的丧葬费、交通费、财产损失费、被扶养人生活费数额过高，具体的赔偿费用由本院依法判定。故依据《中华人民共和国民法通则》第117条第2款、第119条、第132条之规定，判决：被告瑞宏公司和运通公司各赔偿死亡赔偿金、丧葬费、被扶养人生活费、住宿费、交通费、法医鉴定费、误工费及财产损失费，共计66912元。驳回其它的诉讼请求。

王国新的家人不服一审判决，提起上诉称：两被上诉人应当承担连带责任。

二审法院经审理认为，本案事故的发生完全是由于偶发因素竞合所致，几方当事人均对事故的发生没有故意或过失，不存在过错，此案虽然是三方行为直接结合发生了王国新死亡的事件，但这并非是共同侵权的后果。因此，上诉人要求两被上诉人承担连带责任的依据不足，法院不予支持。在各方均无过错的情况下，一审法院依据公平原则，综合考察被害人的受损害程度、各方当事人的经济能力以及社会公平观念等各种因素，确定两被上诉人分担一定责任，是妥当的。原审法院所确定的赔偿标准并无不当，应予维持。故依据《中华人民共和国民事诉讼法》第153条第1款第（1）项之规定判决：驳回上诉，维持原判。

三 分 析

本案主要涉及两个问题：一是本案是共同侵权还是多方行为导致的意外事件；二是本案责任的承担。

一、本案应属多方行为导致的意外事件。具体理由如下：

共同侵权是指两人以上共同故意或者过失致人损失，或者无共同故意、共同过失，但其侵害行为直接结合发生同一损害后果的行为。共同侵权行为有以下法律特征：1. 行为主体的复数性。所谓共同，即加害主体为两人以上。一般来讲，共同侵权行为的行为主体为复数，但也有例外。《最高人民法院关于贯彻执行〈中华人民共和国民法通则〉若干问题的意见（试行）》第148条规定，教唆、帮助他人实施侵权行为的人，为共同侵权人，应当承担民事责任；教唆、帮助无民事行为能力人实施侵权行为的人，为侵权人，应当承担民事责任；教唆、帮助限制民事行为能力人实施侵权行为的人，为共同侵权人，应当承担主要民事责任。在本条规定中，笔者发现，行为主体与责任主体并不同一，行为主体为单数时，责任主体也可能为复数。2. 主观过错的共同性或者数个行为的结合性。行为人的侵权行为是有共同致人损害的故意或过失，或者数个行为人的不同行为相互结合，造成了同一损害结果，这里相互结合，是否应当包括直接结合和间接结合，不同的人有不同的观点。3. 损害结果的同一性。共同侵权行为造成的结果，必然是同一的，而且是不能分割的，如果数个侵权行为造成的结果是可以分割的，即一个侵权行为造成一个损害结果，那么也就不存在共同侵权之说了。

意外事件（Caso fortuito）在罗马法中最先被涵盖在不可抗力的概念中，后逐渐分离出来，但一直缺乏研究。在我国，法律没有对意外事件进行界定。一般认为，意外事件是指非由于行为人的故意或过失，而偶然发生的事件，又称意外事故。意外事件应具备以下构成要件：第一，意外事件是不可预见的。此处不可预见的确定应以当时环境下当事人的预见性为标准。重点应注意当时环境，因为环境的变化必然导致人们可预见性的变化，故此应在具体案例中判断。第二，意外事件是归因于行为人自身以外的原因。行为人已经尽到了他在当时应当和能够尽到的注意，从而表明损害是由意外事件而不是当事人的行为所致。第三，意外事件是偶然发生的事件，且不包括第三人的过错行为。意外事件发生的几率极低，偶然性很强，所以难以要求行为人给予合理的推知、预见，从而处于人的意料之外。而第三人的过错行为不应主张为意外事件，它是法律规定的独立抗辩事由或追偿依据。

结合本案，两被告的行为虽然与被害人的行为紧密结合，导致被害人死亡损害后果的发生，但由于任何一方对此后果的发生都不存在故意或过失，不符合侵权行为的基本构成要件。因此，不能按照共同侵权处理。本案是各种因素偶然结合的结果。因此这是一起典型的意外事件，事故的发生是谁都没有预料到也不可能预料得到的。

二、本案的责任承担应适用公平责任原则

我国《民法通则》第132条规定："当事人对造成损害都没有过错的，可以根据实际情况，由当事人分担民事责任。"此即公平责任。公平责任是指在当事人双方对造成损害均无过错，但按法律规定又不能适用无过错责任原则的情况下，由人民法院根据公平的观念，在考虑受害人的损害，双方当事人的财产状况及其他相关情况的基础上，判令加害人对受害人的财产损失予以适当补偿。显然，在此种归责条件下不考虑当事人的主观因素，只考虑行为与损害的牵连关系，由于意外事件中存在的损害与行为之间的因果关系是公平原则的构成条件，并且，公平原则就是在无过错情形下的一种利益平衡、补偿制度，是公平观念的体现。由于本案属于意外事件，法院出于社会安定、减轻当事人痛苦方面的考虑，判决两被告赔偿一部分是合理的。

四 提示

确定公平责任的目的旨在维护社会的稳定，它是社会道德观念和法律意识相结合的产物。它通过对当事人起到一种抚慰作用，达到社会内部矛盾缓和。因此，在适用公平责任时一定要注意只有过错责任、无过错责任都没有适用余地，而让受害人单独承担责任又显失公平的时候，才能适用公平责任。

当事人王国新、杨尚军、李大春在此事故中均未发现有违章行为，该事故的发生系由各种偶发因素竞合所致。对因王国新在此事故中死亡给其家人带来的经济损失，应依据民法的公平原则，在当事人对造成损害都没有过错的情况下，根据实际情况由当事人分担民事责任。因李大春、杨尚军驾车分别系履行运通公司、瑞宏公司的职务行为，故两人的赔偿数额应由运通公司、瑞宏公司承担。

第三章

交通事故保险理赔纠纷

国务院《机动车交通事故责任强制保险条例》（以下简称〈交强险条例〉）已于2006年7月1日起施行。如何适用《道路交通安全法》以及《交强险条例》，正确处理涉及机动车交通事故强制责任保险（以下简称交强险）的道路交通事故损害赔偿案件，成为当前审判实践中的热点和难点问题。

一、保险公司的诉讼地位问题

（一）关于受害人一方依据机动车交通事故责任强制保险合同起诉后，保险公司应当作为无独立请求权第三人还是共同被告以及受害人一方不起诉保险公司时，法院应如何处理的问题。

根据《道路交通安全法》第76条的规定，保险公司在交强险责任限额范围内承担法定的赔偿义务。关于保险公司应作为第三人还是共同被告的问题，目前理论上仍有争议。一般认为，机动车发生交通事故致他人（指机动车本车人员、被保险人以外的受害人）

损害的，受害人一方（包括机动车之间发生交通事故事故时受到损害的一方）应当起诉致害机动车一方（包括机动车之间发生交通事故事故时致对方损害的一方）及其投保交强险的保险公司为共同被告。如受害人一方仅起诉致害机动车一方，致害机动车一方申请追加保险公司为共同被告的，法院应当予以追加。如果受害人一方起诉时没有列保险公司为被告，法院应当予以释明。经释明，受害人一方申请追加保险公司为共同被告的，法院应当予以追加。释明后受害人一方坚持不起诉保险公司，且致害机动车一方亦不要求追加保险公司的，则可以不追加保险公司参加诉讼。

（二）关于机动车既投保了交强险，又投保了商业性三者险，发生交通事故损害赔偿争议后，保险公司的法律地位如何确定的问题。审判实践中一般认为，交强险与商业性三者险责任原理与确定因素不同，两种保险责任原则上不宜在一案中一并解决。故机动车发生交通事故致他人损害的，受害人一方应基于交强险起诉致害机动车一方及其投保交强险的保险公司，对基于商业性三者险的保险赔偿责任，致害机动车一方可以另行起诉其投保商业性三者险的保险公司。

（三）关于机动车之间发生交通事故，原告起诉后被告反诉的应否追加原告投保交强险的保险公司问题。审判实践中一般认为，因交强险旨在通过保险赔偿投保机动车之外的人身与财产损失，故在被告反诉原告赔偿的案件中，应当追加原告投保交强险的保险公司为反诉被告，以便确定保险公司的赔偿责任。

二、对《交强险条例》与《机动车交通事故责任强制保险条款》有关责任限额内容的理解与适用

《交强险条例》第23条的规定将《道路交通安全法》规定的交强险责任限额细分为死亡伤残赔偿限额、医疗费用赔偿限额、财产损失赔偿限额以及被保险人在道路交通事故中无责任的赔偿限额，在保监会《机动车交通事故责任强制保险条款》中进一步明确了各个分项责任限额的具体数额。如何理解上述条例规定和条款的效力成为目前司法实务的重点问题。审判实践中多数意见认为：上述条例规定和条款设定分项责任限额偏重保护保险公司的利益，使交强险的保障能力进一步降低，其公平合理性值得探讨。但条例作为国务院的行政法规，在法律位阶上属于法院审理案件的依据；保监会的条款作为保险合同的格式条款，属于保险合同内容的一部分。故在当前没有法律具体规定或司法解释的相关适用性规定的情况下，法院在审理道路交通事故损害赔偿案件中只能适用条例的相关规定和尊重保险合同的相关约定，按分项责任限额确定保险赔偿责任。但综合考虑《道路交通安全法》的立法意图和《交强险条例》的制度目的，在确定交通事故受害人的赔偿项目和赔偿数额时，应在交强险的各项赔偿限额内从宽认定，使受害人尽可能获得较为充分的救济。

三、审理道路交通事故损害赔偿案件中涉及交强险的其他部分问题

（一）关于2006年7月1日以后，机动车仅投保了商业性三者险，未按规定投保交强险的，机动车发生交通事故致他人损害的赔偿责任主体及赔偿标准确定问题。审判实践中，对于《交强险条例》施行前已经投保商业性三者险，因至2006年7月1日保险尚未期满而未投保交强险的，该机动车如发生交通事故致他人损害，因尚处在过渡时期内，仍应将该机动车投保的商业性三者险视为交强险，并由保险公司在商业性三者险的保险责任限额内予以赔偿。

在2006年7月1日以后，机动车投保的商业性三者险已经到期，机动车未投保交强险而仍然投保商业性三者险的，该机动车如发生交通事故致他人损害，由机动车一方按照相当于交强险的责任限额予以赔偿，超出责任限额的部分按照《道路交通安全法》第76条的规定确定赔偿责任。

（二）关于机动车在2006年7月1日以后既未投保商业性三者险，也未投保交强险，机动车发生交通事故致他人损害时，致害机动车一方的赔偿责任如何确定的问题。一般认为：因致害机动车应投保交强险而未投保，为保护受害人一方的合法权益，应由致害机动车一方按照交强险的责任限额予以赔偿，超出责任限额的部分在当事人之间依法确定赔偿责任。

（三）关于致害机动车一方和受害人均对事故负有责任时，交强险的赔偿是否应考虑机动车一方的责任比例问题。

交强险旨在就交通事故提供社会性保障，原则上不考虑当事人的过错（在事故系由受害人一方故意造成等情形下除外），故在致害机动车一方和受害人均对事故的发生存在过错时，交强险的赔偿不应考虑机动车一方的责任比例。

（四）关于机动车一方在事故中无责任时的赔偿处理原则问题。在机动车一方无责的情况下，在由保险公司对于受害人一方的损失承担赔偿责任后，超过限额的部分，视案件是机动车之间发生的交通事故还是机动车与非机动车、行人之间发生的交通事故而定。若为机动车之间发生的交通事故，应适用过错责任原则，无责的机动车一方不再承担赔偿责任。若为机动车与非机动车、行人之间发生的交通事故，则机动车一方当事人仍应视事故情况，承担非机动车、行人损失5%－20%的赔偿责任。

（五）关于两辆机动车发生交通事故后，双方均参加了交强险，法院对双方的损失是直接按过错比例确定赔偿责任，还是在保险公司承担交强险责任限额后对不足部分再按比例确定赔偿责任问题。对机动车之间发生交通事故，保险公司也应在交强险责任限额内承担赔偿责任。故对此种情况，应由两方机动车各自所投保的保险公司对对方的损失在交强险责任限额内承担赔偿责任，不足部分再按过错比例确定赔偿责任。

（六）关于受害人构成伤残，要求致害机动车一方及保险公司共同赔偿精神损害抚慰金是否支持，以及交通肇事司机构成犯罪的情况下是否支持精神损害抚慰金的问题。受害人构成伤残，有权要求肇事方及保险公司赔偿精神损害抚慰金；肇事司机构成犯罪的，关于精神损害抚慰金问题应依照现行法律和司法解释处理。

（七）关于伤者要求法院先予执行应如何处理以及对保险公司能否

先予执行的问题。对于道路交通事故损害赔偿案件中受伤当事人一方提出的先予执行申请，法院应依照《民事诉讼法》及相关司法解释的规定，对符合先予执行条件的裁定先予执行。致害机动车一方投保交强险，保险公司未在责任限额范围内支付抢救费用的，法院可以对保险公司裁定先予执行。

（八）在机动车之间发生交通事故而公安机关交通管理部门不定责的情况下，法院如何处理的问题。交通管理部门对交通事故未认定责任的，各方当事人均应就对方当事人存在过错承担举证责任。双方当事人均不能证明对方当事人有过错的，可以推定事故各方对事故的发生均有过错，并酌情确定各方的过错责任大小。

（九）关于致害机动车一方未按照规定及时通知保险公司理赔，保险公司以此为由拒绝承担赔偿责任应如何处理的问题。致害机动车一方未按照规定及时通知保险公司理赔，并不免除保险公司的赔偿责任，法院应根据案件事实确定保险公司的赔偿责任。

026 投保车辆私自转让，保险公司应否赔偿?[①]

一 案情

2001年10月19日，启东市某设备公司与保险公司订立了一份保险合同（机动车辆保险条款为保监发［2000］16号），该公司将张某所有的、挂靠在其名下，车号为苏F-U0279号货车投保于保险公司。2002年6月28日，启东市某设备公司在南通市公安局车辆管理所，将投保车辆办理了车辆登记变更手续，变更到张某名下，车号也变更为苏FAT375。2002年9月19日21时，张某雇请的驾驶员黄某在驾驶该车至宁海高速公路187KM+800M处与他人发生交通事故，造成张某的车辆损失费、评估费、施救费等各项损失为20000元。据此，张某向保险公司申请保险理赔，2004年11月21日保险公司以保险车辆未办理过户批改手续，事故的损失不属于保险责任赔偿范围为由，向张某发出机动车辆保险拒赔通知书。张某遂于2005年10月向法院提起诉讼，要求保险公司依法赔偿20000元并承担诉讼费用。

二 结果

法院经审理，判决保险公司赔偿张某车辆损失费2万元，并承担

① 摘编自陈杰："投保车辆私自转让，保险公司应否赔偿?"，载于江苏法院网案例评析频道，http://www.jsfy.gov.cn/cps/site/jsfy/index_content_a2006112219548.htm，最后访问于2008年10月5日。

案件的诉讼费用。

三 分析

《保险法》第12条第1款和第2款分别规定，“投保人对保险标的应当具有保险利益。”“投保人对保险标的不具有保险利益的，保险合同无效。”这两款只是规定投保人对保险标的应当具有保险利益，否则保险合同无效。但是，这是否意味着投保人对保险标的在保险合同有效期限内都必须有保险利益？从现行《保险法》的规定看，得不出这样的结论。从理论上分析，就投保人对保险标的具有保险利益的时间而言，因人身保险和财产保险而有差别。财产保险中，投保人在订立合同时一般要求对保险标的具有保险利益，但在保险事故发生时对保险标的必须具有保险利益，否则保险人就不应当承担保险责任。这是因为财产保险是补偿性保险，补偿原则是财产保险的基本原则。如果发生保险事故时，被保险人没有保险利益，也就是说，保险标的的灭失不是被保险人的损失，被保险人获得保险赔偿就违背了补偿原则。另外，保险利益还可以决定被保险人获得补偿的范围。人身保险特别是人寿保险是给付保险，因而投保人订立保险合同时必须对保险标的具有保险利益。这不仅是为了防止赌博，更是为了保证被保险人的生命安全。但保险事故发生时，并不要求投保人必须对保险标的具有保险利益。这是因为在人身保险中通常不是根据保险利益确定赔偿的范围。保险事故发生时，保险人是按照保险合同约定的金额向受益人给付保险金。人寿保险在保险事故发生时不要求投保人对保险标的具有保险利益也有利于保险单的转让，有利于保护受益人的合法权益。因此，在司法实务中，人民法院应当审查投保人在订立人身保险合同时是否具有保险利益而不必审查保险事故发生时是否具有保险利益，而在财产保险中则主要审查被保险人在保险事故发生时对保险标的是否具有保险利益而不是主要审查订立保险合同时对保险标的是否具有保险利益。张某具有保险金请求权。本案中原告张某是实际的车辆所有人，原告张某通过车辆登记的变更，成为保险车辆的真正车主，实际也对该保险车辆占有支配，与保险标的有了直接的利害关系，他只是将车辆挂靠在启东市某设备公司，故原告张某对被保险车辆享有法律上的利益，具有本保险合同的保险金请求权，具备本案的原告主体资格。车辆过户情形不构成免除保险公司责任的事由。启东市某设备公司与原告张某共同到南通市公安局车辆管理所办理变更登记是一种形式要件，这种变更登记不属于保险法所规定的转卖、转让等行为，原告张某是车辆实际所有人；而且原告张某的变更行为没有发生变更用途或增加危险程度。

本案中保险公司未提供任何证据来证明其已对《机动车保险条款》第26条之约定尽了明确的说明义务。《保险法》第18条明确规定，保险合同中规定有关于保险人责任免除条款的，保险人在订立保险合同时应当向投保人明确说明，未明确说明的，该条款不产生效力。因此，故该免责条款对本案原告张某无约束力。

四 提示

对免责条款，保险人有明确说明的义务。否则，该条款将不对投保人产生约束力。

027 交通事故受害人是否可以要求保险公司直接向医院支付医疗费?[①]

一 案情

2005 年 10 月 5 日，袁某驾驶一辆雪铁龙轿车途经一十字路口时，与对向行驶的王某驾驶的摩托车发生碰撞，致王某多处受伤。事故发生后，王某即被立即送往医院进行抢救。因王某所驾车辆未经年检，经交警部门认定：袁某途经十字路口时未减速，且未注意避让，是导致事故发生的主要原因，应承担主要责任，王某承担事故的次要责任。袁某所驾车已向保险公司投保，其保险最高限额为 20 万元。由于王某伤势较重，住院一个星期，花去医疗费等各项费用近 50000 元。为此，王某家属以王某的名义向法院提起诉讼，要求保险公司向王某所住医院先行支付 50000 元。

二 结果

法院经审理认为，原告的诉讼请求于法无据，判决驳回原告的诉讼请求。

三 分析

本案涉及的是交通事故受害人的直接请求权问题。

---

① 摘编自陆荫唐:"该案的医疗费用是否应由保险公司直接赔付?"，载于江苏法院网案例评析频道，http: //www. jsfy. gov. cn/cps/site/jsfy/index_ content_ a2006040715416. htm，最后访问于2008 年10月5 日。

一、王某有权要求保险公司赔偿保险金。《道路交通安全法》第76条规定，“机动车发生交通事故造成人身伤亡、财产损失的，由保险公司在机动车第三者责任强制保险限额范围内予以赔偿”。《机动车交通事故责任强制保险条例》（以下简称条例）第3条规定，“本条例所称机动车交通事故责任强制保险，是指由保险公司对被保险机动车发生道路交通事故造成本车人员、被保险人以外的受害人的人身伤亡、财产损失，在责任限额内予以赔偿的强制性责任保险”。笔者认为，上述条款可以理解为授予了受害人对保险公司的直接请求权。责任保险区别于其他人寿险或动物保险的最大特点，在于最终的保护对象并非被保险人，而是受害之第三人。从这个角度上说，责任保险是为受害人之利益而存在。随着责任保险的发展，责任保险对受害人的保护价值日益受到重视，受害之第三人的直接请求权的确立也就成为责任保险的发展趋势。目前世界上许多国家和地区的法律都承认受害人对保险公司的直接请求权。我国《道交法》第76条当然构成其中的“法律规定”。还有学者认为，保险公司作为被保险人对第三者责任的“担保者”，对被保险人给第三者造成的损害责任无论第三者责任车辆保险合同属于商业保险还是强制保险，受害人均可直接向保险公司请求保险金赔偿。因此，王某有权直接起诉保险公司，保险人亦有直接向受害的第三人赔付保险金的义务。

二、王某无权要求保险公司直接向医院支付医疗费。《中华人民共和国道路交通安全法》第75条规定：医疗机构对交通事故中的受伤人员应当及时抢救，肇事车辆参加机动车第三者责任强制保险的，由保险公司在责任限额范围内支付抢救费用。但该条并未明确应由保险公司直接向医院支付。国务院于2006年3月21日颁布的《机动车交通事故责任强制保险条例》第31条规定：保险公司可向被保险人赔偿保险金，也可直接向受害人赔偿保险金。但是，因抢救受伤人员需要保险公司支付或者垫付抢救费用的，保险公司在接到公安机关交通管理部门通知后，经核对应及时向医疗机构支付或者垫付抢救费用。因该规定于2006年7月1日起施行，故本案不应适用，且医疗费用与抢救费用亦有一定的区别。本案中，医院因王某就诊而与王某形成了医疗服务合同关系，但其并非本案的当事人，医院也未依法提起代位权诉讼，因此，对王某要求保险公司直接向医院支付医疗费的请求应予驳回。

四 提示

保险公司既不是交通事故的责任人，也不是交通事故的侵权人，虽然根据法律规定，受害人有权直接起诉保险公司，保险人亦有直接向受害的第三人赔付保险金的义务。但请求由保险公司直接向医院支付医疗费是于法无据的。

胜败关键

保险人有直接向受害的第三人赔付保险金的义务，但没有义务直接向医院支付医疗费。

028 两份保险合同保险期限重叠，保险公司应否承担责任？[①]

一 案情

陈某于2002年10月向某保险公司投保车辆第三者责任险，保险期限为2002年11月13日至2003年11月12日，2003年9月17日，该车在交警部门年检时，又在该保险公司投保第三者责任险，此次保险期限为2003年9月17日至2004年9月16日止。2004年10月11日，陈某驾驶摩托车与凌某驾驶的摩托车发生交通事故，致双方受伤。就事故发生后的损害赔偿问题，双方协商不成，凌某遂以保险公司与陈某为被告诉至法院，要求二被告承担赔偿责任。

二 结果

法院经审理驳回了原告的诉讼请求。

三 分析

本案中的两份保险合同构成复保险。财产保险，依据是否以同一保险标的的同一保险利益，因同一保险事故与数个保险人分别订立数个保险合同为标准，可将其分为单保险与复保险。单保险，是指投保

① 摘编自杨启福："二份保险合同保险期限重叠，保险公司应否担责?"，载于江苏法院网案例评析频道，http://www.jsfy.gov.cn/cps/site/jsfy/index_content_a2006052316011.htm，最后访问于2008年10月5日。

人对于同一保险标的的同一保险利益，因同一保险事故与一个保险人订立一个保险合同。绝大多数保险合同都属于这类合同。复保险，是指投保人对于同一保险标的的同一保险利益，因同一保险事故，与两个以上保险人分别订立的几个保险合同。从这个定义我们可以看出，复保险的实质就是重复保险，它具有以下几个特征：第一，投保人与两个以上（含两个）保险人分别订立了几个保险合同；第二，这几个保险合同皆基于同一保险标的、同一保险利益、同一保险事故，从而造成重复保险；第三，这几个保险合同必须在同一保险期限内。可见，复保险的重复，“就是数保险契约因保险利益之同一而重复，因保险事故之同一而重复，因保险期间之同一而重复，以此与单一保险契约有所不同”。

复保险的构成要件之一就是各保险在“同一保险期”内，否则不产生复保险问题。比如，某人就其财产与甲保险公司订立保险期为1年的盗险契约，期满后，又与乙保险公司订立同样的保险契约，便不是复保险。但是，对于“同一保险期”应如何理解，法律上并未明确规定，而在保险实践中，“同一保险期”却演绎出各种样态，这里仅就复保险构成的最低数量——两个保险合同为例，“同一保险期”至少会出现以下几种可能：

1）保险期限同时开始，同时结束。

2）保险期限同时开始，但不是同时结束——保险期长短不一样。

3）保险期限先后开始，同时结束。

4）保险期限先后开始，后开始的先结束。

5）保险期限先后开始，先开始的先结束，后开始的后结束，后合同在先合同结束前开始。

在上面的几种情形中，除了第一种是最无争议的符合复保险的要求以外，其它几种情况，是否属于复保险“同一保险期间”的要求，我国保险法没有明文规定。但根据复保险制度的宗旨来看，我们认为，对“同一”的要求并不需要几个合同的保险期同时开始，同时结束。

法律对复保险进行规制的目的是为了保险事故发生时，被保险人会因为重复投保而得到额外的赔偿，只要保险事故发生在几个合同的保险期内，就会产生这种情况，并不理会这几个合同的保险期何时开始、何时结束。换言之，只要保险事故发生在几个合同的重叠期内，就会产生复保险问题，反之，如果保险事故没有发生在几个合同的重叠期内，即使订有几个合同，也不会发生复保险的问题，保险人不得以投保人订有几个保险合同拒绝赔偿。

我国《保险法》对复保险效力的规定过于简单，不能对各种形态的复保险实现公平合理的调整。在复保险情况下，由于各合同的保险金额之和超过保险价值（如前所述，不超过者，我们认为不构成复保险），造成投保人不当得利的可能，这种客观上的结果，我们认为应区别投保人主观上的善意或恶意区别对待，这也符合民法的基本原理。如果投保人意在通过复保险获取额外利益，应认定所有的合同都无效，而无须区分先后，认定先合同有效，后合同无效。因为，在恶意复保险的情况下，每一个合同都是其完整计划中的一部分，不存在先合同善意，后合同恶意的情况。保险制度要得以倡行，发挥其应有的作用，有赖于当事人的诚实信用，而且是最大诚信，所以，笔者认为，在投保人为恶意的情况下，保险合同无效。合同签订时，保险人不知其重复保险的情况，即保险人为善意时，不退还保险费，如果保险人为恶意，应退还保险费。当投保人为善意时，所有合同部分有效，即各保险人按照其保险金额与保险金额总和的比例在保险价值范围内承担赔偿责任，即（各合同保险金额÷保险金额总和）×保险价值，超过部分无效，但应按比例退还保险费。这里有两点需要注意：第一，什么是善意？所谓善意，指因估计错误，或保险标的价格跌落，以致保险金总额超过保险价值，而非投保人有意造成的情形而言。第二，对于善意与否的举证责任应由投保人承担，投保人不能证明自己为善意的，推定为恶意。

本案中，2003 年车辆所有人与保险公司签订的保险合同中明确约定，保险期限为2003年9月17日至2004年9月16日止。虽然该期限与上一年度的期限约定有所重叠，但由于投保人为善意投保，故双方对保险合同期限的约定应为有效。国家强制要求机动车投保第三者责任险，这是机动车方的义务，而国家并未指定哪一家保险公司承办，对保险期限的约定，系双方平等协商的结果，且保险期限的约定，非系保险公司的除外责任，综上理由，保险公司没有检查投保人两个年度的保险期限是否重叠的法定职责。故，保险公司在本案中不应担责。

四 提示

保险公司在本案中不应承担赔付责任，但该案折射的问题却值得我们深思。实践中，由于车辆年检的期限与车辆保险期限并非同步，而保险公司通常按年检时间确定保险期限的起始时间，往往造成保险期限的重叠或脱节，造成机动车方不应有的损失，也增加了受害人的负担。我们希望投保人在今后应擦亮自己的双眼，但我们更希望作为专业的保险机构在提供保险服务时提供一些人性化的服务，如本案中的提示服务，我们更希望有关管理机构在推行强制保险时，进一步规范相关的规定，使机动车第三者强制保险健康有序进行。

胜败关键

保险合同关于保险期限的约定明确有效。保险公司没有告知或检查投保人上一年度保险期限的法定职责。因此，保险公司在本案中不应担责。

029 未按时交纳保险费，保险公司是否应该理赔？[①]

一 案情

2005年8月20日，本市某运输公司驾驶员袁某驾驶一辆重型半挂牵引车沿310国道由西向东行驶至东海县一加油站准备加油时，牵引车上拉的集装箱右上前侧与加油站房顶左前角相刮，致加油站房屋损坏，经价格认证中心认定，加油站损失为46583元。因该辆汽车于2005年6月23日在财产保险公司投保了第三者责任险，保险期限自2005年7月4日零时起至2006年7月3日24时止。事故发生后，保险公司指派工作人员对事故现场进行了查勘，但以双方虽订立合同，但运输公司未交纳保险费为由不予赔偿。8月22日运输公司按约定交纳了保险费，但保险公司仍然拒赔。8月31日，运输公司在一次性赔偿加油站51000元后，再次到保险公司索赔，保险公司依据保险合同中的机动车辆第三者责任保险条款第18条的约定（除另有约定外，投保人应当在保险合同成立时一次性交付保险费，保险费交付前发生的保险事故，保险人不承担赔偿责任）再次拒绝赔偿。后运输公司诉至法院，请求法院依法判令保险公司给付赔偿款51000元并承担诉讼费用。

---

① 摘编自张宝玲、惠蕾蕾："未按时交纳保险费，保险公司是否应该理赔？"，载于江苏法院网案例评析频道，http：//www.jsfy.gov.cn/cps/site/jsfy/index_content_a2007021321957.htm，最后访问于2008年10月5日。

二 结果

法院经审理认为，保险合同成立后，投保人按照约定交付保险费，保险人按照约定的时间开始承担保险责任。保险人承担保险责任的时间是按合同约定，即以保险单上载明的合同生效时间为准，并非以投保人交付保险费为前提条件。本案中运输公司在保险公司投保了第三者责任险，虽开始没有交保费，但很快全额补齐，其主张的赔偿款51000元有事实和法律依据，且在第三者责任险责任限额内。依据《中华人民共和国合同法》、《中华人民共和国保险法》的规定，一审法院依法判决财产保险公司给付运输公司赔偿款51000元。保险公司不服上诉至市中级人民法院，二审维持原判。

三 分析

保险合同具有射幸性，并非所有保险合同都发生保险事故，大多数保险合同都不发生保险事故，但投保人同样要承担交保费的义务。因此对单个保险合同而言，投保人和保险人的权利义务并不是对等的；大多数情况下投保人只承担了交保费的义务，而并未得到保险人的补偿，这是保险合同的射幸性所决定的。在这种情况下，如果保险人单方制定的条款再剥夺了被保险人仅仅是可能享有的权利，这是不公平的。

投保人未及时交保费是一种违约行为，投保人应承担违约责任。即使合同期满未发生保险事故，其交费义务也是不能免除的，而且要承担相应的违约责任，因为保险合同已经成立并生效。而其间如果发生了保险事故，保险人通过自制条款又可以拒赔，而且拖的时间越长，对保险人越有利，因为这意味着保险人承担的保险责任期限越短，而投保人却要交付全部保险费并承担违约责任，这显然有悖于合同的公平合理原则。更何况大多数保险合同都不发生保险事故，这意味着保险人从订立合同开始就是一个只享受收取保险费权利而不承担赔偿责任的特殊合同主体。这显然不公平。因为这种拒赔是永久性的，投保人没有补救机会，而后履行抗辩权并非永久的抗辩权，只是合同效力暂时中止，在负有先履行义务的当事人补充履行义务后，其后履行抗辩权自动丧失，合同效力恢复。因此只要投保人补交了保险费，保险人就不能拒绝赔偿。

《保险法》第 14 条规定："保险合同成立后，投保人按照约定交付保险费，保险人按约定的时间开始承担保险责任。"此条规定保险人承担保险责任的时间是按合同约定，即保险单上载明的合同生效时间，并非以投保人交付保险费为前提条件。而"不交付保险费就不承担赔偿责任"的规定显然和保险单约定的生效时间相违背，因为该规定并没有把交付保险费作为合同生效条件，而只是作为拒赔条件。也就是说既承认合同生效，又不按生效时间承担保险责任，显然这是违反《保险法》第 14 条规定的。而且按照法律对格式合同的有关规定，当合同当事人对格式合同的条款发生争议时，法院和仲裁机构也应作出有利于非提供格式合同一方当事人的解释。除非把投保人交付保险费约定为合同生效条件，当然保险单上的生效日期也只能是空白了。按此条规定，保险人有权要求投保人履行交付保险费的义务，因为合同始终有效。因此投保人一方面要接受保险人拒赔的事实，一方面又要承担交付保险费的义务。而实际上随着合同有效期的缩短，被保险人所能得到的保险保障期限也随之减少，投保人为什么还要交付保险费呢？

投保人补交的保险费应该是整个保险合同期间的保险费，但是在补交前的这一段合同期间，保险人已在条款中明确了是不承担赔偿责任的，被保险人是得不到保险保障的，投保人为什么还要补交这段期间的保险费呢？

根据公平原则，如投保人迟延交付保费，保险人的保险责任期间亦相应缩短。保险人在后期收取投保人交纳保险费时，应当按保险责任比例相应扣减所要收取的保费。本案中，保险公司在运输公司出险后补交保费时，按照全年度全额收取保险费用，显然违反公平原则，该行为应当视为保险人与投保人对保险条款第十八条的变更，即自投保人全额交纳保险费用后，保险人承担全部保险期间的保险责任。

四 提 示

保险人在订立保险合同时应当向投保人就免责条款进行明确说明，未明确说明的，该条款不发生效力。

胜败关键

保险合同成立后，投保人按照约定交付保险费，保险人按照约定的时间开始承担保险责任。保险人承担保险责任的时间是按合同约定，即以保险单上载明的合同生效时间为准，并非以投保人交付保险费为前提条件。运输公司在保险公司投保了第三者责任险，虽开始没有交保费，但很快全额补齐，其主张的赔偿款51000元有事实和法律依据，且在第三者责任险责任限额内。

030 投保人的损失尚未发生，保险公司应否履行理赔义务？[①]

一 案情

2005年11月23日，原告某出租车公司为其所有的苏NJ2257号桑塔纳轿车在被告某保险公司投保了车上责任险（车上人员），保险金额为10000元/座×5。保险期间自2005年11月23日零时起至2006年11月22日二十四时止。合同签订后，原告某出租车公司依约履行了缴纳保险费义务。

2006年6月21日16时22分许，王某驾驶苏J06013号大型普通客车执行由徐州驶往盐城的客运任务，由西向东行驶至苏325线30KM+350M处，在超车时由于车速较快中途又采取制动措施，加之路面湿滑，致车辆失控冲入对向车道，与对向吴某驾驶的苏NJ2257号桑塔纳轿车相撞，造成吴某当场死亡，轿车内乘客刘某、文某在施救和送往医院抢救过程中先后死亡，薛某经县医院抢救无效死亡，苏J06013号大型普通客车内张某等人受轻微伤及少量财产损失，两车损坏。经县公安局交通巡逻警察大队处理，认定王某承担该起事故的全部责任。吴某、薛某、刘某、文某、苏J06013号大型普通客车乘客张某等人无责任。事故发生后，上述受害人的近亲

① 摘编自张爱如：“投保人的损失尚未发生，保险公司是否应按照保险合同的约定履行理赔义务？”，载于江苏法院网案例评析频道，http：//www.jsfy.gov.cn/cps/site/jsfy/index_ content_ a2007013021527.htm，最后访问于2008年10月5日。

属已分别向法院提起诉讼，要求肇事车辆（即苏J06013号大型普通客车）所有人承担赔偿责任。原告某出租车公司至开庭之日止对该起事故的四名受害人及其近亲属没有支付过任何赔偿款。

二 结果

法院经审理认为，保险合同是投保人与保险人约定保险权利义务关系的协议。本案原、被告在平等自愿、协商一致的基础上签订的财产保险合同，是双方当事人的真实意思表示，具有法律约束力。本案原告的被保险车辆乘员因交通事故死亡，其亲属已经向相关人民法院提起诉讼，要求负事故全部责任的肇事车辆苏J06013号大型普通客车车主承担赔偿责任，且至庭审时原告对该起事故发生时作为保险车辆乘员的四名受害人及其近亲属没有支付过任何赔偿款，尽管原告对保险合同享有保险利益，但因损失尚未实际发生，故原告要求被告支付保险理赔款的主张无约定或法定依据，本院不予支持。遂判决：驳回原告的诉讼请求。案件受理费410元、其他诉讼费500元和专递费200元，由原告负担。

一审判决后，原、被告双方均未提起上诉。

三 分析

本案原告与被告订立的车上人员保险合同，是以被保险车辆上的人员对被保险人可能发生的债权等消极财产为保险标的的综合财产保险。该保险合同以填补被保险人损失为基础，以补偿被保险人发生的财产损失或经济损失为唯一目的，故应当严格适用填补损失原则。《中华人民共和国保险法》第23条规定，保险事故发生后，依照保险合同请求保险人赔偿或者给付保险金时，投保人、被保险人或者受益人应当向保险人提供其所能提供的与确认保险事故的性质、原因、损失程度等有关的证明和资料。本案原告的被保险车辆乘员因交通事故死亡，其亲属已经向相关人民法院提起诉讼，要求负事故全部责任的肇事车辆苏J06013号大型普通客车车主承担赔偿责任，但至庭审时原告对该起事故发生时作为保险车辆乘员的四名受害人及其近亲属没有支付过任何赔偿款，尽管原告对保险合同享有保险利益，但因损失尚未实际发生，原告要求被告支付保险理赔款的主张无约定或法定依据，故原告的诉讼请求不应支持。

四 提示

车上人员保险合同是以被保险车辆上的人员对被保险人可能发生的债权等消极财产为保险标的的综合财产保险。该保险合同以填补被保险人损失为基础，以补偿被保险人发生的财产损失或经济损失为唯一目的，故应当严格适用填补损失原则，由保险公司待实际损失发生后，按照保险合同的约定承担理赔义务。

胜败关键

投保人的损失尚未实际发生，保险公司不应按照保险合同的约定承担理赔义务。

031 保险公司能相互承担连带责任吗?

一 案情

2006年5月17日上午11时，赵某驾驶苏桑塔纳轿车沿104线由西向东行至G104线816KM+250M处时，追尾撞上从路北加油站出来由北向南上公路左转弯行驶的原告王某驾驶的本田牌汽车，造成两车不同程度损坏。公安局交巡警大队作出交通事故认定书，认定赵某、王某负该起事故的同等责任。在该事故发生后不久，苏某驾驶中华牌汽车也行驶至事故地点，因其速度较快尾随前车太近，撞上发生交通事故的王某驾驶的本田牌汽车，造成王某和车内乘车人周某受伤住院，两车不同程度损坏。公安局交巡警大队作出交通事故责任认定书，认定苏某负第二次起事故的全部责任，王某无责。赵某驾驶的桑塔纳汽车车主为徐州市某汽车出租有限公司，该车已在天安保险股份有限公司江苏省分公司徐州中心支公司投保，其中第三者综合损害责任险限额为20万元。本田牌汽车车主即乘车人周某，该车已在中国人民财产保险股份有限公司睢宁支公司投保。中华牌汽车车主为宗某，该车已在大众保险股份有限公司徐州中心支公司投保，其中第三者责任险责任限额为10万元。宗某已支付赔偿款8000元。王某驾驶的本田牌汽车因这两次交通事故造成的车损为52216元。

二 结果

法院经审理认为本案不构成共同侵权，遂按照被保险人在事故中的过错分担相应的赔偿责任作出判决。

三 分析

本案涉及民法理论中的共同侵权问题。

《民法通则》第130条规定："二人以上共同侵权造成他人损害的，应当承担连带责任。"该条规定的就是共同侵权行为责任。可见共同侵权行为是指两个或两个以上的行为人，基于共同的故意和过失，侵害他人人身权利和财产权利的行为。其法律特征是：（1）共同侵权行为的主体须为多个人，即共同侵权须由二人或二人以上构成。（2）共同侵权行为的行为人之间，在主观上具有共同故意或过失。共同侵权行为不仅共同故意可以构成，共同过失也可以构成。（3）数个共同加害人的共同行为所造成的损害是同一的、不可分割的。共同加害人的行为是相互联系的共同行为，造成统一的损害结果，而非所造成结果的简单相加。（4）数个共同加害人的行为与损害结果之间存在因果关系。

本案中，周某的车是两次交通事故造成，只是由于发生的时间相隔较短，前车对周某的车所造成的损害结果尚未确定，第二次交通事故发生，再次对周某的车造成了损害，不是同一的损害结果，而是两次损害结果的相加，而且，侵权行为发生的时间和空间也不相同，不具有时间和空间的同一性，本案侵害结果不是共同侵权行为所致，而是两个侵权行为所导致的不同损害结果的相加，故不构成共同侵权，侵权人不应承担连带责任。

《道路交通安全法》第76条规定："机动车发生交通事故造成人身伤亡、财产损失的，由保险公司在机动车第三者责任强制保险责任限额范围内予以赔偿；不足的部分，按照下列规定承担赔偿责任：（一）机动车之间发生交通事故的，由有过错的一方承担赔偿责任；双方都有过错的，按照各自过错的比例分担责任。（二）机动车与非机动车驾驶人、行人之间发生交通事故，非机动车驾驶人、行人没有过错的，由机动车一方承担赔偿责任；有证据证明非机动车驾驶人、行人有过错的，根据过错程度适当减轻机动车一方的赔偿责任；机动车一方没有过错的，承担不超过百分之十的赔偿责任。交通事故的损失是由非机动车驾驶人、行人故意碰撞机动车造成的，机动车一方不承担赔偿责任。”该规定本意是为了及时有效的为受害者提供救济，而赋予受害人直接向保险公司取得赔偿的权利。保险公司承担的是垫付责任，连带责任是法定的责任，没有法律的明文规定，就不能要求当事人承担连带责任，所以，没有依据让保险公司承担连带责任。

四 提示

在交通事故纠纷中，保险公司依据保险合同和《道路交通安全法》的规定承担垫付责任，不论侵权人是否构成共同侵权，保险公司都不应承担连带责任，而应根据被保险人的过错分担相应的赔偿责任。

032 如何理解保险人的“明确说明”义务？[1]

一 案情

2005年7月28日，闫某在某财产保险公司万州支公司处为其所有的两轮摩托车投保了第三者责任险，保险期间为2005年7月29日零时至2006年7月28日二十四时。2005年9月6日，闫某无证驾驶该两轮摩托车发生交通事故，将行人谭某撞伤，赔偿谭某经济损失19010元。因此闫某诉请被告赔偿保险金。被告辩称被保险人未持有合法驾驶证和行驶证，被告应按保险合同责任免除条款免除其责任。

二 结果

法院经审理认为，在保险合同签订过程中，被告保险公司已经履行了明确说明义务，应按保险合同责任免除条款免除赔偿责任。

三 分析

《中华人民共和国保险法》第16条规定“订立保险合同，保险人应当向投保人说明保险合同的条款内容”，第17条规定“保险合同中规定有关于保险人责任免除条款的，保险人在订立合同时应当向投保人明确说明，未明确说明的，该条款不产生效力”。2002年修改保险

---

① 摘编自陈娟：“浅析保险人的‘明确说明’义务”，载于重庆法院网理论探讨频道，http：//www. cqcourt. gov. cn/Information/InformationDisplay. asp? rootid = 40&NewsID = 40635，最后访问于2008年10月5日。

法时，以上内容被分别放入第 17 条和第 18 条，但文字上没有任何变动。

以上法律规则设定了保险人对保险条款的说明义务。其说明对象又可进一步分为一般保险条款和责任免除条款，对前者只须说明，但没有规定违反说明义务的法律后果；对后者则须明确说明，否则该责任免除条款不产生效力。从法律人的眼光看，“说明”与“明确说明”不应有区别，也无法加以区别。法律一旦要求义务人进行说明，义务人就必须明确说明；说明不明确，实际上就没有履行该义务。因此，一般保险条款的说明义务和责任免除条款的说明义务，差别仅在于违反说明义务的法律后果不同。

保险人说明义务规则的立法目的在于，鉴于绝大多数保险合同是格式（附合）合同，保险条款是保险人经过反复研究、慎重考虑、事先制定的，而投保人一般不具有保险专业知识，或保险专业知识很少，对保险条款中所使用的一些术语的含义，不一定能充分理解，为确保投保人的知情权和选择权，乃对保险人施加保险条款说明义务。对保险人施加有关说明义务，可以体现保险法上的最大诚信原则，并实现实质意义上的意思表示自由。

《保险法》第 18 条将说明标准规定为“明确说明”，最高人民法院研究室对《保险法》第 18 条规定的“明确说明”应如何理解的答复为：“这里所指的明确说明是指保险人在与投保人签订保险合同之前或者在签订保险合同之时，关于保险合同中所约定的免责条款，除了在保险单上提示投保人注意外，还应对有关免责条款的概念、内容及其法律后果等，以书面或口头形式向投保人或其代理人作出解释，以使投保人明了该条款的真实含义和法律后果”。可见，保险公司仅在保险单上载明提示投保人注意免责条款的内容并不够，还应以书面或口头形式向投保人或其代理人作出解释。

保险合同的明确说明义务分为口头和书面形式。具体到本案，在双方签订的保险合同中，投保人在声明中已明确载明“保险人已将投保险种对应的保险条款（包括责任免除部分）向本人作了明确说明，本人已充分理解，上述所填写内容均属事实，同意签订本保险合同”的内容。闫某与保险公司在签订合同时，在投保人声明栏处的签字行为，应当认定为被告已用口头形式向原告进行了明确说明。虽然该声明属被告事先打印好的格式条款，但该条款所载明的内容明确，投保人应当明确其含义和后果。故保险责任免除的约定应当发生法律效力。

四 提示

在保险合同签订过程中，投保人往往处于弱势地位，为维护交易公平，将履行说明义务的举证责任分配给保险人承担，才是合理的。实践中，保险人在投保单上设计了投保人“声明栏”，载明保险人已就保险条款内容（包括责任免除部分）向投保人作了明确说明等，并由投保人签字。这种情形从证据上看，保险人已履行了明确说明义务，案件审理中一般都承认其法律效力，否则，对保险人来说未免太苛刻。但是，如果投保人有证据证明，保险人确实未履行明确说明义务，尽管有投保人的签字，也可以否认声明的法律效力。

胜败关键

明确说明分为口头和书面形式。闫某与保险公司在签订合同时，在投保人声明栏处的签字行为，应当认定为被告已用口头形式向原告进行了明确说明。虽然该声明属被告事先打印好的格式条款，但该条款所载明的内容明确，投保人应当明确其含义和后果。故保险责任免除的约定应当发生法律效力。

033 如何理解保险合同中免责条款的告知义务?[①]

一 案 情

2005 年 10 月 25 日，奚伟民将自有的小轿车向保险公司投保了车损险（限额为 19 万元）、第三者责任险（限额为 20 万元）、不计免赔特约条款等险种，保险期限自 2005 年 10 月 26 日起至 2006 年 10 月 25 日止。2006 年 6 月 5 日奚伟民驾驶该车在江阴市与驾驶摩托车的焦某发生交通事故，致焦某死亡，车辆受损。经交警部门认定焦某负主要责任，奚伟民负次要责任。后经法院审理后确认焦某的损失为 384036.86 元，由保险公司在交强险的范围内赔偿 51359.36 元，由奚伟民按四成的责任赔偿 137071 元，精神抚慰金 20000 元，并由奚伟民承担诉讼费 4000 元；事故发生后奚伟民用去汽车维修费 11666 元，施救费 300 元。判决生效后奚伟民支付了上述赔偿款。

经查明，投保车辆于 2005 年 10 月到期后未参加年审；保险公司第三者责任险条款第六条第八款约定，保险车辆不具备有效行驶证件的，保险公司不负责赔偿。

原告认为：原告在投保时被告仅给了一张保单，并未对免责条款的内容进行过任何说明，因此该免责条款不能生效；其次，事故

---

① 摘编自史龙军："浅析免责条款的告知义务"，载于江苏法院网案例评析频道，http：//www.jsfy.gov.cn/cps/site/jsfy/index_ content_ a2008011433119.htm，最后访问于 2008 年 10 月 5 日。

发生后该车经交警部门检验完全合格，事故的发生与车辆未定期年检无任何关系，合同笼统地规定不具备有效行驶证件为免责事由，并未申明具体情况。我个人理解是：当事人不具备有效行驶证件的行为，在客观上加重了保险公司的合同义务，才可以免责。

被告认为：保险公司在原告收到保单时保险条款就给了原告，自己就免责条款部分已经向原告进行了明确的说明。原告的车辆未定期进行安全检测，符合保险合同条款中保险车辆不具备有效行驶证件的规定。

被告为证明其主张提供了一份有"奚伟民"签名的投保单，经法院申请司法鉴定，该投保单上的签名不是由奚伟民本人所签。

二 结 果

根据保险法的相关规定，保险合同中规定有关于保险人免责条款时，保险人在订立合同时应当向投保人明确说明，未明确说明的，该条款不产生效力。现根据司法鉴定的结果，投保单上的签名不是奚伟民本人的签名，故应视为保险公司未对奚伟民进行过明确说明，因此该免责条款不生效。

法院认为，双方保险合同关系真实有效，奚伟民在发生交通事故后依约向保险公司进行索赔并无不当。保险公司应该承担的理赔金额应为由奚伟民承担的第三者损失的部分 133071 元与奚伟民的车损 4786.4 元加上奚伟民负担的诉讼费 4000 元。综上，依照《中华人民共和国合同法》第 107 条、第 109 条，《中华人民共和国保险法》第 14 条、第 18 条、第 24 条以及《中华人民共和国道路交通安全法》第 76 条之规定，判决保险公司向奚伟民支付 141857.4 元。

三 分 析

保险合同作为格式合同，其在设计条款上保险人始终居于优势地位。术语专业化是保险合同的特点，基本条款及内容相对复杂并含有大量的保险术语，一般只有具有专业知识和业务经验的保险人所熟知。而作为投保人，往往仅能通过保险人所陈述的内容对合同进行理解。这就造成了信息不对等情况的出现。因此，保险人对保险合同的一般条款负有“说明”义务，对免责条款负有“明确说明”义务。《中华人民共和国保险法》第18条对保险人的提请投保人注意的义务专门作出规定，对保险人免除责任的条款投保人必须达到明确说明的程度，否则，免责条款不产生法律效力。但法律未对“明确说明”的内涵作出界定，实践中难以把握。笔者认为，“明确说明”是指保险人对于免责条款，除了在保险单上提示投保人注意外，还应当对有关免责条款的概念、内容及其法律后果等，以书面或者口头形式向投保人作出解释，以使投保人明了该条款的真实含义和法律后果。保险合同中的责任免除条款具体包括：基本险和附加险中的除外责任条款和免赔额、免赔率条款，投保人、被保险义务及违反义务的法律后果条款。为避免不说明或说明流于形式化，应对保险人履行责任免除条款说明义务提出如下实质性的法律要求：

1. 醒目设计和印刷

一份文稿的平面设计方案会直接影响到阅读人的阅读兴趣和注意力。因此，对于保险合同中的责任免除条款应当引入醒目设计和印刷的具体要求，如加大字号、黑体加粗、加框或采用不同颜色印刷，使之足以和其他保险条款相区别，从而引起投保人的足够注意。

2. 书面解释

除了向投保人提供保险条款书面文本外，对保险合同中的责任免除条款还应另外拟就书面解释，并于投保时提供给投保人。该书面解释的说明方式和程度应照顾到大多数投保人的文化水平和理解能力，尽量采用非专业性语言来说明专业术语和专业问题，同时兼顾说明内容的严谨性和准确性。

3. 回答询问

投保人就责任免除条款的理解提出具体问题的，保险人应以口头方式再进行说明和解释。

4. 单独签收责任免除条款

保险人应单独加印责任免除条款，由投保人在其上签字，声明同意将该部分条款订入保险合同。投保人签字同意的责任免除条款由保险人留存。

5. 投保人声明

在各险种使用的投保单上统一印制以下内容："本人已获得并详细阅读了本保险条款。其中的责任免除条款，保险人已采用书面及口头方式向本人明确说明，本人已按照保险人的说明充分理解。所有保险条款均同意订入合同"，并由投保人签章。

当然，对于非消费性保险合同、续保合同中的责任免除条款以及法定责任免除条款，保险人可以不用另行提供书面解释，但仍须履行醒目设计和印刷、回答询问、要求投保人签收责任免除条款、获取投保人声明这四项法定义务。此外，保险人履行责任免除条款说明义务的实质化问题，仅由保险法在现有第 18 条规定基础上进一步细化是不够的，还须由中国保监会另行颁布有关行政规章，提出具体性的要求，并切实监督保险人加以遵守，否则实难保证其实施效果。

本案中，保险公司认为在原告收到保单时保险条款就给了原告，自己就免责条款部分已经向原告进行了明确的说明，并提供了一份有"奚伟民"签名的投保单，证明已经向奚伟民进行了明确说明。但奚伟民认为该签名是保险公司业务员代签的，并不是其本人的签名，现经法院委托司法鉴定，保险合同上投保人"奚伟民"的签名非原告奚伟民本人所签，故应视为保险公司未对奚伟民进行过明确说明，该免责条款不生效，保险公司应予理赔。

四 提 示

保险合同属射幸合同，射幸就是碰运气的意思，是不受行为人主观意志控制的。保险合同当事人在合同利益分配上与其他合同当事人相比存在不均衡性。而且保险合同条款是格式条款，合同当事人在签订合同时的地位强弱差异较大，因而在签订合同时，保险公司应向投保人对免责条款尽到解释和说明义务。

胜败关键

保险合同上投保人“奚伟民”的签名非原告奚伟民本人所签，故应视为保险公司未对奚伟民进行过明确说明，该免责条款不生效，保险公司应予理赔。

034 车主无责，所受损失保险公司应赔吗？

一 案情

2006 年 8 月 10 日 7 时许，某运输公司驾驶人员杨某驾驶该公司苏 NF1621 号客车，沿苏 326 线由东向西正常行驶至 118K + 730M 处时，与陈某某驾驶的苏 HN1106 号轿车相撞，致两车损坏，陈某某当场死亡，该运输公司及车辆上的多名乘车人受伤。该事故发生后，经沭阳县公安局交巡警大队处理，于 2006 年 8 月 10 日作出交通事故认定书，认定陈某某负事故的全部责任，该运输公司驾驶员杨某及乘车人无责任。经沭阳县价格认证中心鉴证，该运输公司的车辆损失为 9403 元，该运输公司另付拖车费 300 元。事故发生后，该运输公司索赔遭拒。

2006 年 5 月 29 日，该运输公司将该车在某保险公司处投保。该保险公司于当日向该运输公司签发了保单，承保的险种为该车的车辆损失险和第三者责任险，其中车辆损失险的保险金额为 55000 元，第三者责任险的保险金额为 300000 元；保险期间为 2006 年 6 月 21 日至 2007 年 6 月 20 日。该运输公司在投保单中的内容为“上述各项内容填写属实。本人已详细阅读了所投保险种相应的保险条款，保险人已就保险条款中有关责任免除条款向本人做了明确说明。本人同意订立保险合同”，并在投保人声明栏内盖了单位印章。该保险合同的第 26 条约定：“保险人依据保险车辆驾驶人在事故中所负的事故责任比例，承担相应的赔偿责任。但被保险人或保险车辆驾驶人根据有关法律法规规定选择自行协商或由公安交通管理部门处理事故未确定事故责任比例的，保险人按照下列规定确定事故责任比例：保险车辆方负主要事故责任的，事故责任比例为70%；保险车辆方负同等事故责任的，事故责任比例为50%；保险车辆方负次要事故责任的，事故责任比例为30%。”第27条约定：“保险人按下列方式赔偿：……（二）部分损失：1. 以新车购置价确定保险金额的车辆，发生的部分损失按实际修复费计算赔偿。即赔款 =（实际修复费用 - 残值）×事故责任比例×（1 - 免赔率）。”此次事故发生后，该运输公司及司机面临如此对自己不利的保险合同条款，曾多次找该保险公司索赔，该保险公司一直予以否定。该运输公司是忍是诉，一时也拿不定主意。在经过多方法律咨询后，该运输公司还是拿起了法律武器，大胆地走上了法庭。法庭上，该运输公司认为，该保险公司拒赔理由违背法律规定，属霸王条款，该保险公司应承担全部赔偿责任共计9703元。该保险公司则认为，与该运输公司签订的保险合同中明确约定，该运输公司的责任比例为零，赔偿损失计算结果为零，所以该保险公司不承担赔偿责任。

二 结果

在合同条款对车主不利的情况下，主审法官努力通过审判活动，向双方当事人宣传法律，使案件调解解决，以减少当事人之间的对立情绪，减少社会不稳定因素。但几经努力，最终还是调解不成。一审法院依照《中华人民共和国保险法》第31条、第45条第1款、第24条、《中华人民共和国合同法》第40条的规定，判决该保险公司赔偿该汽车运输公司全部损失9703元。

三 分析

本案涉及到格式条款无效的适用问题。《中华人民共和国合同法》第40条规定：“提供格式条款一方免除其责任、加重对方责任、排除对方主要权利的，该条款无效。”保险公司在格式合同形式的保险合同中规定免赔比例或设定超出法律规定的免赔事项，不仅限制了被保险人（投保人）的权利，而且使得受害人可能得到的赔偿金额大打折扣。

过去保险公司是以“商业第三者责任险”的模式运作机动车第三者责任保险的。现行的机动车第三者强制责任保险条款和保险合同文本大多是在《道路交通安全法》实施以前制定的，通常有两个突出的问题：(1) 规定保险公司承担过错赔付责任，只对被保险人有过错的损害承担赔付责任，被保险人在事故中的过错大小决定保险公司承担的赔偿金额多寡（不超过保险金额）；（2）保险公司享有一定比例（如20%）的免赔权利或在特定条件下免除赔偿义务。

这样的实践与《道路交通安全法》的相关规定背道而驰。类似案件起诉到人民法院，法官对过错责任和免赔条款（比例）做出了否定的答复。保险公司对机动车第三者强制责任保险项下的损害在保险金额范围内承担无过错责任，即不以被保险人过错为要件支付保险费，是《道路交通安全法》建立的不可动摇的原则，也是各国的立法惯例。《北京市实施〈中华人民共和国道路交通安全法〉办法》（2005 年 1 月 1 日起实施）全面贯彻了这一无过错责任原则，规定：“机动车发生交通事故造成人身伤亡、财产损失的，肇事车辆参加机动车第三者责任强制保险的，由保险公司在机动车第三者责任强制保险责任限额范围内先行赔偿”（第 69 条第 2 款）；“机动车与非机动车、行人之间发生交通事故造成人身伤亡、财产损失的，由保险公司在机动车第三者责任强制保险责任限额范围内先行赔偿”（第 70 条）。这里反复强调了“先行赔偿”。这样的先行赔偿几乎是无条件的，不考虑各方当事人的过错因素。在实践中，保险公司以被保险人没有过错拒绝赔偿或者以被保险人只有较小的过错主张减少赔偿，是不能得到法院支持的。

《中华人民共和国保险法》第45 条第1 款规定：“因第三者对保险标的的损害而造成保险事故的，保险人自向被保险人赔偿保险金之日起，在赔偿金额范围内代位行使被保险人对第三者请求赔偿的权利。”据此，因第三者对保险标的的损害而造成保险事故的，保险人应当向被保险人先行赔付。

该保险合同的第26条约定：“保险人依据保险车辆驾驶人在事故中所负的事故责任比例，承担相应的赔偿责任。但被保险人或保险车辆驾驶人根据有关法律法规规定选择自行协商或由公安交通管理部门处理事故未确定事故责任比例的，保险人按照下列规定确定事故责任比例：保险车辆方负主要事故责任的，事故责任比例为70%；保险车辆方负同等事故责任的，事故责任比例为50%；保险车辆方负次要事故责任的，事故责任比例为30%。”第27条约定：“保险人按下列方式赔偿：（二）部分损失：1. 以新车购置价确定保险金额的车辆，发生的部分损失按实际修复费计算赔偿。即赔款 =（实际修复费用 - 残值）×事故责任比例×（1 - 免赔率）。”上述车损条款的约定与保险法的规定相矛盾，免除了保险人的赔偿责任，将应由保险人承担的风险责任转嫁给了投保人或被保险人。该约定也不符合保险法的立法目的，不利于防止道德危险的产生，有悖于社会公共利益的要求。按该约定，该运输公司的驾驶人员在事故中责任越大，获得的合同利益越多，反之则获得的合同利益越少，以至于出现该运输公司的驾驶人员在事故中无责任的情况下，该运输公司反而不能获得赔偿的不合理状况。

本案中，因该运输公司的驾驶人员在事故中无责任，按照该车损条款第26条的约定，该运输公司的事故责任比例为0，按照第27条的赔款计算公式计算，赔款为0，即该运输公司不能从该保险公司处获得赔偿，其保险目的不能实现，该运输公司的损失只能通过其他途径进行救济，是否能得到救济还处于不确定状态。因此，该车损条款第26条、第27条约定的内容，明显地表明了免除保险人责任，排除投保人或被保险人的主要权利，依照《合同法》第40条规定的规定应属无效。该保险公司应在保险限额内对该运输公司保险车辆的损失全部赔偿。

四 提示

根据保险法规定，因第三者对保险标的的损害而造成保险事故的，保险人应当向被保险人先行赔付。若保险公司在其提供的格式合同中，将应由保险人承担的风险责任转嫁给了投保人或被保险人，则该约定无效。

胜败关键

根据《中华人民共和国合同法》，保险合同中明显地表现出免除保险人责任，排除投保人或被保险人的主要权利的条款无效。

035 撞死无名氏，保险公司是否应当理赔？[1]

一 案情

2003年1月，陈某在市区一家保险公司为其购买的福田轻型厢式货车投保，办理了车辆损失险、车上责任险及第三者责任险，并交清了全部保险金。2003年3月6日，陈某雇佣的驾驶员李某驾车发生交通事故，致一人当天抢救无效死亡（死者身份不明）。经县交警大队调查，确认死者系无名氏，无法查明其亲属，认定车辆驾驶员负该起事故的次要责任。县交警大队调解陈某赔偿死者医疗费、死亡赔偿金、丧葬费等合计30000余元，陈某当即将该款交付交警大队。当陈某向保险公司理赔时，保险公司对赔偿数额无异议，但认为死亡赔偿金是以对死者亲属的精神损害赔偿，而本案死者身份不明，至今没有亲属来主张权利，县交警大队收取死者赔偿金没有法律依据，因此，不同意赔付陈某已支付的第三者死亡赔偿金。

二 结果

一审法院经审理认为，第三者责任险是指保险合同生效后，被保险人或其允许的合格驾驶员在其使用保险车辆过程中，发生意外事故，致使第三者遭受人身伤亡或财产的直接损失，依法应当由被保险人支

---

① 摘编自张红梅："撞死无名氏保险公司应当理赔"，载于江苏法院网案例评析频道，http：//www. jsfy. gov. cn/cps/site/jsfy/index_ content_ a2007043024113. htm，最后访问于2008年10月5日。

付的赔偿金额，保险人负赔付责任，故判决保险公司赔付陈某依法赔偿死者的丧葬费、死亡赔偿金等必要费用。

保险公司不服，认为死亡赔偿金是对死者近亲属的补偿，一审法院在未确定死者有近亲属的情况下，判决赔付死亡赔偿金无事实依据，请求二审法院改判。

二审法院审理认为，尽管死者至今无近亲属出现，但因客观上不能排除死者存在近亲属的可能，县交警大队调解向陈某收取相关赔偿费用，避免死者亲戚将来权利可能落空，具有一定的合理性，故驳回保险公司上诉，维持一审判决。

三 分析

按照我国法律规定，法律面前人人平等。对于死者身份无法查清的交通事故，应根据调查的事实分清责任，依法确定赔偿数额，由赔款方付款签字后，即可结案。因此，对交通肇事中的“无名尸”、又如死亡的“五保对象”、流浪乞讨人员、处于“植物人”状态的受害人等，在其近亲属不详或下落不明的情况下，不能免除保险公司依照有关规定负有的赔偿义务。对身份不明死者的赔偿费和遗物由办案机关妥善保管，并按照《中华人民共和国民事诉讼法》关于公民申请人民法院宣告失踪的时限规定，2 年后若仍然无亲属认领，其赔偿费和遗物上缴国库。

四 提示

《合同法》第 104 条规定债权人可以随时领取提存物，债权人领取提存物的权利，自提存之日起五年内不行使而消灭，提存物扣除提存费用后归国家所有。因此，自道路交通事故社会救助基金管理机构提存赔偿款之日起五年内受害人一方的赔偿权利人出现可向提存机构领取赔偿款，逾期不领的，则将赔偿款纳入道路交通事故社会救助基金，用于救助符合救助情形的交通事故受害人。

尽管死者至今无近亲属出现，但因客观上不能排除死者存在近亲属的可能，县交警大队调解向陈某收取相关赔偿费用，避免死者亲戚将来权利可能落空，具有一定的合理性。

036 一次车祸，能否获得两份赔偿？[①]

一 案 情

2000年10月27日，王某与某保险公司订立人寿保险合同，约定投保的主险为平安康寿险等，保险金额为20000万；附加险为意外伤害险，保险金额为10000元。其中附加意外伤害保险条款约定"被保险人因遭受意外伤害事故，并自事故发生之日起180日内进行治疗，本公司就其实际支出的合理医疗费用超过人民币100元的部分给付'意外伤害医疗保险金'"。保险期间为终身，交费年限为20年。合同订立后，王某按时交付了保费。2003年8月6日，王某驾驶二轮摩托车与案外人驾驶的小客车相碰，造成王某受伤，经住院治疗，共产生医疗费用20195.57元。该医疗费用由肇事车主支付了13600元，原告支付了6595.57元。此后，王某要求保险公司按合同约定支付保险金10000元，保险公司认为因原告在此事故中自己实际支付的医疗费用仅为6595.57元，其余费用非王某支付，故只向王某支付意外伤害医疗金6595.57元，而王某则要求保险公司足额支付，诉至法院要求保险公司补足余额共3404.43元。

二 结 果

法院审理后认为，平安康寿险及附加意外险属于人身保险的范畴，

---

① 摘编自金琴："一次车祸，能否获得两份赔偿?"，载于江苏法院网案例评析频道，http：//www.jsfy.gov.cn/cps/site/jsfy/index_ content_ a2007042523850.htm，最后访问于2008年10月5日。

在发生保险事故的情况下，权利人依法既可以向侵权人主张损害赔偿，还可以根据保险合同的约定向保险人主张权利，除非保险人与投保人在保险合同中约定在权利人已获得赔偿的情况下保险人不再承担保险责任。本案中，双方当事人在订立保险合同时未有上述约定，故保险公司对于责任范围内的保险事故，在既无法律依据又无合同约定的情况下，应当依法承担责任。据此，法院在多次调解未果的情况下判决支持了原告的诉讼请求，判令保险公司补足保险金 10000 元，即再向原告支付保险金 3404. 43 元。

三 分析

本案的关键在于首先必须明确人身保险合同是否适用利益补偿原则。

根据《保险法》的规定，财产保险合同属于补偿性合同，适用利益补偿原则；人身保险合同，包括人寿保险、意外伤害保险和健康保险等，属于定额保险合同，不适用利益补偿原则。利益补偿原则是指当保险事故发生后，被保险人遭受损失时，保险人在保险责任范围内对被保险人遭受的实际损失进行补偿，填补被保险人的损失。补偿原则的基本含义包括两点，一是只有保险合同约定的保险事故造成被保险人的损失才能得到补偿；二是补偿的数额等于损失。通过补偿，使被保险人在经济上恢复到受损前的状态，但不允许被保险人因损失而获得额外的利益。利益补偿原则是由保险的经济补偿职能决定的，是保险代位权制度和委付制度的基础。从这个意义上看，适用利益补偿原则的保险合同，必然与保险人的代位求偿权联系在一起。适用利益补偿原则的结果是保险人对代位求偿权的行使。从现行《保险法》的规定看，保险代位求偿权制度不适用于人身保险合同。现行《保险法》将保险代位求偿权规定在财产保险合同一节，包括第 45 条和第 46 条的规定。同时，《保险法》还在第 68 条中强化了被保险人或者受益人享有的对第三者的追偿权。从这些规定看，现行《保险法》并不认可利益补偿原则可以适用于人身保险。人身保险合同的标的是人的寿命和身体，保险利益为被保险人的人格利益，这是难以用金钱价值来予以准确衡量的，被保险人发生死亡、残疾等事故，给其本人及家庭所带来的损失不仅是经济上的，更重要的是精神上的，被保险人或受益人请求给付的保险金，并非是被保险人人格利益的价值体现，从这个意义上来说，人身保险并非是一种填补损失的保险。因此，保险法并不禁止投保人在获得保险金后，再向侵权人请求赔偿，反之，当侵权人已作赔偿后，投保人仍应可同样向保险公司请求给付保险金。这就充分说明人身保险合同不是补偿性合同。因此，本案中，当王某出现了属于保险合同约定的责任范围内的保险事故时，在没有法律依据或者合同依据的情况下，保险公司是不能依据所谓的保险利益补偿原则来拒绝理赔的。即王某在从肇事车主处获得损害赔偿后，还有权再依据保险合同向保险公司请求赔偿。

此外，本案中，原告王某与被告保险公司对合同条款中“实际支出”作了不同的理解，王某认为所有医疗费用就是自己的实际支出，尽管本案中肇事车主支付了13600元，也必然是以受害者即接受医疗者的名义来支付，而保险公司则认为王某的实际损失才是所谓的实际支出。《中华人民共和国合同法》第41条规定：“对格式条款的理解发生争议的，应当按照通常理解予以解释。对格式合同有两种以上解释的，应当作出不利于提供格式条款的一方的解释。”本案中的保险合同为保险公司提供的格式合同，当投保人与保险公司对合同条款有不同的合理解释时，根据上述法律规定，法院也应采纳不利于保险公司的解释，即支持原告的诉讼请求。

四 提 示

利益补偿原则是财产保险合同理赔时适用的最明显的原则之一，而人身保险合同则不应适用损害利益补偿原则。我国现有法律允许人身保险重复投保，也允许权利人得到多份保险金，正是体现了这一精神。

胜败关键

人身保险合同不适用损害利益补偿原则，在没有法律依据或者合同依据的情况下，保险公司是不能依据所谓的保险利益补偿原则来拒绝理赔的。

037 交通事故中无责任方的保险公司也应承担赔偿责任吗？[1]

一 案情

2005年7月17日20时10分许，车号为京G34885的“跃进”牌轻型普通货车（车内只有吴国和常某二人）由南向北行驶至区卫生服务站前，将同方向王淑驾驶的“长安”牌轿车（车号为京GZWH668）撞出，轿车失控后又将路边的行人闫某撞伤，“跃进”车又撞在路西的电线杆上，造成闫某、王淑受伤，两车及电线杆损坏。此事故经北京市公安局公安交通管理局房山交通支队认定：“跃进”轻型普通货车的驾驶人负此事故的全部责任。闫某受伤后被送往医院住院治疗36天。伤情经诊断为：1. 胸部闭合伤、左第1肋骨骨折、左肺挫伤、左侧大量气胸、右侧少量气胸、双侧胸腔积液；2. 急性闭合性轻度颅脑损伤、头皮血肿（右侧额、颞、顶部）；3. 双侧锁骨骨折；4. 左耻骨上下支骨折、右坐骨下支骨折；5. 全身多处皮肤擦伤（额面部、双手背、右肘、腰部、左膝）；6. 多发软组织损伤。闫某为治伤支付医疗费用20 559.12元。事故发生后，吴国给付闫某现金10 000元。经司法鉴定，闫某的伤残赔偿指数为15%，鉴定费用为2208.10元。经法院核实确认闫某的其它合理经济损失为：误工费2100元、护理费2560元、住院伙食补助费720元、交通费815.50元、住宿费90元、残疾赔偿金52 950元，再次

---

① 摘编自北京法院指导案例总第1009期。

手术损失4800元。

另查，“跃进”轻型普通货车的车主为王庆，吴国为王庆雇佣的司机。王淑驾驶的“长安”牌轿车在保险公司购买了限额为10万元的第三者责任保险，且事故发生于保险期间。

二 结果

一审法院经审理认为，“跃进”牌轻型普通货车与被告王淑驾驶的车辆发生交通事故时将原告闫某撞伤，王淑驾驶的车辆在被告保险公司投保了机动车第三者责任保险，该机动车第三者责任保险虽然不是机动车第三者责任强制险，但根据2004年5月1日实施的《中华人民共和国道路交通安全法》，可将机动车第三者责任险视为机动车第三者责任强制险的规定，虽然王淑不承担事故责任，保险公司仍应当在机动车第三者责任险限额内对闫某直接承担赔偿义务，赔偿闫某合理的经济损失。对于超出保险责任限额部分，应当由交通事故责任人承担赔偿责任。闫某合理的经济损失，应当根据相应的证据予以确认。其中，医疗费数额，按照诊断证明、住院结算收费清单及专用收据、门诊收费专用票据予以确认；误工费数额，按照闫某的伤情及提供的证据，并考虑闫某的诉讼请求予以确定；护理费数额，按照闫某的伤情及提供的护理人员误工证明予以确定；住院伙食补助费数额，根据住院时间按照有关标准确认；交通费和住宿费数额，按照闫某提交的合法有效的票据予以确认；财物损失费，因闫某未提供充足证据予以证明，不予支持；残疾赔偿金数额，根据闫某的伤残等级按照相关标准并考虑诉讼请求确认；鉴定费数额，按照闫某提供的证据予以确认；再次手术损失，本院根据闫某提供的证据予以确认。由于闫某的损伤造成了伤残后果，应当得到精神损害抚慰金，精神损害抚慰金的数额法院根据本案的具体情况酌情确定。故依照《中华人民共和国民法通则》第119条、《中华人民共和国道路交通安全法》第76条的规定判决：被告保险公司于本判决生效后10日内赔偿原告闫某医疗费、误工费、护理费、住院伙食补助费、交通费、住宿费、残疾赔偿金、再次手术损失及精神损害抚慰金共计 84802.72 元；驳回原告闫某的其他诉讼请求。

一审宣判后，被告保险公司不服，提出上诉。主要理由为：1. 原审法院认定事实不清，本案所涉及的道路交通事故与上诉人没有任何关系，认定上诉人承担赔偿责任缺乏事实依据；2. 原审法院认定上诉人所承保的商业性保险“第三者综合责任险”为“第三者责任强制险”明显有误；3. 原审法院适用法律不当，本案上诉人所承保的被保险车辆驾驶员在事故中无任何责任，原审法院判令依与该保险车辆的保险合同而成为原审被告的上诉人承担被侵权人的精神损害抚慰金的赔偿责任有失公正。请求二审法院撤销原判，依法改判驳回被上诉人的诉讼请求。

二审法院经审理认为，原审法院认定事实清楚，适用法律正确，审判程序合法，应予维持。故依照《中华人民共和国民事诉讼法》第 153 条第 1 款第（1）项、第 158 条的规定判决：驳回上诉，维持原判。

三 分 析

本案中，本案的争议焦点是保险公司是否应当承担赔偿责任。

本案中，被告保险公司系王淑驾驶的“长安”牌轿车的承保公司，而根据交通事故认定，“跃进”轻型普通货车的驾驶人负此事故的全部责任，王淑在本事故中为受害人。

过去保险公司是以“商业第三者责任险”的模式运作机动车第三者责任保险的。现行的机动车第三者强制责任保险条款和保险合同文本大多是在《道路交通安全法》实施以前制定的，通常有两个突出的问题：（1）规定保险公司承担过错赔付责任，只对被保险人有过错的损害承担赔付责任，被保险人在事故中的过错大小决定保险公司承担的赔偿金额多寡（不超过保险金额）；（2）保险公司享有一定比例（如 20%）的免赔权利或在特定条件下免除赔偿义务。

这样的实践与《道路交通安全法》的相关规定背道而驰。类似案件起诉到人民法院，法官对过错责任和免赔条款（比例）做出了否定的答复。保险公司对机动车第三者强制责任保险项下的损害在保险金额范围内承担无过错责任，即不以被保险人过错为要件支付保险费，是《道路交通安全法》建立的不可动摇的原则，也是各国的立法惯例。《北京市实施〈中华人民共和国道路交通安全法〉办法》（2005 年 1 月 1 日起实施）全面贯彻了这一无过错责任原则，规定："机动车发生交通事故造成人身伤亡、财产损失的，肇事车辆参加机动车第三者责任强制保险的，由保险公司在机动车第三者责任强制保险责任限额范围内先行赔偿"（第 69 条第 2 款）；"机动车与非机动车、行人之间发生交通事故造成人身伤亡、财产损失的，由保险公司在机动车第三者责任强制保险责任限额范围内先行赔偿"（第 70 条）。这里反复强调了"先行赔偿"。这样的先行赔偿几乎是无条件的，不考虑各方当事人的过错因素。在实践中，保险公司以被保险人没有过错拒绝赔偿或者以被保险人只有较小的过错主张减少赔偿，是不能得到法院支持的。

本案中，保险公司的投保人即属于无过错一方，且其损失在保险责任限额内，因此保险公司应在限额内承担赔偿责任。

综上，保险公司应是无过错赔偿，而并非有责赔偿，因此，尽管王淑在此次事故中不负事故责任，该投保的保险公司仍应按照责任限额承担赔偿责任。

四 提 示

《道路交通安全法》第 76 条第 1 款的规定赋予了受害人直接请求权，即受害人可以直接以保险公司为被告提起诉讼主张损害赔偿，在保险责任限额内保险人对受害人负有无条件支付义务。这种请求权是法定的请求权，并且独立存在。这也是责任保险区别于其他人寿保险或物损保险的最大特点，即最终的保护对象并非被保险人，而是受害的第三人。

038 保险公司应否承担精神损害赔偿责任?[1]

一 案情

2004年8月11日，原告某运输公司将自己所有的东风货车向被告财产保险股份有限公司某支公司（以下简称财保某支公司）投保。被告承保后，向原告签发了机动车辆保险单，该保险单主要约定：被保险人为原告某运输公司，保险期限从2004年8月12日零时起至2005年8月11日24时止，其中第三者责任险赔偿限额为50万元；双方在特别约定中明确“本保单涉及三者险按最高人民法院《关于审理人身损害赔偿案件适用法律若干问题的解释》（以下简称人损司法解释）规定的标准执行”。另约定了绝对免赔额为1000元。并附有财产保险股份有限公司《机动车辆保险条款》。该条款第2条、第6条、第16条、第18条规定第三者责任险：因事故产生的善后工作，有关精神损害赔偿，本公司不负责处理和赔付；单方肇事事故的绝对免赔率为20%。合同签订后，投保人按约支付了保险费。2004年11月26日，某运输公司招聘的合格驾驶员驾驶该标的车正常运行时发生交通事故，并造成廖某某受伤，该交通事故人身损害赔偿，经某县人民法院审理，并作出民事判决：由某运输公司赔付廖某某47011.30元（其中包括10000元精神损害抚慰金），并

---

① 王缉跃：“一起诉保险公司承担精神损害赔偿责任的案例分析”，载于重庆法院网理论探讨频道，http：//www.cqcourt.gov.cn/Information/InformationDisplay.asp？rootid=&NewsID=41982，最后访问于2008年10月5日。

承担一审诉讼费用2772元，某运输公司不服一审判决提出上诉，经二审法院作出终审判决：驳回上诉，维持原判，二审诉讼费3372元由某运输公司承担。被告对上述交通事故出险、勘查、理赔计算，并单方委托某市司法鉴定所对伤者廖某某的医疗费进行鉴定，并剔除了7081.47元。据此，被告以合同约定绝对免赔1000元和免赔率20%，并剔除人民法院判决由被保险人给付第三者的10000元精神抚慰金，照此计算后给付原告保险赔偿金22947.54元。原告则认为尚有14661.50元应予赔付及为交通肇事人身损害赔偿案支付的一、二审诉讼费用6144元，两项共计20805.50元应由被告承担。为此酿成纠纷，原告遂向人民法院提起诉讼。原告认为，既然在特别约定中明确按司法解释执行，就应包括精神抚慰金，且人民法院生效判决已确定由原告赔付给第三者，据此，被告就应予以赔偿；被告认为，司法解释不应包括精神抚慰金，该解释仅只是表明赔偿权利人在请求人身损害赔偿的同时，可以请求精神损害赔偿，是一种程序性规定，而不是实体性规定，有关精神损害赔偿最高人民法院单独有一个司法解释，即《关于确定精神损害赔偿案件适用法律若干问题的解释》，因此，双方的特别约定不包括精神抚慰金。

二 结 果

法院经审理，判决被告赔偿原告支付的医疗费、一审诉讼费，驳回原告要求被告支付二审诉讼费和精神抚慰金的诉讼请求。

三 分 析

本案双方主要争议的焦点为，双方在特别约定中第三者险按司法解释执行，是否包括精神抚慰金。

随着道路交通网络建设的发展，人们购买车辆数量的增多，使得交通运输日渐繁忙。由于一些驾驶员的交通安全意识不强，违章驾驶，因而交通事故的发生率也逐年递增，由此而引起的涉及人身、财产损害赔偿案件也随之上升。在审判实践中，交通事故的发生对受害者本人及其亲属都可能会带来精神伤害，而当事人在起诉时都有可能附带请求精神损害赔偿，这给人民法院的审理增加了一定的难度。我国《民法通则》第120条第1款规定："公民的姓名权、肖像权、名誉权、荣誉权受到侵害的，有权要求停止侵害，恢复名誉，消除影响，赔礼道歉，并可以要求赔偿损失"。该条规定是对于侵害公民人格权的行为，侵权人应当承担精神损害赔偿的首创，受保护的人格权利之中亦包括生命健康权。《最高人民法院关于确定民事侵权精神损害赔偿责任若干问题的解释》第1条规定："侵害生命权、健康权、身体权……"。第4条规定："因侵权致具有人格象征意义的特定纪念物品而永久灭失或者毁损的"，可以向人民法院起诉请求赔偿精神损害。可见，在道路交通事故损害赔偿案件中，能够请求精神损害赔偿的范围应限于因侵害人侵权致人身伤残（不包括达不到评残标准的轻微损伤）、死亡、妇女流产及具有人格象征意义的特定纪念物品受灭失或毁损。受害人据此而向人民法院起诉请求精神损害赔偿的，人民法院应依法予以受理。但对于交通事故给第三者造成的精神损害保险公司是否应当赔偿，笔者认为，机动车第三者责任保险合同即是根据《保险法》的规定，由机动车主和保险公司在自愿、有偿、平等的基础上达成的合意，遵循了民事行为当事人"意思自治"的原则，保险公司承保机动车第三者责任险是保险合同关系，因此产生的保险事故赔偿属于保险人的合同义务，因而其赔付应遵循合同相对性原则，赔偿请求权限于投保人或保险合同约定的受益人。保险公司在机动车第三者责任保险承担的是合同责任，而非侵权责任，精神损害赔偿则是由于侵权行为而引起的法律后果，故保险公司不应当对精神损害承担赔偿责任。

四 提 示

根据《最高人民法院关于确定民事侵权精神损害赔偿若干问题

的解释》规定，所谓"精神损害赔偿"是基于人格权利遭受非法侵害，即属侵权之债的范围，而非合同之债，而保险合同所形成的保险赔偿属合同之债，并非侵权之债，精神损害抚慰金不是以填平损害为原则的财产性损失，其具有对加害人的惩罚，对受害人的抚慰功能。而双方签订的保险合同为财产保险合同，所保险的风险为财产性风险，精神损害不属于财产保险合同承保的范围，因此，第三者遭受精神损害不属于保险人的承保范围；加之双方在保险条款第6条已明确约定有关精神损害赔偿不属保险人赔付范围。

胜败关键

第三者责任险是责任保险的一种，而责任保险又是财产保险的一种，精神损害不属于财产保险合同承保的范围。

039 保险人未明确说明，免责条款能生效吗？[①]

一 案 情

原告王某诉称，2006 年 3 月，我在被告某保险公司为宝来 BCRA 1.8T AT 轿车投保家用汽车险、第三者责任险。2006 年 5 月 7 日，该车发生交通事故，致一人死亡。市法院判决被告某保险公司赔偿死者家属 50000 元，判决我赔偿死者 86948.61 元，承担诉讼费 3170 元，另外，我的轿车损坏，花去修理费 37495 元，现要求被告某保险公司，按双方所签保单及相关法律规定予以理赔，赔偿我支付死者损失 86948.61 元，车辆损失 26246.5 元（即用 37495 元 × 70% =26246.5 元），合计 113195.11 元，另外再加上因诉讼由我承担的 3170 元诉讼费损失，被告某保险公司共应赔偿我损失 116365.11 元，并承担本案全部诉讼费用。

被告某保险公司辩称：由于保险合同中已明确约定精神损害抚慰金属于保险公司免责范围，故这一部分保险公司不应支付保险金。

法院经审理查明：一、原告王某于 2006 年 3 月 16 日在被告某保险公司为其宝来 BCRA 1.8T AT 轿车投保家用汽车险（保险金额为 147000 元）、第三者责任险（保险金额为 500000 元），并约定绝

① 摘编自金琴："保险人未明确说明，免责条款不能生效"，载于江苏法院网案例评析频道，http：//www. jsfy. gov. cn/cps/site/jsfy/index_ content_ a2007042523847. htm，最后访问于 2008 年 10 月 5 日。

对免赔率均为0；保险期限自2006年3月17日至2007年3月16日止。2006年5月7日16时40分许，原告王某投保的宝来BCRA 1.8T AT轿车发生交通事故，与一辆电动自行车相撞，致一人死亡。经市公安交警部门鉴定，驾驶员与受害人各负事故的同等责任。2006年7月，市法院民事判决书认定受害人死亡损失合计174212.30元（含受害人精神损害抚慰金）。判决某保险公司赔偿受害人家属50000元；根据受害人负事故50%同等责任，依法减轻驾驶员30%赔偿责任，故判决原告王某赔偿损失余额124212元的70%，即86948.61元，并承担诉讼费用3170元，该判决已发生法律效力。

二、事故发生后，宝来BCRA 1.8T AT轿车损坏，原告王某共花去维修、拖车等费用37495元。

三、原告王某与被告某保险公司在《家用汽车损失保险条款》中约定车辆部分损失赔款为（实际损失×事故的责任比例－绝对免赔额）×（1－绝对免赔率）。本案中，原、被告双方未约定绝对免赔额。

四、保险公司提供的机动车第三者责任保险条款第4条规定：投保第三者机动车造成下列人身伤亡或者财产损失，不论在法律上是否应由被保险人承担责任，保险人不予赔偿：……（四）因保险事故引起的任何有关精神损害赔偿。

三 结果

法院审理后认为：《中华人民共和国保险法》第18条明确规定："保险合同中规定有关于保险人责任免除条款的，保险人在订立保险合同时应当向投保人明确说明，未明确说明的，该条款不产生效力。"本案中，投保人否认保险公司在签订保险合同时已就保险条款中的相关责任免除条款作了说明，保险公司亦未举证证明其在签订合同时已就机动车第三者责任保险条款中的相关责任免除条款作了说明，同时，从保险公司提供的投保单内容看，在投保单的重要提示、特别约定及明示告知栏内均未涉及解释责任免除条款的内容，由于保险公司未能履行保险法规定的明确说明义务，故机动车第三者责任保险条款中关于精神损害赔偿的责任免除条款对投保人不产生效力，该条款不能成为保险公司拒绝赔付的抗辩事由。故判决保险公司按约定的保险金额比例支付保险金。

三 分 析

保险法上所谓“说明义务”，又称“计约说明义务”、“醒意义务”，是指保险人于保险合同订立时向投保人说明合同条款涵义之义务。我国《保险法》第 17 条第 1 款规定：“订立保险合同时，保险人应当向投保人说明保险合同条款的内容……”；第 18 条规定：“保险合同规定有保险责任免除条款的，保险人应当向投保人明确说明，未明确说明的，该条款不发生效力”。上述规定确立了我国保险人的说明义务。从上述规定来看，保险法对保险人规定的说明义务不尽相同。第 17 条规定保险人应当向投保人“说明”保险合同的条款内容，此项义务可称作“一般说明义务”；第 18 条规定保险人应当向投保人“明确说明”保险合同的免责条款，此项义务称为“免责条款说明义务”或“明确说明义务”。很明显，立法者的意图是根据保险合同条款的重要性把说明义务分别规定。不过有些学者指出，“明确”乃说明应有之义，既然《保险法》第 17 条规定的合同条款包含了免责条款，《保险法》第 18 条似乎没有保留的必要。而笔者认为，责任免除条款的具体内容直接关系到保险交易预期目的的实现程度，是投保人衡量保险产品质量所依据的最主要因素。基于此，免责条款的说明义务程度应该高于其他条款。

保险人说明义务的性质如何，已在我国学界形成通说：1. 从规范层面的性质讲，说明义务属于一种强行的法定义务；2. 从制度层面的性质讲，说明义务属于一种典型的先契约义务；3. 从履行层面的性质讲，说明义务属于一种主动性义务。此项义务之履行不以投保人之询问为条件，保险人应在缔约时积极主动地履行。可见，保险公司仅在保险单上载明提示投保人注意免责条款的内容并不够，还应以书面或口头形式向投保人或其代理人作出解释。

依据对明确说明义务立法宗旨及目的的分析，对照上述案例，我们不难发现案例中保险公司在与投保人订立保险合同时没有尽到明确说明义务。保险公司未向投保人提供保险合同条款，仅提供了保险单及保险卡，由于保险单上仅载明被保险人姓名、被保险车辆、承保险种名称、费率、保险金额等项目，无法反映保险责任和责任免除等内容，精神损害赔偿是否属于理赔范围投保人无从知晓。

四 提 示

就保险合同而言，当事人的合意表现为双方在充分理解合同条款内容及其含义的基础上作出愿意受其约束的意思表示，它包含对合同条款的“理解”和“接受”两个方面，而“理解”是“接受”的前提，不理解而接受，不构成真正的合意。一般情况下，保险合同条款为保险人单方拟定，保险人对其内容及文字含义自然是了如指掌，而投保人则不能如同保险人一样对此有准确透彻的理解。这样，在对保险合同条款的“理解”方面，投保人与保险人处于不平等的地位。当投保人对合同条款未全部了解、掌握时，对其未知之内容，显然谈不上“理解”，更谈不上“合意”。在此情形下，若投保人作出的“接受”合同条款的意思表示，便不能实现真正的合意。因此本案中对于“精神损害”是否属于免责范围，投保人和保险人即原、被告双方并未真正达成合意。这一免责条款当然不能对投保人即本案原告产生效力。

胜败关键

保险公司未在投保单的重要提示、特别约定及明示告知栏内涉及解释责任免除条款的内容。

040 投保车辆卖出后在过户前发生交通事故，保险公司应否赔偿？[①]

一 案情

朱某系苏F－31287小货车车主，于2000年9月13日向保险公司投保，险种为第三者责任险，赔偿限额10万元，保险期限自2000年9月14日零时起至2001年9月13日二十四时止。

2001年5月，陈某出资8000元向朱某购得苏F－31287小货车，但未办理过户手续。2001年6月27日，陈某所雇驾驶员刘某驾驶苏F－31287小货车行至桃元镇某路段时，与石某所骑自行车相撞，致石某受伤。公安局交通警察大队事故调处科认定刘某负事故的主要责任。石某于2002年2月向法院起诉，要求朱某、刘某、陈某承担赔偿责任，后撤回对朱某、刘某的诉讼请求。法院于2002年6月10日判决陈某赔偿石某62632.67元。

朱某于2002年7月向保险公司提出申请，要求保险公司对保险事故予以赔偿。保险公司于2002年8月23日作出拒赔通知书，认为苏F－31287小货车被转让给陈某，朱某未通知保险公司，亦未办理批改手续，保险公司有权拒赔；且赔偿义务人是陈某，朱某没有承担赔偿责任，故保险公司拒绝赔偿。朱某于2003年4月7日向法

① 摘编自吴剑平："投保车辆卖出后未过户前发生交通事故，保险公司应否赔偿?"，载于江苏法院网案例评析频道，http://www.jsfy.gov.cn/cps/site/jsfy/index_content_a200308127347.htm，最后访问于2008年10月5日。

院起诉，要求法院判令保险公司按照机动车保险条款规定赔偿85%的损失即53237.77元。

二 结果

法院经审理认为，《保险法》及保险合同所附的《机动车辆保险条款》均规定：在保险合同有效期内，保险车辆转卖、转让他人，被保险人应当事先书面通知保险人并申请办理批改。否则，保险人有权拒绝赔偿。苏F-31287小货车已发生转让的事实，但朱某未通知保险公司，亦未申请办理批改手续，保险公司有权拒赔。其次，保险法的基本原则之一是损失补偿原则，即对被保险人的实际损失进行赔偿。法院判决实际占用人陈某赔偿受害人损失62632.67元，朱某并没有承担赔偿责任。因此，朱某没有损失，就谈不上对其损失进行补偿的问题。保险公司拒赔于法有据，应予支持。据此，依照《中华人民共和国保险法》第33条、最高人民法院《关于民事诉讼证据的若干规定》第3条之规定，判决如下：驳回原告朱某要求被告保险公司赔偿53237.77元的诉讼请求。案件受理费2140元由原告承担。

判决后，当事人均未上诉。

三 分析

一、我国车辆保险合同的转让，必须获得保险公司的同意

我国《保险法》第34条规定：保险标的转让应当通知保险人，经保险人同意继续承保后，依法变更合同。但是货物运输合同和另有约定的合同除外。《机动车辆保险条款》第26条、第30条规定：在保险合同有效期内，保险车辆转卖、转让、赠送他人、变更用途，被保险人应当事先书面通知保险人并申请办理批改。被保险人未履行该义务的，保险人有权拒绝赔偿或自书面通知之日起解除保险合同。由此，我国车辆保险合同的转让必须获得保险公司的同意，受让人不能当然继受原合同。

二、车辆转让未办理过户手续，不得对抗善意第三人

我国立法要求机动车辆的物权变更要采用登记的方式予以公示，即未经登记，不得对抗第三人。本案中，朱某与陈某达成转让车辆的意思表示，卖方交车、买方付款，对于朱某与陈某二人而言，交易行为已完成且对双方具有约束力。但由于法律要求转让行为是要式行为，未经过户，不具有公示的效力，即不得对抗善意第三人。

三、朱某丧失对小货车的保险利益

《保险法》第12条第1款和第2款分别规定，“投保人对保险标的应当具有保险利益。”“投保人对保险标的不具有保险利益的，保险合同无效。”这两款只是规定投保人对保险标的应当具有保险利益，否则保险合同无效。但是，这是否意味着投保人对保险标的在保险合同有效期限内都必须有保险利益？从现行《保险法》的规定看，得不出这样的结论。从理论上分析，就投保人对保险标的具有保险利益的时间而言，因人身保险和财产保险而有差别。财产保险中，投保人在订立合同时一般要求对保险标的具有保险利益，但在保险事故发生时对保险标的必须具有保险利益，否则保险人就不应当承担保险责任。这是因为财产保险是补偿性保险，补偿原则是财产保险的基本原则。如果发生保险事故时，被保险人没有保险利益，也就是说，保险标的的灭失不是被保险人的损失，被保险人获得保险赔偿就违背了补偿原则。另外，保险利益还可以决定被保险人获得补偿的范围。人身保险特别是人寿保险是给付保险。因而投保人订立保险合同时必须对保险标的具有保险利益。这不仅是为了防止赌博，更是为了保证被保险人的生命安全。但保险事故发生时，并不要求投保人必须对保险标的具有保险利益。这是因为在人身保险中通常不是根据保险利益确定赔偿的范围。保险事故发生时，保险人是按照保险合同约定的金额向受益人给付保险金。人寿保险在保险事故发生时不要求投保人对保险标的具有保险利益也有利于保险单的转让，有利于保护受益人的合法权益。因此，在司法实务中，人民法院应当审查投保人在订立人身保险合同时

是否具有保险利益而不必审查保险事故发生时是否具有保险利益，而在财产保险中则主要审查被保险人在保险事故发生时对保险标的是否具有保险利益而不是主要审查订立保险合同时对保险标的是否具有保险利益。

本案原告在投保时，是投保车辆的所有权人，当然对保险标的具有保险利益，其保险合同是有效的。但是，投保时有保险利益，不等于投保人始终对保险标的具有保险利益，在保险合同约定的保险期内，保险利益有可能丧失，如将保险标的转卖、转让、赠送他人，投保人就不再对保险标的具有保险利益，除非是通知了保险人并申请办理批改。

本案中，朱某与陈某达成买卖协议，朱某交付了苏 F－31287 小货车，该车实际由陈某控制，标的物毁损、灭失的风险由陈某承担，朱某不承担物上风险，也就丧失了物上利益，保险利益随之丧失。

四 提 示

对《机动车辆保险条款》第 26 条规定进行分析，“在保险合同有效期内，保险车辆转卖、转让、赠送他人或变更用途，被保险人应当事先书面通知保险人并申请办理批改。”实质是保险合同内容的变更问题。保险合同变更也应遵守合同变更的原则，当事人双方协商同意。如果发生规定所指保险标的转让的事实，投保人未申请批改，一方面不可能发生保险合同变更的后果，受让人不可能取代原投保人的地位；另一方面，对原投保人来说，面临着因失去保险利益或未履行如实告知对保险事故的发生有严重影响的事实的义务，保险人拒赔或解除保险合同的风险。因此，“事先通知”实际上是投保人应当履行的如实告知义务，“批改”是对保险合同的变更，两者对投保人在保险事故发生后能否获得保险人的理赔有重大影响。

《保险法》及保险合同所附的《机动车辆保险条款》均规定：在保险合同有效期内，保险车辆转卖、转让他人，被保险人应当事先书面通知保险人并申请办理批改。否则，保险人有权拒绝赔偿。本案中发生了车辆交易的事实，但投保人未按规定通知保险公司。

041 如何看待交通事故中的死亡赔偿金计算“同命不同价”的问题?[1]

一 案情

2005年11月8日下午2时50分左右，驾驶苏F—AD263号轻型厢式货车，与季某驾驶的苏F—CS490号二轮摩托车，在某县甲镇的平桥路与翻身河西交叉路口相撞，双方车辆受损，季某重伤，经抢救无效，13天后死亡。交警部门认定此次交通事故季某负主要责任，穆某负次要责任。

苏F—AD263号轻型厢式货车，登记车主是徐某。该车在中国人民财产保险公司甲支公司（以下简称财保甲支公司）投保第三者责任险，最高保额20万元。

死者季某的户籍所在地为甲县角斜镇新坝村，但从1995年12月27日结婚后，季某就与其妻在某县城甲镇江海东路购下房产，常年在此生活、工作。

按江苏省统计部门公布的数据，2004年度，江苏省农村居民人均年纯收入为4754元，无固定职业人员为7053元，城镇居民为10482元，在岗职工为18202元。

季某死后，其父、其母、其妻、其女以财保甲支公司、徐某为

① 摘编自戚庚生：“关于‘同命同价’争论的司法回应——评季宜珍等诉财保海安支公司、穆广进、徐俊交通事故损害赔偿纠纷案”，载于江苏法院网案例评析频道，http：//www.jsfy.gov.cn/cps/site/jsfy/index_ content_ a2006120720002.htm，最后访问于2008年10月5日。

被告，提起交通事故损害赔偿诉讼，诉称：季某死亡给原告方造成的损失共计391613.54元。其中：1. 季某的医疗费50199.91元；2. 季某的误工费，按照2004年度从事交通运输业人员的年收入标准15850元计算13天，为564.52元；3. 季某住院期间伙食补助费按每天18元计算13天，为234元；4. 季某住院期间营养费，按每天6元计算13天，为78元；5. 季某住院期间护理费，按照2004年无固定收入人员年收入标准7053元计算13天，由二人三班倒轮流护理，为1506.96元；6. 死亡赔偿金，按照2004年度城镇居民人均纯收入10482元的标准计算20年，为209640元；7. 丧葬费，按照2004年度在岗职工人均收入18202元的标准计算半年，为9101元；8. 精神损害抚慰金5万元；9. 交通费1400.4元；10. 被扶养、赡养人生活费67888.75元。其中其父应受赡养10年，其母应受赡养7年，考虑其他子女的赡养份额，按照每年3035元计算；其女应受扶养15年，考虑季拎彤其他扶养人的扶养份额，按照每年7332元计算；11. 车辆损失1000元。请求判令被告方承担以下赔偿责任：财保甲支公司应当按苏F—AD263号投保的第三者责任保险最高保额20万元理赔。超过20万元的损失，根据事故责任认定，由其和徐某共同赔偿30%，减去已经支付的15241元，还应赔偿42243.07元。

被告财保甲支公司辩称：季某是农村居民，按照最高人民法院司法解释的规定，死亡赔偿金应按照上一年度农村居民人均纯收入标准4754元计算，不应将此项赔偿金按照上一年城镇居民人均可支配收入10482元的标准计算为209640元。季某负此次事故的主要责任，原告主张5万元的精神损害抚慰金太高。

被告徐某同意财保甲支公司的答辩意见，并辩称：苏F—AD263号车虽然登记在本人名下，但该车是本人与孙某合伙期间购买的，后本人与孙某散伙，该车归孙某所有，也是孙某让被告驾驶期间发生本案交通事故，故这起交通事故与本人无关。

二 结 果

江苏省某县人民法院经审理认为：季某因交通事故死亡，原告依法享有请求侵权人赔偿损失的权利。原告主张的季某医疗费 50199.91 元、误工费 564.52 元、住院伙食补助费 234 元、营养费 78 元、丧葬费 9101 元、车辆损失费 796 元等损失，合法有据，予以支持。原告主张的交通费损失 1400.4 元，虽然提交了相应的交通费用票据，但对部分票据与交通事故的关系不能作出合理解释，故只能认定此项损失为 158.4 元。

原告季宜珍、张加凤是季某生前赡养的人，二人为农村户口且实际居住于农村；原告季玪彤是季某生前扶养的人，季玪彤为城镇居民。原告按农村居民和城镇居民的标准分别计算被赡养人季宜珍、张加凤与被扶养人季玪彤的生活费，请求被告赔偿此项费用 67888.75 元，合法有据，且被告方未提出异议，予以支持。

季某在交通事故中死亡，原告方请求被告赔偿精神损害抚慰金，合法合情合理。考虑到季某在事故中负主要责任，可将精神损害抚慰金酌定为 1.5 万元。季某因伤情较重，在医院抢救 13 天，期间需要三人日夜轮流护理，护理费按 2004 年度无固定收入人员年收入为标准计算。

证据表明，季某的户籍虽然在农村，但是自结婚后，就与妻子许艳兰在某县城购下房产，常年在某县城生活、工作，在某县城有较稳定的收入，主要消费地也在某县城。从季某的服务处所、获取报酬地、生活消费地等因素看，其生前实际居住地是某县城。如果按照农村居民标准计算季某的死亡赔偿金，既不符合实际，也不足以弥补原告方损失，故应当按照 2004 年度城镇居民人均可支配收入 10482 元的标准乘以 20 年，计算季某的死亡赔偿金为 209640 元。

苏 F — AD263 号机动车在被告财保甲支公司处投保了最高额为 20 万元的第三者责任险，现该车肇事，给第三者造成 20 万元以上的损失，财保甲支公司应当在承保范围内承担赔偿责任。超过第三者责任险承保限额的损失部分，应当由交通事故责任人赔偿；鉴于受害人季某在本次交通事故中负主要责任，故对超过第三者责任险承保限额的损失，由根据其在事故中应负的责任赔偿30%。被告徐某虽然是该肇事车辆的登记车主，但对本案的发生并无过错，在有实际侵权人承担赔偿责任的情况下，原告还主张让徐某承担赔偿责任，没有法律依据，不予支持。

江苏省某县人民法院依照《中华人民共和国道路交通安全法》、最高人民法院《关于审理人身损害赔偿案件中适用法律问题的解释》、最高人民法院《关于确定民事侵权精神损害赔偿责任若干问题的解释》的规定，于2006年1月13日判决：

一、被告财保甲支公司赔偿原告季宜珍、张加凤、许艳兰、季拎彤有关死者季某的医疗费、误工费、住院伙食补助费、营养费、护理费、死亡赔偿金、丧葬费、精神损害抚慰金、交通费、被扶养人和被赡养人生活费、车辆损失费等损失合计20万元；

二、被告赔偿原告季宜珍、张加凤、许艳兰、季拎彤有关死者季某的前项费用损失合计46342.22元；

三、驳回原告季宜珍、张加凤、许艳兰、季拎彤要求被告徐某承担赔偿责任的诉讼请求；

四、驳回原告季宜珍、张加凤、许艳兰、季拎彤的其他诉讼请求。

一审宣判后，被告财保甲支公司不服，向南通市中级人民法院提起上诉，但其后未按规定预交二审案件受理费。南通市中级人民法院依照《中华人民共和国民事诉讼法》第一百零七条第一款、《人民法院诉讼费收费办法》第十三条第二款之规定，于2006年3月8日作出裁定：

本案按自动撤回上诉处理，原审判决即发生法律效力。

三 分析

因交通事故而死亡的，应当支付死者的法定继承人或依照《继承法》享有继承权的人一定数额的死亡赔偿金。所谓死亡赔偿金，是指受害人因交通事故死亡的，由事故责任人按照一定的标准给予死者家属的一定数额的赔偿。受害人的死亡给其家属以及亲人带来物质上和精神上的巨大损失，是对他人利益的一种严重侵害，应当给予赔偿。死亡赔偿金不是对死者本身失去生命的赔偿，其目的是在于安定死者家属的生活，抚慰死者家属所遭受的精神创伤，弥补死者家属所受到的物质损失。在实践中死亡赔偿金应注意两个问题：一是死亡赔偿金应由死者的继承人或依照《继承法》享有继承权的人领取，其他人员不得主张死亡赔偿金；二是在事故发生前死者是否患有疾病以及疾病的严重程度如何，都不影响死亡赔偿金的赔偿，但如果死者在事故发生前确已濒临死亡且无法救治，对其死亡赔偿金可以酌情予以适当减少。

《最高人民法院关于审理人身损害赔偿案件适用法律若干问题的解释》第29条规定："死亡赔偿金按照受诉法院所在地上一年度城镇居民人均可支配收入或者农村居民人均纯收入标准，按二十年计算。但六十周岁以上的，年龄每增加一岁减少一年；七十五周岁以上的，按五年计算。"根据上述司法解释的规定，死亡赔偿金的计算根据受害人年龄的不同而赔偿年限有异，但都是以受诉法院所在地上一年度城镇居民人均可支配收入或者农村居民人均纯收入为标准进行计算的。受诉法院所在地与事故责任人所在地一般是同一的。城镇居民人均可支配收入或者农村居民人均纯收入按照当地政府统计部门公布的上一年度相关数据来确定。

这里所谓的"城镇居民人均可支配收入"，是按家庭常住人口平均的可支配收入。"农村居民人均纯收入"，是按农村住户当年从各个来源得到的总收入相应的扣除所发生的费用后的收入总和。农村居民人均纯收入是按家庭常住人口平均的纯收入水平，反映的是一个地区或一个农户的平均收入水平。这里所称的家庭常住人口，是指全年经常在家或在家居住6个月以上，而且经济和生活与本户连成一体的人口。据此，家庭常住人口具有以下几个法律特征：一是全年经常在家或在家居住6个月以上，常年在外且已经有稳定的职业与居住场所的外出从业人员，不应作为家庭常住人口；二是经济和生活与本户连成一体，外出从业人员在外居住时间虽然在6个月以上，但收入主要带回家中，或者在家居住的非农村户口人员，仍视为家庭常住人口；三是人口，是个人，而不是户口。人口是指在一定时间、一定地域、一定社会制度下，具有一定数量和质量的有生命的个人的社会群体，即居住在一定空间里的人的总和；而户口是个户籍概念，表示的是一种居住地身份或出生地身份。

本案中，法院的判决并不仅依据户籍，而是考虑到死者季某在城镇居住已经一年以上，工作地及薪酬获取地、基本的生活消费地等均在城镇，从而对怎样适用不同的标准进行了与时俱进的把握理解，判决按照城镇居民的标准计算季某的死亡赔偿金，这不仅不违背解释，而是更加贴近了解释的本意与精神，因而是正确的。审判实践中，另外两种情况也可考虑按照城镇居民的标准给予赔偿：1. 死者生活消费已基本等同于城镇居民，且系城市（镇）扩张过程中的周边失地农民的；2. 死者虽不固定在某一城市（镇）居住，但靠手艺或一技之长在城市（镇）间谋生获得稳定和较高收入的。但是，死者系城镇居民因各种原因下乡居住的，如下乡承包荒山、荒地、水面的，退休后回乡养老的，下乡借读或寄养的等等，虽实际居住于农村，但仍应按户籍地即城镇居民标准赔偿为宜。因为毕竟要在发展的过程中逐步就高考虑，并为消弥差距而努力。当然，审判实践中还会出现更多的新情况，这都需要实事求是地依法律和解释的精神加以研究解决。

四 提示

关于所谓城镇居民和农村居民死亡赔偿金的计算标准问题，在过去的司法实践中，主要是看死者的户籍所在地。这在人口流动性不强的情况下，尚不失为一个基本合理也是清晰而易于判断的标准。但随着社会的发展变迁，人口流动的加剧，大量的农民进城务工或实际居留，仍机械地坚守“户籍论”，则显然已经不合时宜，也不符合维护农民工权益的要求。

042 对驾驶员的故意违规行为，保险公司是否承担赔偿责任？

案情

2002年7月31日，原告徐某为其所有的苏NJ0824号依维柯货车在被告某保险公司处投保了车上责任险10000元/座*15座、第三者责任险（赔偿限额为200000元）、不计免赔特约险及其他部分险种。在该车辆的保险单（保险单号为PDAA200232132300/01615）上载明的内容包括：被保险人为县水产购销中心（徐某）、使用性质为非营业、保险期限自2002年8月8日零时起至2003年8月7日二十四时止。

2003年7月25日2时15分，杨某驾驶苏NJ0824号依维柯货车由北向南行驶到上海市普陀区交通路2979号处时停车，乘坐该车的乘客韩某下车后，杨某因车费问题与韩某发生争执，杨某遂将韩某的包扔到车上（车门未关），韩某拉着该车，杨某突然发动车辆行驶，将韩某带倒坠地后，被该车右后轮碾压受伤。经上海市公安局普陀分局交通警察支队处理，认定杨某承担该起事故的全部责任，韩某不承担该事故责任。

事故发生后，受害人韩某即被送往上海市同济大学附属同济医院住院治疗，住院时间从2003年7月25日至2003年8月16日，花医疗费19122.63元。诊断结论为：1. 尿道断裂；2. 左右趾骨上下支骨折；3. 肝包膜下血肿；4. 直肠破裂。后韩某又转到泗阳县仁慈医院住院治疗，住院时间从2003年8月17日至2003年10月27日，花医疗费18500元。诊断结论为：1. 尿道断裂合并直肠尿道瘘；2. 直肠破裂；3. 左右耻骨上下支骨折；4. 右腓骨、右内踝骨折；5. 肝包膜下血肿；6. 建议转院治疗。于是韩某又转到上海交通大学附属第六人民医院住院治疗，住院时间分别从2004年5月7日至2004年6月4日、2004年7月30日至2004年11月11日、2005年5月4日至2005年6月7日，花医疗费59022.49元。诊断结论分别为：1. 后尿道狭窄；2. 尿道直肠漏。1. 后尿道狭窄术后；2. 切后感染。1. 横结肠造瘘术后；2. 后尿道狭窄。经上海市道路交通事故鉴定中心对受害人韩某的受伤情况进行伤残评定，评定结论为：1. 韩某因车祸致全身多处软组织损伤，骨盆多发性粉碎性骨折伴移位，尿道断裂，肝包膜下血肿，直肠破裂，右内踝骨折，右腓骨下段骨折等。临床已多次进行直肠修补造瘘术及尿道吻合术等治疗，目前遗留骨盆严重畸形愈合，尿道严重狭窄及肛门周围神经损伤致排便功能障碍。参照GB18667－2002《道路交通事故受伤人员伤残评定》标准第4.8.7c）条、第4.9.7b）条、第4.10.6a）条及第4.10.7i）条之规定，其尿道严重狭窄、骨盆骨折致严重畸形愈合，直肠破裂修补术及肛门损伤致排便功能障碍的后遗症已分别构成道路交通事故八级伤残、九级伤残及十级伤残。2. 韩某主诉车祸后其阴茎勃起功能消失。目前本中心实验室检查显示其阴部神经传导功能异常，NPT检查见阴茎夜间自主性勃起功能消失。参照GB18667－2002《道路交通事故受伤人员伤残评定》标准第4.4.1e）条之规定，其阴部神经损伤致阴茎勃起功能完全丧失的后遗症已构成道路交通事故四级伤残。2006年3月13日，经上海市公安局普陀分局交通警察支队调解，原告徐某与受害人韩某达成调解协议，内容为：1. 徐某一次性赔偿韩某人民币110000元；2. 韩某的医药费、住院费凭据由徐某承担。2006年3月13日，原告徐某即向上海市公安局普陀分局交通警察支队交纳了110000元赔偿款，并支付了韩某的相关医疗费用和住院费用。后原告徐某到被告中国人民财产保险股份有限公司泗阳支公司处要求理赔，被告中国人民财产保险股份有限公司泗阳支公司于2006年10月18日出具了一份机动车辆保险拒赔通知书给原告徐某，因而成讼。

另查明，苏NJ0824号依维柯货车在江苏省宿迁市公安局交通巡逻警察支队颁发的行驶证（所有人为泗阳县水产购销中心）上的使用性质为非营运。2001年9月10日，苏NJ0824号依维柯货车在江苏省泗阳县运输管理所办理了营运证登记手续（车辆类型：依维柯厢式货车、经营范围：普货运输），并于2002年12月30日在宿迁市运输管理处办理了换证手续。从2002年8月8日起至2003年8月7日（在保险期限内），该车除本次事故外还先后发生了5次事故，发生事故的时间分别为：2002年8月28日、2002年9月8日、2003年3月14日、2003年5月9日、2003年7月10日，被告中国人民财产保险股份有限公司泗阳支公司已先后赔付过原告徐某理赔款的数额分别为：2000元、2000元、5000元、2000元、500元。

又查明，泗阳县水产购销中心系个人独资企业，投资人系徐某(即本案原告)。杨某系泗阳县水产购销中心的驾驶员，具有驾驶资格。事故发生后，杨某于2003年7月28日在上海市公安局普陀分局交通警察支队陈述："2003年7月25日零晨2时15分，我驾驶小客车，从江苏泗阳开往上海，车上有一乘客韩某到上海交通路停车后，韩某下车后，不肯付车费，我就将他的包扔到车上发动车辆，韩某拉着我的车，车辆起步，韩某摔倒被车轮碾压受伤，该起事故我承担全部责任。"

还查明，双方在保险合同中约定的责任免除条款的第5条内容为："下列情况下，不论任何原因造成保险车辆的损失或第三者的经济赔偿责任，保险人均不负责赔偿：……（3）被保险人或其允许的合格驾驶员的故意行为；……。"

二 结果

泗阳县人民法院经审理认为，保险活动当事人行使权利、履行义务应当遵守诚实信用原则。保险合同是射幸合同，投保人付出的是确定的保费，转移的是不确定的风险，保险合同作为最大诚信合同，当然要求合同当事人诚信履行合同义务。保险合同是投保人与保险人约定保险权利义务关系的协议。本案原、被告在平等自愿、协商一致的基础上签订的财产保险合同，是双方当事人的真实意思表示，具有法律约束力，双方均应诚信履行合同。本案原告对自己的营运车辆在投保时，没有履行如实告知义务，投保了非营运性质的险种，并且在保险期间内违规从事客运过程中发生了将本车乘客致伤的交通事故，被告对原告的损失拒绝赔偿于法有据。同时，本院认为，被保险车辆的驾驶员杨某对本起事故发生主观上所存在的间接故意，符合保险人责任免除条件。根据原、被告双方保险合同的约定及相关法律的规定，本院对原告的诉讼请求不予支持。依据《中华人民共和国民事诉讼法》第 64 条、第 128 条和《中华人民共和国保险法》第 5 条、第 10 条、第 11 条、第 17 条、第 18 条、第 24 条、第 31 条、第 50 条之规定，判决：驳回原告徐某对被告中国人民财产保险股份有限公司泗阳支公司的诉讼请求。案件受理费 5510 元、其他诉讼费 500 元、专递费 200 元、实支费 2200 元由原告徐某负担。

一审宣判后，徐某不服，向中级人民法院提起上诉，在二审审理过程中，经中级人民法院调解，双方当事人达成调解协议。中级人民法院于 2005 年 3 月 12 日作出了民事调解书。

三 分析

一、受害人韩某受伤属于第三者责任险承保范围

《机动车辆保险条款解释》规定，第三者责任险是指，被保险人或其允许的合格驾驶员在使用保险车辆的过程中，发生意外事故，致

使第三者发生人身伤亡或财产的直接损毁，依法应当由被保险人支付的赔偿金额，保险人依照道路交通有关法规和保险合同的规定给予赔偿。（但因事故产生的善后工作，保险人不负责处理。）该解释还对“第三者”的含义做了进一步明确，在保险合同中，保险人是第一方，也叫第一者；被保险人或使用保险车辆的致害人是第二方，也叫第二者；除保险人和被保险人之外的，因保险车辆的意外事故致使保险车辆下的人员或财产遭受损害的，在车下的受害人是第三方，也叫第三者。

本案中受害人韩某系下车后，杨某因车费问题与韩某发生争执，杨某遂将韩某的包扔到车上（车门未关），韩某拉着该车，杨某突然发动车辆行驶，将韩某带倒坠地被该车右后轮碾压受伤。由此可见，受害人韩某当时系在该车下而不是在该车上，故受害人韩某应属于第三者责任险承保范围。

二、本案原告违反如实告知义务

如实告知，可称为告知，或称说明，是指告知义务人在订立保险合同时将有关保险标的的事实向保险人所作的陈述。虽然告知不是保险合同本身所约定的内容，但告知是订立保险合同的必经过程。告知的目的是帮助保险人对承保风险有全面真实的了解，从而决定是否承保以及以何种费率承保。虽然现行《保险法》对告知问题有明确规定，但需要研究的内容仍然很多。就人民法院的审判工作而言，以下问题值得注意。

其一，告知义务人与告知的时间、方式。我国现行《保险法》仅规定负有告知义务的人为投保人。对于告知义务人的范围其他国家立法规定也不尽一致。有的规定告知义务人为投保人，如德国保险契约法、意大利民法典等；日本商法典则区分损失保险和生命保险分别规定，损失保险由投保人负告知义务，生命保险中投保人和被保险人均负告知义务；美国有的州规定被保险人负有告知义务，有的州规定投保人和被保险人均负告知义务。我国海商法规定被保险人负告知义务。

从理论上分析，被保险人无论是对其财物及其危险发生情况，还是对自己身体状况都较投保人更为了解。在《保险法》未作修改的前提下，我们认为，在司法实务中被保险人的告知可以视为投保人的告知。只要能够证明保险人知悉被保险人的告知，保险人就不得以投保人未告知为由解除合同或拒绝承担保险责任。现行《保险法》对告知义务履行时间规定得较为模糊。从理论上分析，告知义务履行时间最迟应于订立合同之时，或者说应于保险人承保之前。由于《保险法》规定保险合同复效需由当事人协商并达成协议，因而保险合同复效时，投保人亦负有告知义务。保险合同成立后，投保人或被保险人就“足以影响保险人决定是否同意承保或者提高保险费率”的重要事实向保险人作补充说明是否构成“告知”？这种补充说明由于是在保险合同成立后，因而不能被认为是履行告知义务。不过，此种情形下，如果保险人未在合理期限内解除合同，应视为其放弃解除合同的权利。

其二，告知的范围。《保险法》第 17 条第 1 款规定，订立保险合同，保险人可以就保险标的或者被保险人的有关情况提出询问，投保人应当如实告知。这既是投保人承担如实告知义务的法律依据，也明确了投保人如实告知的范围。根据这一规定，投保人就保险标的或者被保险人的有关情况向保险人告知的范围限于保险人询问的范围。这是因为在保险活动中，保险人作为专业经营组织，拥有雄厚的专业知识优势，十分明了保险标的或者被保险人的哪些情况会影响它是否承保或者以何种费率承保。相反，投保人并不清楚保险人真正需要了解哪些情况，而且一般而言，投保人未必知晓违反告知义务的法律后果，可能为了少缴保险费或者尽量取得保险人的同意承保而违反了告知义务。在实务中，保险人通常会让投保人填写风险询问表。因而我们可以将风险询问表所列问题视为保险人询问的范围。对于超出风险询问表的问题，如保险人主张也向投保人询问过，则必须承担相应的举证责任。不过，并非保险人提出询问的问题，投保人都应当回答。对于超出投保人知道或者应当知道的事项，投保人未告知应当不影响保险合同的效力。投保人只能就其知道或者应当知道的事项予以回答，如果客观上不应当知道的事项，也就没有回答的义务。实际上，《保险法》对此有相应规定。按照《保险法》第 17 条的规定，构成违反告知义务时，必须具备主观条件和客观条件。主观上，投保人必须有故意或过失，主观上无过失的情况排除在外。客观上，存在投保人故意不履行如实告知事实或者因过失未告知重要事实的情形。

其三，保险人行使解除合同的期限。按照《保险法》的规定，投保人违反告知义务的，保险人有权解除合同，但未规定行使解除权的期限。这是否意味着保险人可以随时解除合同呢？如果没有期限的限制，保险人即使在合同订立之时即知有违反告知义务的情形，但仍然会收取保险费，发生保险事故后便行使解除权，结果是保险人收保费而不承担风险。这显然与诚实信用原则大相径庭。因而，保险人行使解除权应受一定期限限制。这个期限，自保险人知道解除原因之日起算，不能过长，1 个月较为适宜。不过，如果投保人故意违反告知义务并且构成欺诈，则另当别论。

因为车辆的使用性质是“足以影响保险人决定是否同意承保或者提高保险费率”的有关保险标的的重要事实，投保人对此必须如实告知。《中华人民共和国道路交通安全法实施条例》第 5 条规定的“初次申领机动车号牌、行驶证的，应当向机动车所有人住所地的公安机关交通管理部门申请注册登记。申请机动车注册登记，应当交验机动车，并提交以下证明、凭证”中没有明确“营运与非营运”的内容，但在第 6 款有“法律、行政法规规定应当在机动车注册登记时提交的其他证明、凭证”的规定，第 16 条也有规定对营运与非营运车辆区别对待。因此，认定车辆使用性质的主体机关不是公安交通管理部门，主管发放、管理机动车行驶证的行政机关不是对营运与非营运车辆定性的法定部门，操作过程中存在随意性和不规范，缺乏法律依据。《中华人民共和国道路运输条例》明确规定国务院交通主管部门主管全国道路运输管理工作。县级以上地方人民政府交通主管部门负责组织领导本行政区域内的道路运输市场的监督管理工作。县级以上道路运输管理机构负责具体实施道路运输管理工作。因此，对车辆使用性质认定的法定部门应是县级以上道路运输管理机构。而本案原告持有的正是道路运输管理机构颁发的营运证，从事的又是营业运输，却按非营业交保费，享受了较低的保险费率，规避了保险法的有关规定，作为保险人的被告有权解除保险合同，对于解除前发生的保险事故，不承担赔偿或者给付保险金的责任，并且保险费不予退还，所以本案应当认定原告违反了如实告知义务。

四 提 示

投保人对于“足以影响保险人决定是否同意承保或者提高保险费率”的有关保险标的的重要事实，必须如实告知。同时，在大多数保险合同中，对于交通事故中驾驶员的故意违规行为，保险公司是免责的。

第四章 交通肇事犯罪

交通肇事罪，是指从事交通运输的人员或非从事交通运输的人员，因违反交通运输管理法规而发生重大事故，造成他人重伤、死亡或者使公私财产遭受重大损失的行为。根据《最高人民法院、最高人民检察院关于严格依法处理道路交通肇事案件的通知》的规定，对于构成交通肇事罪的案件，如果国家、集体财产因此遭受损失，由公安机关根据肇事者的责任在起诉意见书中提出赔偿意见，并随同案件移送人民检察院，经人民检察院审查后，依法作为刑事附带民事诉讼起诉，公民个人因他人犯交通肇事罪受物质损失的，可依法提起行使附带民事诉讼，要求赔偿。

交通肇事罪是危害公共安全罪中的一种。其特征为：

犯罪主体主要是指从事交通运输的人员，如汽车驾驶员、火车司机等。但对于非交通运输人员，如果违反交通管理法律法规，符合交通肇事罪规定的，也依照此规定处理。

犯罪客体是社会公共安全。

犯罪主观方面表现为当事人的过失。即当事人应当预见自己的行为可能发生重大交通事故，却因为疏忽大意而没有预见，或者已经预见而怀有侥幸心理，轻信能够避免发生重大交通事故，以致发生严重后果的。如果当事人主观方面表现为故意，如为报复开车故意撞人的，则不属于交通肇事罪，而属于故意杀人罪等更严重的刑事犯罪。

客观方面表现为违反交通运输管理法规，发生重大事故，造成人员重伤、死亡或者使公司财产遭受重大损失。

以上四个条件是构成交通肇事罪的必备条件，缺一不可，在判断某人是否构成交通肇事罪时，必须用以上四个条件认真衡量。

043 小区内交通肇事后将受害人带离现场遗弃致人死亡的构成何罪?①

一 案情

2002年9月3日7时许，由被告人胡某驾驶、被告人海某乘坐的松花江牌微型车（车牌号京CL8129），在本市昌平区天通苑小区内由南向北行驶时，将横过道路的行人裴某撞伤。胡某与裴某的丈夫叶某将被害人裴某抬上肇事汽车送往医院，途中，胡某与海某预谋将被害人抛弃。当汽车行驶至本市顺义区后沙峪北京市丽光打火机厂（以下简称打火机厂）门口时，胡某谎称医院到了，海某与叶某将裴某抬下车，放在打火机厂门口后，海某趁机返回肇事车，胡某驾车与海某逃逸。被害人裴某后因创伤失血性休克合并颅脑损伤死亡。

另查，被害人裴某被遗弃时生命处于垂危状态，当地派出所民警在接到报警后虽及时赶到现场，但因被害人之夫叶某提出要回家取钱，民警才未直接将被害人送往医院抢救，故延误救治时间约两小时。

二 结果

一审法院经审理认为，被告人胡某在发生交通事故，撞伤他人后，为逃避法律追究，伙同海某将被害人带离现场并遗弃，致人死亡，两

① 摘编自北京法院指导案例总第682期。

被告人的行为均已构成故意杀人罪，胡某所犯故意杀人罪，性质恶劣，后果严重，依法应予惩处。海某所犯故意杀人罪，依法亦应惩处。依照《中华人民共和国刑法》第232条、第57条第1款、第56条第1款、第25条第1款之规定，以故意杀人罪，判处被告人胡某无期徒刑，剥夺政治权利终身；判处被告人海某有期徒刑13年，剥夺政治权利2年。

一审宣判后，胡某、海某不服，提出上诉。

二审法院经审理认为，上诉人胡某、海某在小区内驾驶机动车撞伤他人后，为逃避法律追究，将被害人遗弃，致人死亡，其行为均已构成故意杀人罪，依法均应予惩处。一审法院所作的判决，定罪正确，审判程序合法，应予确定；惟考虑本案具体情节及二上诉人各自应承担的罪责，一审判决对胡某、海某量刑不当，应予以改判。据此，依照《中华人民共和国刑事诉讼法》第189条第（2）项及《中华人民共和国刑法》第232条、第56条第1款、第55条第1款、第25条第1款的规定，以故意杀人罪，改判胡某有期徒刑15年，剥夺政治权利3年；改判海某有期徒刑12年，剥夺政治权利2年。

三 分 析

一、被告人胡某的行为不构成交通肇事罪

道路交通管理法规的适用对象是与道路交通活动有关的单位和个人。根据道路交通管理法规的规定，“道路”是指公路、城市道路和广场、公共停车场等用于公众通行，包括允许社会机动车通行的地方，而在道路以外的其他地点发生的活动不属于道路交通管理法规调整的范围。本案事故的发生地是天通苑小区内的道路，不属于公路、城市道路，也不属于用于社会公众通行场所和社会机动车通行的地方。因此，本案被告人胡某驾车将被害人撞伤的行为，不属于违反交通管理法规的行为，不构成刑法所规定的交通肇事罪。

二、本案被告人构成间接故意杀人犯罪

首先，胡某的行为符合故意杀人罪的客观要件。犯罪行为主要表现为作为和不作为两种基本形式。不作为是指行为人有义务实施特定的行为，但是没有实施，从而造成了危害结果的发生。构成刑法上的不作为必须以具有作为义务为前提，这种作为义务，既可以来自法律的规定，也可以来自职务和业务上的要求，还可来自自己的先行行为。所谓来自自己的先行行为，是指自己前边的某个行为使他人的人身安全处于一种严重的危险状态，自己就有义务消除这种危险状态，使他人恢复安全。如果不履行这种义务，致使他人的生命、健康遭受严重危害，就构成刑法上的不作为。

本案被告人胡某由于本人的过失行为，而使受害者生命陷于危险状态，其有义务采取有效措施来排除这种危险，将受伤者送往医院抢救治疗，但他反而欺骗被害人亲属，将被害人抛弃在郊区一工厂门外，延误被害人的治疗，导致了被害人死亡结果的发生。

其次，胡某的行为符合故意杀人罪的主观要件。被告人胡某应当明知因自己的过失致被害人重伤后若不及时救助，伤者就有死亡的可能。然而，胡某非但不救助伤者，反而将伤者抛弃在远离肇事地点的一工厂门外，使被害人难以及时得到救治，因而造成被害人死亡结果发生。胡某虽不是追求被害人死亡结果的发生，但对被害人的死亡采取了放任的态度。

被告人海某目击胡某造成被害人危险状态后，同意与胡某一同将被害人遗弃，对被害人死亡结果的发生，采取了放任的态度。在主观上与胡某有放任被害人死亡的共同故意，并在客观上实施了将被害人移至一工厂门外的抛弃行为，导致了被害人死亡结果的发生，符合间接故意杀人罪的构成要件，与胡某构成共同故意犯罪。

需要指出的是，本案中，被害人丈夫和民警在被害人丈夫回家取钱后，才将被害人送到医院，将救治时间再次延误，致被害人因创伤性失血性休克合并颅脑损伤死亡的结果发生，这种第三人的不作为是导致结果发生的介入因素，可以在一定程度上酌情减轻被告人的刑事责任。

四 提 示

机动车驾驶员驾驶车辆致他人受伤后，负有迅速将受伤者送往医院进行抢救治疗的义务，如果明知伤者生命陷于危险状态，不但不采取有效措施来排除这种危险，而且作出不利于救治伤者的行为，将有可能触犯刑法，而受到法律的严惩。

044 明知将人撞倒后驾车拖挂被害人继续行驶致其死亡应定何罪？[1]

一 案情

2004年12月9日9时许，黄某在某村口西侧600米处路南该村村民梁某（男，时年65岁）的庄稼地内割玉米秸，梁某见状即上前阻止，为此双方发生争执。后黄某驾驶其北京牌1041型货车离开，梁某上前阻拦，黄某在明知将梁某撞倒后，仍继续加油前行，使梁某被撞倒后挂在车下，拖至某加油站前。梁某因被拖拉、挤压致创伤性休克死亡。

二 结果

一审法院经审理认为，黄某在未经他人同意的情况下，收割他人的玉米秸而引发纠纷，在驾车离开现场时明知将被害人撞倒，竟继续拖挂被害人行驶，致人死亡，其行为已构成故意杀人罪，所犯罪行极其严重，依法应予惩处。故判决：黄某犯故意杀人罪，判处死刑，缓期2年执行，剥夺政治权利终身。

宣判后，黄某不服，提出上诉。二审法院经审理裁定驳回上诉，维持原判。

三 分析

本案争议的焦点在于如何认定被告人黄某行为的性质。

---

① 摘编自北京法院指导案例总第834期。

一、本案不属于交通肇事罪中“因逃逸致人死亡”的情形

“因逃逸致人死亡”是我国刑法关于交通肇事罪的加重处罚情节，仅指行为人在交通肇事后为逃避法律追究而逃跑，致使被害人因得不到救助而死亡的情形。对此，《最高人民法院关于审理交通肇事刑事案件具体应用法律若干问题解释》第5条明确规定：“因逃逸致人死亡，是指行为人在交通肇事后为逃避法律追究而逃跑，致使被害人因得不到救助而死亡的情形。”第六条规定，“行为人在交通肇事后为逃避法律追究，将被害人带离事故现场后隐藏或者遗弃，致使被害人无法得到救助而死亡或者严重残疾的，应当分别依照《刑法》第232条、第234条第2款的规定，以故意杀人罪或者故意伤害罪定罪处罚。”满足这一法定情节的构成要件必须包括以下几点：（一）行为人的逃逸行为必须是发生在交通肇事后；（二）出现了交通肇事被害人死亡的结果；（三）被害人死亡的结果与行为人的逃逸行为存在着原因上的因果关系；（四）被害人死亡的结果仅仅是因为行为人交通肇事的逃逸行为造成，其中没有加入其它的加害行为，从刑法理论上而言，在“逃逸”与“致人死亡”之间没有加入其它的因果关系和条件。

在司法实践中，因交通肇事逃逸致人死亡的情况十分复杂，所以对交通肇事后逃逸致人死亡的定罪，应根据逃逸人主观心理状态并结合行为当时的具体情况之间的因果关系，综合加以判断。正确对交通肇事案逃逸致人死亡进行定性，可根据下列不同情况具体分析认定：

第一，行为人在交通肇事后逃逸因过失致人死亡的，应按交通肇事罪定罪处罚，如行为人交通肇事后误认为被害人没有受伤或只受轻伤（轻微伤），致使被害人死亡的，或者行为人肇事后按正常人的常识误认为被害人已经死亡而逃逸，致使被害人死亡等情况。在此类案件中只要有证据证明，肇事者主观上并不明知逃逸行为会造成被害人死亡，或没有放任被害人死亡结果发生的，就不符合间接故意杀人罪的构成要件。行为人肇事后履行了注意义务，但当时未死，后因抢救不及时而死的；或行为人肇事后履行了注意义务，但疏忽了其他的注

意义务，而由此造成危害结果发生的，只能以交通肇事罪定罪。

第二，交通肇事后被害人伤势严重（如大脑、心脏、肝脏等主要器官受损），生命已垂危，即使得到及时抢救也不能挽回其生命；或者被害人已经得到了及时救治，由于伤势严重或医疗条件所限等原因不治身亡，由于被害人死亡和行为人逃逸行为之间不存在直接因果关系，被害人的死亡是行为人交通肇事行为的自然后果，所以对肇事者应当适用《刑法》第133条第2个量刑档次，但不适用“因逃逸致人死亡，处七年以上有期徒刑”。

第三，行为人交通肇事致人重伤，是成立交通肇事罪的基本犯，但行为人为了毁灭罪证，逃避罪责，在逃逸过程中又实施了加害行为，致被害人死亡，应以故意杀人罪处理，而不应属因逃逸致人死亡。具体表现为：1. 交通肇事后，为杀人灭口，在逃逸过程中又故意辗轧致被害人死亡；2. 行为人交通肇事后，明知被害人挂附在肇事车辆后仍驾车逃逸，致被害人死亡；3. 行为人交通肇事后，为逃避罪责，故意将被害人移至使人难以发现的地方后逃逸，使被害人失去抢救机会而死亡等等。将这几种情况认定为故意杀人罪，是因为行为人交通肇事后，主观心理态度发生变化，在逃逸过程中，实施了积极的加害行为，即故意的辗轧、拖挂和转移被害人的行为，在逃逸行为与他人死亡结果之间加入了一个新的因果关系，因此，不应包括在《刑法》第133条之内。行为人违章交通肇事，其主观心理状态本来是过失，危害结果的发生超出行为人的主观愿望，但行为人为了达到毁灭罪证以逃避法律制裁和自己应承担的法律责任的目的，其主观心理状态往往发生变化，他们或者对被害人死亡结果的发生持希望追求的直接故意，或对被害人死亡结果持消极放任的间接故意，在这样的主观心态下，这些行为均构成故意杀人罪，只有这样才能真正打击犯罪，也才能真正体现从重打击交通肇事逃逸之立法宗旨。

第四，行为人交通肇事后驾车逃跑，在逃跑途中连续多次撞死、撞伤多人的，应按《刑法》第115条以危险方法危害公共安全罪定罪处罚，或与交通肇事罪并罚。行为人在逃跑过程中以驾车撞人的方法危害公共安全的，多由于行为人因肇事紧张、恐惧而失控，为逃避罪责而不顾一切驾车撞人，行为人主观上已由过失转化为放任大多数人死亡结果发生的故意。在这种情况下，其侵犯的客体不再是特定的人的生命健康权利，而是不特定多数人的人身安全，不应再以故意杀人罪论处，对后一行为应按《刑法》第 115 条以危险方法危害公共安全罪处罚。

第五，行为人肇事后当场致被害人死亡又逃逸的，在主观上无论其是否已经认识到被害人被撞死，均应构成交通肇事罪，依照《刑法》第 133 条第二个量刑档次处理，即交通运输肇事后逃逸或者有其他的特别恶劣情节的，处三年以上七年以下有期徒刑。在此情况下，被害人的死亡只与交通肇事有因果关系，而与逃逸行为不存在刑法上的因果关系，因而不能适用第三个量刑档次。

第六，行为人在交通肇事逃逸过程中，再次发生交通肇事致他人死亡，即第一次交通肇事后逃走，在逃跑过程中再次违反注意义务，发生第二次交通肇事致人死亡的结果，前后两行为皆构成交通肇事罪，对之不宜实行数罪并罚，而应适用《刑法》第 133 条第三个量刑档次从重处罚。

本案中，黄某在驾车逃离现场时明知将他人撞倒，为逃避责任，竟拖挂被害人继续前行，最终造成被害人因被拖拉、挤压而死亡。这种情形显然不符合刑法关于交通运输肇事后“因逃逸致人死亡”的规定，故不成立交通肇事罪。

二、黄某的行为不符合过失致人死亡罪的特征，应以故意杀人罪定罪处罚

过失致人死亡罪的行为人是由于疏忽大意或者过于自信，才造成被害人死亡结果的发生。疏忽大意的过失，是指行为人应当预见自己的行为可能发生致被害人死亡的结果，由于疏忽大意而没有预见；过于自信的过失，是指行为人已经预见而轻信能够避免，以致发生被害

人死亡的结果。过失致人死亡罪的主观方面只能由这两种心理态度构成。而故意杀人罪的行为人积极追求他人死亡的结果发生。所以，在司法实践中，查明行为人的预见能力和对他人死亡结果发生所持的心理态度，是正确认定案件性质的关键。

本案中，黄某明知其驾车撞人的事实和可能造成的危害结果，却在撞人后继续驾车从被害人身体上方驶过，放任被害人被拖拉、挤压致死的结果发生，其行为构成故意杀人罪。

四 提 示

汽车驾驶属于具有高度危险的操作行为，驾驶人驾驶汽车除了要严格遵守交通法律法规，确保自己和他人生命财产安全的同时，更要注意不要将汽车作为行凶、犯罪的工具，否则后果不堪设想。

045 驾驶学员练车撞死了人，该如何定性？

一 案 情

徐某系大丰市交通汽车驾驶员培训有限公司教练员，2006 年 12 月 20 日 17 时左右，学员洪某驾驶“苏 J3562 学”号重型普通货车在大丰市交通汽车驾驶培训有限公司院内练习坡道起步项目，身为教练的徐某未随车指导，洪某在由西向东倒车下坡的过程中，车尾驶向南侧围墙，挤夹到站立在围墙边的学员严某，致其死亡。大丰市公安局交通巡逻警察大队认定：徐某负此事故的全部责任。

二 结 果

法院经审理认为，徐某身为汽车培训教练员，未随车指导学员驾驶机动车辆而发生交通事故，致一人死亡，且负事故的全部责任，其犯罪的主观方面，客观方面、客体均与交通肇事罪的构成要件相符，其行为已构成交通肇事罪。

三 分 析

本案中驾驶培训公司的院内主要是专供学员练车，设置成各种道路形式，一般是不允许社会车辆随意进出的，为的是确保学员练车安全，据此驾驶培训公司的院内道路应属于单位管辖范围，有着专用于驾驶学员练车的特殊性，是不允许用于公共通行的。《道路交通安全法》第八章附则中关于“道路”的解释是指公路、城市道路和虽在单位管辖范围但允许社会机动车通行的地方，包括广场、公共停车场等用于公众通行的场所。按照这个规定事故发生地是不属于《道路交通安全法》中的"道路"的。但诸如此类的非道路同样是公众经常出入的地方，在这些非道路上行驶，违反交通法规，发生交通事故，同样会给不特定的多数人的生命、健康和重大公私财产带来危险。《道路交通安全法》第77条已明确规定"车辆在道路以外通行时发生的事故，公安机关交通管理部门接到报案的，参照本法有关规定办理"，说明在非道路上发生严重交通事故致人死亡情况下是可以参照在道路上发生的致人死亡的事故处理。

《中华人民共和国道路交通安全法实施条例》第20条规定："在道路上学习机动车驾驶技能应当使用教练车，在教练员随车指导下进行，与教学无关的人员不得乘坐教练车。学员在学习驾驶中有道路交通安全违法行为或者造成交通事故的，由教练员承担责任。"本案中徐某作为驾驶培训教练，负有随车指导，确保学员安全的义务，其主观上具有疏忽大意的过失，且造成了撞死另一名学员严某的重大交通事故，学员洪某在学习驾驶中并不存在交通安全违法行为，故洪某无需承担任何责任。《道路交通安全法》第101条规定" 违反道路交通安全法律、法规的规定，发生重大交通事故，构成犯罪的，依法追究刑事责任。"徐某的行为在主观上具有过失，在客观上有违反《道路交通安全法》等交通运输管理法规的行为并由此造成了一名学员死亡的重大事故，侵犯的客体是交通运输的正常秩序和安全，从犯罪构成上看，与交通肇事罪的构成要件相符，定交通肇事罪较为合理。

四 提示

在道路上学习机动车驾驶技能应当使用教练车，在教练员随车指导下进行，学员在学习驾驶中有道路交通安全违法行为或者造成交通事故的，由教练员承担责任，学员不承担责任。在教练场上发生严重交通事故致人死亡的情况下是可以参照在道路上发生的致人死亡的事故处理的。

046 交通肇事后离开肇事现场的，能否确认行为人是为逃避法律追究？[①]

一 案情

张峰在未取得机动车驾驶证的情况下，于2004年8月28日20时50分许，酒后驾驶报废的无牌照白色长安小客车，由南向北行驶至城营二村村东路口时，将在路东靠右侧同方向行走的行人安晓亮撞倒后驾车逃逸。当日21时许，张峰到派出所投案。安晓亮被他人送往医院抢救，因伤势过重，于2004年9月1日死亡。

二 结果

一审法院经审理认为，张峰违反交通管理法规，在未取得机动车驾驶证的情况下，酒后驾驶报废机动车辆，将靠右侧路边正常行走的行人安晓亮撞倒，后未停车抢救伤者及保护现场，是事故发生的直接原因，应负事故全部责任，此事故致安晓亮死亡，张峰的行为已构成交通肇事罪。张峰案发后主动到公安机关投案，如实交待事故发生的情况，其行为应认定为自首。故依照《中华人民共和国刑法》第133条、第67条第1款及《最高人民法院关于审理交通肇事刑事案件具体应用法律若干问题的解释》第2条、第3条，《最高人民法院关于处理自首和立功具体应用法律若干问题的解释》第1条，以交通肇事罪，判处张峰有期徒刑2年6个月。

---

① 摘编自北京法院指导案例总第1021期。

一审宣判后，公诉机关以张峰未停车抢救伤者及逃离现场是为逃避法律追究的逃逸行为为由，提出抗诉。

二审法院经审理认为，原审被告人张峰违反交通管理法规，无证酒后驾驶报废机动车辆，因而发生重大交通事故，致一人死亡，其行为已构成交通肇事罪。鉴于原审被告人张峰案发后主动到公安机关投案，如实供述自己的犯罪事实，系自首，依法可以从轻处罚。对于公诉机关认为原审被告人张峰未停车抢救伤者及保护现场，是为逃避法律追究而实施逃逸行为的抗诉意见，经查，张峰交通肇事后逃离现场，但在事发较短时间内即向警方投案，不能认为张峰未停车抢救伤者及逃离现场，是为逃避法律追究实施的逃逸行为。一审法院认定张峰犯交通肇事罪的事实清楚，证据确实、充分，定罪正确，量刑适当，审判程序合法。二审法院驳回抗诉，维持原判。

三 分 析

《中华人民共和国刑法》第133条规定："违反交通运输管理法规，因而发生重大事故，致人重伤、死亡或者使公私财产遭受重大损失的，处三年以下有期徒刑或者拘役；交通运输肇事后逃逸或者有其他特别恶劣情节的，处三年以上七年以下有期徒刑；因逃逸致人死亡的，处七年以上有期徒刑。"本案中，张峰违反交通管理法规，无证酒后驾驶报废机动车辆，因而发生重大交通事故，致一人死亡，其行为已构成交通肇事罪无疑。本案争议的焦点关键在于被告的行为是否构成"因逃逸致人死亡"的情节。

最高人民法院法释［2000］33号《关于交通肇事刑事案件具体应用法律若干问题的解释》（以下简称《解释》）第5条规定："'因逃逸致人死亡'，是指行为人在交通肇事后为逃避法律追究而逃跑，致使被害人因得不到救助而死亡的情形。"交通肇事后逃逸致人死亡可分为两个阶段：交通肇事阶段和驾车逃跑致人死亡阶段。第一阶段行为人由于违反交通规章的行为，造成了过失致人重伤的结果，完全符合交通肇事罪的构成要件，构成交通肇事罪。这一点在刑法理论上均无异议。关键在第二阶段，行为人在交通肇事发生后，如果明知受害人不及时送医院抢救会有生命危险，而放任受害人死亡的结果发生，畏罪潜逃，致受害人延误抢救时机而死亡。这种基于间接故意致人死亡的不作为，有别于交通肇事中的过失行为，应定不纯正不作为的间接故意杀人。

笔者认为，在第二阶段行为人发现被害人受伤后，同时具有致人死亡的危险性，为逃避法律责任，弃伤者于不顾，驾车逃跑，导致被害人死亡。在这一阶段行为人主观上又生成新的罪过，客观上又有新的危害行为和危害结果发生，符合（间接）故意杀人罪的构成要件，这时行为人行为的性质已发生了变化，不应再以交通肇事罪论处，这种行为应明确排除在《刑法》第133条之外。

张峰交通肇事后逃离现场，但在事发较短时间内即向警方投案，张峰辩称其离开现场是“因为知道撞了人，回家拿钱给被害人看病，后因家里没人就去派出所投案”，而公诉机关没有提出足以证明张峰离开现场就是为逃避法律追究的证据。因此，不能认为张峰未停车抢救伤者及逃离现场，是为逃避法律追究实施的逃逸行为，不构成《解释》规定的“为逃避法律追究而逃跑”的“逃逸”情节。

四 提 示

在现实生活中，交通肇事行为人在肇事后离开现场的原因和目的是多种多样的，有的是为了逃避法律追究，有的是害怕被害人亲属和群众的报复殴打，有的可能是正在去投案和抢救伤者的途中。因此，仅凭交通肇事后离开肇事现场不能确认行为人是为逃避法律追究。

047 在自家院内倒车撞死人应定何罪？

一 案情

田某系出租车个体户，他的车每天晚上停在自家的院内。2006年夏天，他晚上10点多钟想开车去岳母家接妻子。他在自家院内想把车调过头来，由于天太黑又喝了几盅酒，倒车的时候把前来串门的李某当场撞死。于是，田某马上报了警，公安民警前来勘察并把他带了回去。

二 结果

有人认为田某的行为应定性为交通肇事罪，有人认为其涉嫌过失致人死亡罪。公诉机关最后还是以过失致人死亡罪向法院提起公诉。法院审理后认定这一罪名指控成立，又因田某有自首情＊节，最终以过失致人死亡罪判处田某有期徒刑3年。

三 分析

交通肇事罪的被告人必须是违反交通运输管理法规，且必须是在法律规定的“道路”上行驶车辆。《道路交通安全法》第八章附则中关于“道路”的解释是指公路、城市道路和虽在单位管辖范围但允许社会机动车通行的地方，包括广场、公共停车场等用于公众通行的场所。按照这个解释，本案事故发生地显然不属于《道路交通安全法》中的“道路”。诸如此类的非道路不是公众经常出入的地方，在这些非道路上行驶，违反交通法规，发生交通事故，不会给不特定的多数人的生命、健康和重大公私财产带来危险，其侵害的社会关系也不是公共安全。所以即使田某在院内倒车致人死亡，也不能以交通肇事罪追究其刑事责任。

田某在自家院内倒车，应当注意观察前后是否有人经过，应当预料到不慎可能导致他人伤亡的结果，但他没有采取谨慎从事的措施，致使前来串门的李某被碾轧当场身亡。其行为在主观上具有过失心态（疏忽大意或过于自信），客观上存在致人死亡的结果，而且其过失行为与被害人的死亡之间具有因果关系，完全符合我国《刑法》第233条规定的过失致人死亡罪的犯罪构成。

四 提示

需要特别指出的是，不是所有的撞车致人死亡都构成交通肇事罪，其中需要考虑的一个重要因素就是，发生交通事故的地点是否是道路，肇事者违反的是否是交通法规。

附录：

中华人民共和国
道路交通安全法

（2003年10月28日第十届全国人民代表大会常务委员会第五次会议通过　根据2007年12月29日中华人民共和国主席令第81号第十届全国人民代表大会常务委员会第三十一次会议《关于修改〈中华人民共和国道路交通安全法〉的决定》修正）

第一章　总　　则

第一条　为了维护道路交通秩序，预防和减少交通事故，保护人身安全，保护公民、法人和其他组织的财产安全及其他合法权益，提高通行效率，制定本法。

第二条　中华人民共和国境内的车辆驾驶人、行人、乘车人以及与道路交通活动有关的单位和个人，都应当遵守本法。

第三条　道路交通安全工作，应当遵循依法管理、方便群众的原则，保障道路交通有序、安全、畅通。

第四条　各级人民政府应当保障道路交通安全管理工作与经济建设和社会发展相适应。

县级以上地方各级人民政府应当适应道路交通发展的需要，依据道路交通安全法律、法规和国家有关政策，制定道路交通安全管理规划，并组织实施。

第五条　国务院公安部门负责全国道路交通安全管理工作。县级以上地方各级人民政府公安机关交通管理部门负责本行政区域内的道路交通安全管理工作。

县级以上各级人民政府交通、建设管理部门依据各自职责，负责有关的道路交通工作。

第六条 各级人民政府应当经常进行道路交通安全教育，提高公民的道路交通安全意识。

公安机关交通管理部门及其交通警察执行职务时，应当加强道路交通安全法律、法规的宣传，并模范遵守道路交通安全法律、法规。

机关、部队、企业事业单位、社会团体以及其他组织，应当对本单位的人员进行道路交通安全教育。

教育行政部门、学校应当将道路交通安全教育纳入法制教育的内容。

新闻、出版、广播、电视等有关单位，有进行道路交通安全教育的义务。

第七条 对道路交通安全管理工作，应当加强科学研究，推广、使用先进的管理方法、技术、设备。

第二章 车辆和驾驶人

第一节 机动车、非机动车

第八条 国家对机动车实行登记制度。机动车经公安机关交通管理部门登记后，方可上道路行驶。尚未登记的机动车，需要临时上道路行驶的，应当取得临时通行牌证。

第九条 申请机动车登记，应当提交以下证明、凭证：

（一）机动车所有人的身份证明；

（二）机动车来历证明；

（三）机动车整车出厂合格证明或者进口机动车进口凭证；

（四）车辆购置税的完税证明或者免税凭证；

（五）法律、行政法规规定应当在机动车登记时提交的其他证明、凭证。

公安机关交通管理部门应当自受理申请之日起五个工作日内完成机动车登记审查工作，对符合前款规定条件的，应当发放机动车登记证书、号牌和行驶证；对不符合前款规定条件的，应当向申请人说明不予登记的理由。

公安机关交通管理部门以外的任何单位或者个人不得发放机动车号牌或者要求机动车悬挂其他号牌，本法另有规定的除外。

机动车登记证书、号牌、行驶证的式样由国务院公安部门规定并监制。

第十条 准予登记的机动车应当符合机动车国家安全技术标准。申请机动车登记时，应当接受对该机动车的安全技术检验。但是，经国家机动车产品主管部门依据机动车国家安全技术标准认定的企业生产的机动车型，该车型的新车在出厂时经检验符合机动车国家安全技术标准，获得检验合格证的，免予安全技术检验。

第十一条 驾驶机动车上道路行驶，应当悬挂机动车号牌，放置检验合格标志、保险标志，并随车携带机动车行驶证。

机动车号牌应当按照规定悬挂并保持清晰、完整，不得故意遮挡、污损。

任何单位和个人不得收缴、扣留机动车号牌。

第十二条 有下列情形之一的，应当办理相应的登记：

（一）机动车所有权发生转移的；

（二）机动车登记内容变更的；

（三）机动车用作抵押的；

（四）机动车报废的。

第十三条 对登记后上道路行驶的机动车，应当依照法律、行政法规的规定，根据车辆用途、载客载货数量、使用年限等不同情况，定期进行安全技术检验。对提供机动车行驶证和机动车第三者责任强制保险单的，机动车安全技术检验机构应当予以检验，任何单位不得附加其他条件。对符合机动车国家安全技术标准的，公安机关交通管理部门应当发给检验合格标志。

对机动车的安全技术检验实行社会化。具体办法由国务院规定。

机动车安全技术检验实行社会化的地方，任何单位不得要求机动车到指定的场所进行检验。

公安机关交通管理部门、机动车安全技术检验机构不得要求机动车到指定的场所进行维修、保养。

机动车安全技术检验机构对机动车检验收取费用，应当严格执行国务院价格主管部门核定的收费标准。

第十四条 国家实行机动车强制报废制度，根据机动车的安全技术状况和不同用途，规定不同的报废标准。

应当报废的机动车必须及时办理注销登记。

达到报废标准的机动车不得上道路行驶。报废的大型客、货车及其他营运车辆应当在公安机关交通管理部门的监督下解体。

第十五条 警车、消防车、救护车、工程救险车应当按照规定喷涂标志图案，安装警报器、标志灯具。其他机动车不得喷涂、安装、使用上述车辆专用的或者与其相类似的标志图案、警报器或者标志灯具。

警车、消防车、救护车、工程救险车应当严格按照规定的用途和条件使用。

公路监督检查的专用车辆，应当依照公路法的规定，设置统一的标志和示警灯。

第十六条 任何单位或者个人不得有下列行为：

（一）拼装机动车或者擅自改变机动车已登记的结构、构造或者特征；

（二）改变机动车型号、发动机号、车架号或者车辆识别代号；

（三）伪造、变造或者使用伪造、变造的机动车登记证书、号牌、行驶证、检验合格标志、保险标志；

（四）使用其他机动车的登记证书、号牌、行驶证、检验合格标志、保险标志。

第十七条 国家实行机动车第三者责任强制保险制度，设立道路交通事故社会救助基金。具体办法由国务院规定。

第十八条 依法应当登记的非机动车，经公安机关交通管理部门登记后，方可上道路行驶。

依法应当登记的非机动车的种类，由省、自治区、直辖市人民政府根据当地实际情况规定。

非机动车的外形尺寸、质量、制动器、车铃和夜间反光装置，应当符合非机动车安全技术标准。

第二节 机动车驾驶人

第十九条 驾驶机动车，应当依法取得机动车驾驶证。

申请机动车驾驶证，应当符合国务院公安部门规定的驾驶许可条件；经考试合格后，由公安机关交通管理部门发给相应类别的机动车驾驶证。

持有境外机动车驾驶证的人，符合国务院公安部门规定的驾驶许可条件，经公安机关交通管理部门考核合格的，可以发给中国的机动车驾驶证。

驾驶人应当按照驾驶证载明的准驾车型驾驶机动车；驾驶机动车时，应当随身携带机动车驾驶证。

公安机关交通管理部门以外的任何单位或者个人，不得收缴、扣留机动车驾驶证。

第二十条 机动车的驾驶培训实行社会化，由交通主管部门对驾驶培训学校、驾驶培训班实行资格管理，其中专门的拖拉机驾驶培训学校、驾驶培训班由农业（农业机械）主管部门实行资格管理。

驾驶培训学校、驾驶培训班应当严格按照国家有关规定，对学员进行道路交通安全法律、法规、驾驶技能的培训，确保培训质量。

任何国家机关以及驾驶培训和考试主管部门不得举办或者参与举办驾驶培训学校、驾驶培训班。

第二十一条 驾驶人驾驶机动车上道路行驶前，应当对机动车的安全技术性能进行认真检查；不得驾驶安全设施不全或者机件不符合技术标准等具有安全隐患的机动车。

第二十二条 机动车驾驶人应当遵守道路交通安全法律、法规的规定，按照操作规范安全驾驶、文明驾驶。

饮酒、服用国家管制的精神药品或者麻醉药品，或者患有妨碍安全驾驶机动车的疾病，或者过度疲劳影响安全驾驶的，不得驾驶机动车。

任何人不得强迫、指使、纵容驾驶人违反道路交通安全法律、法规和机动车安全驾驶要求驾驶机动车。

第二十三条 公安机关交通管理部门依照法律、行政法规的规定，定期对机动车驾驶证实施审验。

第二十四条 公安机关交通管理部门对机动车驾驶人违反道路交通安全法律、法规的行为，除依法给予行政处罚外，实行累积记分制度。公安机关交通管理部门对累积记分达到规定分值的机动车驾驶人，扣留机动车驾驶证，对其进行道路交通安全法律、法规教育，重新考试；考试合格的，发还其机动车驾驶证。

对遵守道路交通安全法律、法规，在一年内无累积记分的机动车驾驶人，可以延长机动车驾驶证的审验期。具体办法由国务院公安部门规定。

第三章　道路通行条件

第二十五条　全国实行统一的道路交通信号。

交通信号包括交通信号灯、交通标志、交通标线和交通警察的指挥。

交通信号灯、交通标志、交通标线的设置应当符合道路交通安全、畅通的要求和国家标准，并保持清晰、醒目、准确、完好。

根据通行需要，应当及时增设、调换、更新道路交通信号。增设、调换、更新限制性的道路交通信号，应当提前向社会公告，广泛进行宣传。

第二十六条　交通信号灯由红灯、绿灯、黄灯组成。红灯表示禁止通行，绿灯表示准许通行，黄灯表示警示。

第二十七条　铁路与道路平面交叉的道口，应当设置警示灯、警示标志或者安全防护设施。无人看守的铁路道口，应当在距道口一定距离处设置警示标志。

第二十八条　任何单位和个人不得擅自设置、移动、占用、损毁交通信号灯、交通标志、交通标线。

道路两侧及隔离带上种植的树木或者其他植物，设置的广告牌、管线等，应当与交通设施保持必要的距离，不得遮挡路灯、交通信号灯、交通标志，不得妨碍安全视距，不得影响通行。

第二十九条　道路、停车场和道路配套设施的规划、设计、建设，应当符合道路交通安全、畅通的要求，并根据交通需求及时调整。

公安机关交通管理部门发现已经投入使用的道路存在交通事故频发路段，或者停车场、道路配套设施存在交通安全严重隐患的，应当及时向当地人民政府报告，并提出防范交通事故、消除隐患的建议，当地人民政府应当及时作出处理决定。

第三十条 道路出现坍塌、坑漕、水毁、隆起等损毁或者交通信号灯、交通标志、交通标线等交通设施损毁、灭失的，道路、交通设施的养护部门或者管理部门应当设置警示标志并及时修复。

公安机关交通管理部门发现前款情形，危及交通安全，尚未设置警示标志的，应当及时采取安全措施，疏导交通，并通知道路、交通设施的养护部门或者管理部门。

第三十一条 未经许可，任何单位和个人不得占用道路从事非交通活动。

第三十二条 因工程建设需要占用、挖掘道路，或者跨越、穿越道路架设、增设管线设施，应当事先征得道路主管部门的同意；影响交通安全的，还应当征得公安机关交通管理部门的同意。

施工作业单位应当在经批准的路段和时间内施工作业，并在距离施工作业地点来车方向安全距离处设置明显的安全警示标志，采取防护措施；施工作业完毕，应当迅速清除道路上的障碍物，消除安全隐患，经道路主管部门和公安机关交通管理部门验收合格，符合通行要求后，方可恢复通行。

对未中断交通的施工作业道路，公安机关交通管理部门应当加强交通安全监督检查，维护道路交通秩序。

第三十三条 新建、改建、扩建的公共建筑、商业街区、居住区、大（中）型建筑等，应当配建、增建停车场；停车泊位不足的，应当及时改建或者扩建；投入使用的停车场不得擅自停止使用或者改作他用。

在城市道路范围内，在不影响行人、车辆通行的情况下，政府有关部门可以施划停车泊位。

第三十四条 学校、幼儿园、医院、养老院门前的道路没有行人过街设施的，应当施划人行横道线，设置提示标志。

城市主要道路的人行道，应当按照规划设置盲道。盲道的设置应当符合国家标准。

第四章　道路通行规定

第一节　一般规定

第三十五条　机动车、非机动车实行右侧通行。

第三十六条　根据道路条件和通行需要，道路划分为机动车道、非机动车道和人行道的，机动车、非机动车、行人实行分道通行。没有划分机动车道、非机动车道和人行道的，机动车在道路中间通行，非机动车和行人在道路两侧通行。

第三十七条　道路划设专用车道的，在专用车道内，只准许规定的车辆通行，其他车辆不得进入专用车道内行驶。

第三十八条　车辆、行人应当按照交通信号通行；遇有交通警察现场指挥时，应当按照交通警察的指挥通行；在没有交通信号的道路上，应当在确保安全、畅通的原则下通行。

第三十九条　公安机关交通管理部门根据道路和交通流量的具体情况，可以对机动车、非机动车、行人采取疏导、限制通行、禁止通行等措施。遇有大型群众性活动、大范围施工等情况，需要采取限制交通的措施，或者作出与公众的道路交通活动直接有关的决定，应当提前向社会公告。

第四十条　遇有自然灾害、恶劣气象条件或者重大交通事故等严重影响交通安全的情形，采取其他措施难以保证交通安全时，公安机关交通管理部门可以实行交通管制。

第四十一条　有关道路通行的其他具体规定，由国务院规定。

第二节　机动车通行规定

第四十二条　机动车上道路行驶，不得超过限速标志标明的最高时速。在没有限速标志的路段，应当保持安全车速。

夜间行驶或者在容易发生危险的路段行驶，以及遇有沙尘、冰雹、雨、雪、雾、结冰等气象条件时，应当降低行驶速度。

第四十三条 同车道行驶的机动车，后车应当与前车保持足以采取紧急制动措施的安全距离。有下列情形之一的，不得超车：

（一）前车正在左转弯、掉头、超车的；

（二）与对面来车有会车可能的；

（三）前车为执行紧急任务的警车、消防车、救护车、工程救险车的；

（四）行经铁路道口、交叉路口、窄桥、弯道、陡坡、隧道、人行横道、市区交通流量大的路段等没有超车条件的。

第四十四条 机动车通过交叉路口，应当按照交通信号灯、交通标志、交通标线或者交通警察的指挥通过；通过没有交通信号灯、交通标志、交通标线或者交通警察指挥的交叉路口时，应当减速慢行，并让行人和优先通行的车辆先行。

第四十五条 机动车遇有前方车辆停车排队等候或者缓慢行驶时，不得借道超车或者占用对面车道，不得穿插等候的车辆。

在车道减少的路段、路口，或者在没有交通信号灯、交通标志、交通标线或者交通警察指挥的交叉路口遇到停车排队等候或者缓慢行驶时，机动车应当依次交替通行。

第四十六条 机动车通过铁路道口时，应当按照交通信号或者管理人员的指挥通行；没有交通信号或者管理人员的，应当减速或者停车，在确认安全后通过。

第四十七条 机动车行经人行横道时，应当减速行驶；遇行人正在通过人行横道，应当停车让行。

机动车行经没有交通信号的道路时，遇行人横过道路，应当避让。

第四十八条 机动车载物应当符合核定的载质量，严禁超载；

载物的长、宽、高不得违反装载要求，不得遗洒、飘散载运物。

机动车运载超限的不可解体的物品，影响交通安全的，应当按照公安机关交通管理部门指定的时间、路线、速度行驶，悬挂明显标志。在公路上运载超限的不可解体的物品，并应当依照公路法的规定执行。

机动车载运爆炸物品、易燃易爆化学物品以及剧毒、放射性等危险物品，应当经公安机关批准后，按指定的时间、路线、速度行驶，悬挂警示标志并采取必要的安全措施。

第四十九条 机动车载人不得超过核定的人数，客运机动车不得违反规定载货。

第五十条 禁止货运机动车载客。

货运机动车需要附载作业人员的，应当设置保护作业人员的安全措施。

第五十一条 机动车行驶时，驾驶人、乘坐人员应当按规定使用安全带，摩托车驾驶人及乘坐人员应当按规定戴安全头盔。

第五十二条 机动车在道路上发生故障，需要停车排除故障时，驾驶人应当立即开启危险报警闪光灯，将机动车移至不妨碍交通的地方停放；难以移动的，应当持续开启危险报警闪光灯，并在来车方向设置警告标志等措施扩大示警距离，必要时迅速报警。

第五十三条 警车、消防车、救护车、工程救险车执行紧急任务时，可以使用警报器、标志灯具；在确保安全的前提下，不受行驶路线、行驶方向、行驶速度和信号灯的限制，其他车辆和行人应当让行。

警车、消防车、救护车、工程救险车非执行紧急任务时，不得使用警报器、标志灯具，不享有前款规定的道路优先通行权。

第五十四条 道路养护车辆、工程作业车进行作业时，在不影响过往车辆通行的前提下，其行驶路线和方向不受交通标志、标线限制，过往车辆和人员应当注意避让。

洒水车、清扫车等机动车应当按照安全作业标准作业；在不影响其他车辆通行的情况下，可以不受车辆分道行驶的限制，但是不得逆向行驶。

第五十五条 高速公路、大中城市中心城区内的道路，禁止拖拉机通行。其他禁止拖拉机通行的道路，由省、自治区、直辖市人民政府根据当地实际情况规定。

在允许拖拉机通行的道路上，拖拉机可以从事货运，但是不得用于载人。

第五十六条 机动车应当在规定地点停放。禁止在人行道上停放机动车；但是，依照本法第三十三条规定施划的停车泊位除外。

在道路上临时停车的，不得妨碍其他车辆和行人通行。

第三节 非机动车通行规定

第五十七条 驾驶非机动车在道路上行驶应当遵守有关交通安全的规定。非机动车应当在非机动车道内行驶；在没有非机动车道的道路上，应当靠车行道的右侧行驶。

第五十八条 残疾人机动轮椅车、电动自行车在非机动车道内行驶时，最高时速不得超过十五公里。

第五十九条 非机动车应当在规定地点停放。未设停放地点的，非机动车停放不得妨碍其他车辆和行人通行。

第六十条 驾驭畜力车，应当使用驯服的牲畜；驾驭畜力车横过道路时，驾驭人应当下车牵引牲畜；驾驭人离开车辆时，应当拴系牲畜。

第四节 行人和乘车人通行规定

第六十一条 行人应当在人行道内行走，没有人行道的靠路边行走。

第六十二条 行人通过路口或者横过道路，应当走人行横道或者过街设施；通过有交通信号灯的人行横道，应当按照交通信号灯指示通行；通过没有交通信号灯、人行横道的路口，或者在没有过街设施的路段横过道路，应当在确认安全后通过。

第六十三条 行人不得跨越、倚坐道路隔离设施，不得扒车、强行拦车或者实施妨碍道路交通安全的其他行为。

第六十四条 学龄前儿童以及不能辨认或者不能控制自己行为的精神疾病患者、智力障碍者在道路上通行，应当由其监护人、监护人委托的人或者对其负有管理、保护职责的人带领。

盲人在道路上通行，应当使用盲杖或者采取其他导盲手段，车辆应当避让盲人。

第六十五条 行人通过铁路道口时，应当按照交通信号或者管理人员的指挥通行；没有交通信号和管理人员的，应当在确认无火车驶临后，迅速通过。

第六十六条 乘车人不得携带易燃易爆等危险物品，不得向车外抛洒物品，不得有影响驾驶人安全驾驶的行为。

第五节 高速公路的特别规定

第六十七条 行人、非机动车、拖拉机、轮式专用机械车、铰接式客车、全挂拖斗车以及其他设计最高时速低于七十公里的机动车，不得进入高速公路。高速公路限速标志标明的最高时速不得超过一百二十公里。

第六十八条 机动车在高速公路上发生故障时，应当依照本法第五十二条的有关规定办理；但是，警告标志应当设置在故障车来车方向一百五十米以外，车上人员应当迅速转移到右侧路肩上或者应急车道内，并且迅速报警。

机动车在高速公路上发生故障或者交通事故，无法正常行驶的，应当由救援车、清障车拖曳、牵引。

第六十九条 任何单位、个人不得在高速公路上拦截检查行驶的车辆，公安机关的人民警察依法执行紧急公务除外。

第五章　交通事故处理

第七十条　在道路上发生交通事故，车辆驾驶人应当立即停车，保护现场；造成人身伤亡的，车辆驾驶人应当立即抢救受伤人员，并迅速报告执勤的交通警察或者公安机关交通管理部门。因抢救受伤人员变动现场的，应当标明位置。乘车人、过往车辆驾驶人、过往行人应当予以协助。

在道路上发生交通事故，未造成人身伤亡，当事人对事实及成因无争议的，可以即行撤离现场，恢复交通，自行协商处理损害赔偿事宜；不即行撤离现场的，应当迅速报告执勤的交通警察或者公安机关交通管理部门。

在道路上发生交通事故，仅造成轻微财产损失，并且基本事实清楚的，当事人应当先撤离现场再进行协商处理。

第七十一条　车辆发生交通事故后逃逸的，事故现场目击人员和其他知情人员应当向公安机关交通管理部门或者交通警察举报。举报属实的，公安机关交通管理部门应当给予奖励。

第七十二条　公安机关交通管理部门接到交通事故报警后，应当立即派交通警察赶赴现场，先组织抢救受伤人员，并采取措施，尽快恢复交通。

交通警察应当对交通事故现场进行勘验、检查，收集证据；因收集证据的需要，可以扣留事故车辆，但是应当妥善保管，以备核查。

对当事人的生理、精神状况等专业性较强的检验，公安机关交通管理部门应当委托专门机构进行鉴定。鉴定结论应当由鉴定人签名。

第七十三条　公安机关交通管理部门应当根据交通事故现场勘

验、检查、调查情况和有关的检验、鉴定结论，及时制作交通事故认定书，作为处理交通事故的证据。交通事故认定书应当载明交通事故的基本事实、成因和当事人的责任，并送达当事人。

第七十四条 对交通事故损害赔偿的争议，当事人可以请求公安机关交通管理部门调解，也可以直接向人民法院提起民事诉讼。

经公安机关交通管理部门调解，当事人未达成协议或者调解书生效后不履行的，当事人可以向人民法院提起民事诉讼。

第七十五条 医疗机构对交通事故中的受伤人员应当及时抢救，不得因抢救费用未及时支付而拖延救治。肇事车辆参加机动车第三者责任强制保险的，由保险公司在责任限额范围内支付抢救费用；抢救费用超过责任限额的，未参加机动车第三者责任强制保险或者肇事后逃逸的，由道路交通事故社会救助基金先行垫付部分或者全部抢救费用，道路交通事故社会救助基金管理机构有权向交通事故责任人追偿。

第七十六条 机动车发生交通事故造成人身伤亡、财产损失的，由保险公司在机动车第三者责任强制保险责任限额范围内予以赔偿；不足的部分，按照下列规定承担赔偿责任：

（一）机动车之间发生交通事故的，由有过错的一方承担赔偿责任；双方都有过错的，按照各自过错的比例分担责任。

（二）机动车与非机动车驾驶人、行人之间发生交通事故，非机动车驾驶人、行人没有过错的，由机动车一方承担赔偿责任；有证据证明非机动车驾驶人、行人有过错的，根据过错程度适当减轻机动车一方的赔偿责任；机动车一方没有过错的，承担不超过百分之十的赔偿责任。

交通事故的损失是由非机动车驾驶人、行人故意碰撞机动车造成的，机动车一方不承担赔偿责任。

第七十七条 车辆在道路以外通行时发生的事故，公安机关交通管理部门接到报案的，参照本法有关规定办理。

第六章　执法监督

第七十八条　公安机关交通管理部门应当加强对交通警察的管理，提高交通警察的素质和管理道路交通的水平。

公安机关交通管理部门应当对交通警察进行法制和交通安全管理业务培训、考核。交通警察经考核不合格的，不得上岗执行职务。

第七十九条　公安机关交通管理部门及其交通警察实施道路交通安全管理，应当依据法定的职权和程序，简化办事手续，做到公正、严格、文明、高效。

第八十条　交通警察执行职务时，应当按照规定着装，佩带人民警察标志，持有人民警察证件，保持警容严整，举止端庄，指挥规范。

第八十一条　依照本法发放牌证等收取工本费，应当严格执行国务院价格主管部门核定的收费标准，并全部上缴国库。

第八十二条　公安机关交通管理部门依法实施罚款的行政处罚，应当依照有关法律、行政法规的规定，实施罚款决定与罚款收缴分离；收缴的罚款以及依法没收的违法所得，应当全部上缴国库。

第八十三条　交通警察调查处理道路交通安全违法行为和交通事故，有下列情形之一的，应当回避：

（一）是本案的当事人或者当事人的近亲属；

（二）本人或者其近亲属与本案有利害关系；

（三）与本案当事人有其他关系，可能影响案件的公正处理。

第八十四条　公安机关交通管理部门及其交通警察的行政执法活动，应当接受行政监察机关依法实施的监督。

公安机关督察部门应当对公安机关交通管理部门及其交通警察执行法律、法规和遵守纪律的情况依法进行监督。

上级公安机关交通管理部门应当对下级公安机关交通管理部门

的执法活动进行监督。

第八十五条 公安机关交通管理部门及其交通警察执行职务，应当自觉接受社会和公民的监督。

任何单位和个人都有权对公安机关交通管理部门及其交通警察不严格执法以及违法违纪行为进行检举、控告。收到检举、控告的机关，应当依据职责及时查处。

第八十六条 任何单位不得给公安机关交通管理部门下达或者变相下达罚款指标；公安机关交通管理部门不得以罚款数额作为考核交通警察的标准。

公安机关交通管理部门及其交通警察对超越法律、法规规定的指令，有权拒绝执行，并同时向上级机关报告。

第七章 法律责任

第八十七条 公安机关交通管理部门及其交通警察对道路交通安全违法行为，应当及时纠正。

公安机关交通管理部门及其交通警察应当依据事实和本法的有关规定对道路交通安全违法行为予以处罚。对于情节轻微，未影响道路通行的，指出违法行为，给予口头警告后放行。

第八十八条 对道路交通安全违法行为的处罚种类包括：警告、罚款、暂扣或者吊销机动车驾驶证、拘留。

第八十九条 行人、乘车人、非机动车驾驶人违反道路交通安全法律、法规关于道路通行规定的，处警告或者五元以上五十元以下罚款；非机动车驾驶人拒绝接受罚款处罚的，可以扣留其非机动车。

第九十条 机动车驾驶人违反道路交通安全法律、法规关于道路通行规定的，处警告或者二十元以上二百元以下罚款。本法另有规定的，依照规定处罚。

第九十一条 饮酒后驾驶机动车的，处暂扣一个月以上三个月以下机动车驾驶证，并处二百元以上五百元以下罚款；醉酒后驾驶机动车的，由公安机关交通管理部门约束至酒醒，处十五日以下拘留和暂扣三个月以上六个月以下机动车驾驶证，并处五百元以上二千元以下罚款。

饮酒后驾驶营运机动车的，处暂扣三个月机动车驾驶证，并处五百元罚款；醉酒后驾驶营运机动车的，由公安机关交通管理部门约束至酒醒，处十五日以下拘留和暂扣六个月机动车驾驶证，并处二千元罚款。

一年内有前两款规定醉酒后驾驶机动车的行为，被处罚两次以上的，吊销机动车驾驶证，五年内不得驾驶营运机动车。

第九十二条 公路客运车辆载客超过额定乘员的，处二百元以上五百元以下罚款；超过额定乘员百分之二十或者违反规定载货的，处五百元以上二千元以下罚款。

货运机动车超过核定载质量的，处二百元以上五百元以下罚款；超过核定载质量百分之三十或者违反规定载客的，处五百元以上二千元以下罚款。

有前两款行为的，由公安机关交通管理部门扣留机动车至违法状态消除。

运输单位的车辆有本条第一款、第二款规定的情形，经处罚不改的，对直接负责的主管人员处二千元以上五千元以下罚款。

第九十三条 对违反道路交通安全法律、法规关于机动车停放、临时停车规定的，可以指出违法行为，并予以口头警告，令其立即驶离。

机动车驾驶人不在现场或者虽在现场但拒绝立即驶离，妨碍其他车辆、行人通行的，处二十元以上二百元以下罚款，并可以将该机动车拖移至不妨碍交通的地点或者公安机关交通管理部门指定的地点停放。公安机关交通管理部门拖车不得向当事人收取费用，并应当及时告知当事人停放地点。

因采取不正确的方法拖车造成机动车损坏的，应当依法承担补偿责任。

第九十四条 机动车安全技术检验机构实施机动车安全技术检验超过国务院价格主管部门核定的收费标准收取费用的，退还多收取的费用，并由价格主管部门依照《中华人民共和国价格法》的有关规定给予处罚。

机动车安全技术检验机构不按照机动车国家安全技术标准进行检验，出具虚假检验结果的，由公安机关交通管理部门处所收检验费用五倍以上十倍以下罚款，并依法撤销其检验资格；构成犯罪的，依法追究刑事责任。

第九十五条 上道路行驶的机动车未悬挂机动车号牌，未放置检验合格标志、保险标志，或者未随车携带行驶证、驾驶证的，公安机关交通管理部门应当扣留机动车，通知当事人提供相应的牌证、标志或者补办相应手续，并可以依照本法第九十条的规定予以处罚。当事人提供相应的牌证、标志或者补办相应手续的，应当及时退还机动车。

故意遮挡、污损或者不按规定安装机动车号牌的，依照本法第九十条的规定予以处罚。

第九十六条 伪造、变造或者使用伪造、变造的机动车登记证书、号牌、行驶证、检验合格标志、保险标志、驾驶证或者使用其他车辆的机动车登记证书、号牌、行驶证、检验合格标志、保险标志的，由公安机关交通管理部门予以收缴，扣留该机动车，并处二百元以上二千元以下罚款；构成犯罪的，依法追究刑事责任。

当事人提供相应的合法证明或者补办相应手续的，应当及时退还机动车。

第九十七条 非法安装警报器、标志灯具的，由公安机关交通管理部门强制拆除，予以收缴，并处二百元以上二千元以下罚款。

第九十八条 机动车所有人、管理人未按照国家规定投保机动车第三者责任强制保险的，由公安机关交通管理部门扣留车辆至依照规定投保后，并处依照规定投保最低责任限额应缴纳的保险费的二倍罚款。

依照前款缴纳的罚款全部纳入道路交通事故社会救助基金。具体办法由国务院规定。

第九十九条 有下列行为之一的，由公安机关交通管理部门处二百元以上二千元以下罚款：

（一）未取得机动车驾驶证、机动车驾驶证被吊销或者机动车驾驶证被暂扣期间驾驶机动车的；

（二）将机动车交由未取得机动车驾驶证或者机动车驾驶证被吊销、暂扣的人驾驶的；

（三）造成交通事故后逃逸，尚不构成犯罪的；

（四）机动车行驶超过规定时速百分之五十的；

（五）强迫机动车驾驶人违反道路交通安全法律、法规和机动车安全驾驶要求驾驶机动车，造成交通事故，尚不构成犯罪的；

（六）违反交通管制的规定强行通行，不听劝阻的；

（七）故意损毁、移动、涂改交通设施，造成危害后果，尚不构成犯罪的；

（八）非法拦截、扣留机动车辆，不听劝阻，造成交通严重阻塞或者较大财产损失的。

行为人有前款第二项、第四项情形之一的，可以并处吊销机动车驾驶证；有第一项、第三项、第五项至第八项情形之一的，可以并处十五日以下拘留。

第一百条 驾驶拼装的机动车或者已达到报废标准的机动车上道路行驶的，公安机关交通管理部门应当予以收缴，强制报废。

对驾驶前款所列机动车上道路行驶的驾驶人，处二百元以上二千元以下罚款，并吊销机动车驾驶证。

出售已达到报废标准的机动车的，没收违法所得，处销售金额等额的罚款，对该机动车依照本条第一款的规定处理。

第一百零一条 违反道路交通安全法律、法规的规定，发生重大交通事故，构成犯罪的，依法追究刑事责任，并由公安机关交通管理部门吊销机动车驾驶证。

造成交通事故后逃逸的，由公安机关交通管理部门吊销机动车驾驶证，且终生不得重新取得机动车驾驶证。

第一百零二条 对六个月内发生二次以上特大交通事故负有主要责任或者全部责任的专业运输单位，由公安机关交通管理部门责令消除安全隐患，未消除安全隐患的机动车，禁止上道路行驶。

第一百零三条 国家机动车产品主管部门未按照机动车国家安全技术标准严格审查，许可不合格机动车型投入生产的，对负有责任的主管人员和其他直接责任人员给予降级或者撤职的行政处分。

机动车生产企业经国家机动车产品主管部门许可生产的机动车型，不执行机动车国家安全技术标准或者不严格进行机动车成品质量检验，致使质量不合格的机动车出厂销售的，由质量技术监督部门依照《中华人民共和国产品质量法》的有关规定给予处罚。

擅自生产、销售未经国家机动车产品主管部门许可生产的机动车型的，没收非法生产、销售的机动车成品及配件，可以并处非法产品价值三倍以上五倍以下罚款；有营业执照的，由工商行政管理部门吊销营业执照，没有营业执照的，予以查封。

生产、销售拼装的机动车或者生产、销售擅自改装的机动车的，依照本条第三款的规定处罚。

有本条第二款、第三款、第四款所列违法行为，生产或者销售不符合机动车国家安全技术标准的机动车，构成犯罪的，依法追究刑事责任。

第一百零四条 未经批准，擅自挖掘道路、占用道路施工或者从事其他影响道路交通安全活动的，由道路主管部门责令停止违法行为，并恢复原状，可以依法给予罚款；致使通行的人员、车辆及其他财产遭受损失的，依法承担赔偿责任。

有前款行为，影响道路交通安全活动的，公安机关交通管理部门可以责令停止违法行为，迅速恢复交通。

第一百零五条 道路施工作业或者道路出现损毁，未及时设置警示标志、未采取防护措施，或者应当设置交通信号灯、交通标志、交通标线而没有设置或者应当及时变更交通信号灯、交通标志、交通标线而没有及时变更，致使通行的人员、车辆及其他财产遭受损失的，负有相关职责的单位应当依法承担赔偿责任。

第一百零六条 在道路两侧及隔离带上种植树木、其他植物或者设置广告牌、管线等，遮挡路灯、交通信号灯、交通标志，妨碍安全视距的，由公安机关交通管理部门责令行为人排除妨碍；拒不执行的，处二百元以上二千元以下罚款，并强制排除妨碍，所需费用由行为人负担。

第一百零七条 对道路交通违法行为人予以警告、二百元以下罚款，交通警察可以当场作出行政处罚决定，并出具行政处罚决定书。

行政处罚决定书应当载明当事人的违法事实、行政处罚的依据、处罚内容、时间、地点以及处罚机关名称，并由执法人员签名或者盖章。

第一百零八条 当事人应当自收到罚款的行政处罚决定书之日起十五日内，到指定的银行缴纳罚款。

对行人、乘车人和非机动车驾驶人的罚款，当事人无异议的，可以当场予以收缴罚款。

罚款应当开具省、自治区、直辖市财政部门统一制发的罚款收据；不出具财政部门统一制发的罚款收据的，当事人有权拒绝缴纳罚款。

第一百零九条 当事人逾期不履行行政处罚决定的，作出行政处罚决定的行政机关可以采取下列措施：

（一）到期不缴纳罚款的，每日按罚款数额的百分之三加处罚款；

（二）申请人民法院强制执行。

第一百一十条 执行职务的交通警察认为应当对道路交通违法行为人给予暂扣或者吊销机动车驾驶证处罚的，可以先予扣留机动车驾驶证，并在二十四小时内将案件移交公安机关交通管理部门处理。

道路交通违法行为人应当在十五日内到公安机关交通管理部门接受处理。无正当理由逾期未接受处理的，吊销机动车驾驶证。

公安机关交通管理部门暂扣或者吊销机动车驾驶证的，应当出具行政处罚决定书。

第一百一十一条 对违反本法规定予以拘留的行政处罚，由县、市公安局、公安分局或者相当于县一级的公安机关裁决。

第一百一十二条 公安机关交通管理部门扣留机动车、非机动车，应当当场出具凭证，并告知当事人在规定期限内到公安机关交通管理部门接受处理。

公安机关交通管理部门对被扣留的车辆应当妥善保管，不得使用。

逾期不来接受处理，并且经公告三个月仍不来接受处理的，对扣留的车辆依法处理。

第一百一十三条 暂扣机动车驾驶证的期限从处罚决定生效之日起计算；处罚决定生效前先予扣留机动车驾驶证的，扣留一日折抵暂扣期限一日。

吊销机动车驾驶证后重新申请领取机动车驾驶证的期限，按照机动车驾驶证管理规定办理。

第一百一十四条 公安机关交通管理部门根据交通技术监控记录资料，可以对违法的机动车所有人或者管理人依法予以处罚。对能够确定驾驶人的，可以依照本法的规定依法予以处罚。

第一百一十五条 交通警察有下列行为之一的，依法给予行政处分：

（一）为不符合法定条件的机动车发放机动车登记证书、号牌、行驶证、检验合格标志的；

（二）批准不符合法定条件的机动车安装、使用警车、消防车、救护车、工程救险车的警报器、标志灯具，喷涂标志图案的；

（三）为不符合驾驶许可条件、未经考试或者考试不合格人员发放机动车驾驶证的；

（四）不执行罚款决定与罚款收缴分离制度或者不按规定将依法收取的费用、收缴的罚款及没收的违法所得全部上缴国库的；

（五）举办或者参与举办驾驶学校或者驾驶培训班、机动车修理厂或者收费停车场等经营活动的；

（六）利用职务上的便利收受他人财物或者谋取其他利益的；

（七）违法扣留车辆、机动车行驶证、驾驶证、车辆号牌的；

（八）使用依法扣留的车辆的；

（九）当场收取罚款不开具罚款收据或者不如实填写罚款额的；

（十）徇私舞弊，不公正处理交通事故的；

（十一）故意刁难，拖延办理机动车牌证的；

（十二）非执行紧急任务时使用警报器、标志灯具的；

（十三）违反规定拦截、检查正常行驶的车辆的；

（十四）非执行紧急公务时拦截搭乘机动车的；

（十五）不履行法定职责的。

公安机关交通管理部门有前款所列行为之一的，对直接负责的主管人员和其他直接责任人员给予相应的行政处分。

第一百一十六条 依照本法第一百一十五条的规定，给予交通警察行政处分的，在作出行政处分决定前，可以停止其执行职务；必要时，可以予以禁闭。

依照本法第一百一十五条的规定，交通警察受到降级或者撤职行政处分的，可以予以辞退。

交通警察受到开除处分或者被辞退的，应当取消警衔；受到撤职以下行政处分的交通警察，应当降低警衔。

第一百一十七条 交通警察利用职权非法占有公共财物，索取、收受贿赂，或者滥用职权、玩忽职守，构成犯罪的，依法追究刑事责任。

第一百一十八条 公安机关交通管理部门及其交通警察有本法第一百一十五条所列行为之一，给当事人造成损失的，应当依法承担赔偿责任。

第八章 附 则

第一百一十九条 本法中下列用语的含义：

（一）“道路”，是指公路、城市道路和虽在单位管辖范围但允许社会机动车通行的地方，包括广场、公共停车场等用于公众通行的场所。

（二）“车辆”，是指机动车和非机动车。

（三）“机动车”，是指以动力装置驱动或者牵引，上道路行驶的供人员乘用或者用于运送物品以及进行工程专项作业的轮式车辆。

（四）“非机动车”，是指以人力或者畜力驱动，上道路行驶的交通工具，以及虽有动力装置驱动但设计最高时速、空车质量、外形尺寸符合有关国家标准的残疾人机动轮椅车、电动自行车等交通工具。

（五）“交通事故”，是指车辆在道路上因过错或者意外造成的人身伤亡或者财产损失的事件。

第一百二十条 中国人民解放军和中国人民武装警察部队在编

机动车牌证、在编机动车检验以及机动车驾驶人考核工作，由中国人民解放军、中国人民武装警察部队有关部门负责。

第一百二十一条 对上道路行驶的拖拉机，由农业（农业机械）主管部门行使本法第八条、第九条、第十三条、第十九条、第二十三条规定的公安机关交通管理部门的管理职权。

农业（农业机械）主管部门依照前款规定行使职权，应当遵守本法有关规定，并接受公安机关交通管理部门的监督；对违反规定的，依照本法有关规定追究法律责任。

本法施行前由农业（农业机械）主管部门发放的机动车牌证，在本法施行后继续有效。

第一百二十二条 国家对入境的境外机动车的道路交通安全实施统一管理。

第一百二十三条 省、自治区、直辖市人民代表大会常务委员会可以根据本地区的实际情况，在本法规定的罚款幅度内，规定具体的执行标准。

第一百二十四条 本法自 2004 年 5 月 1 日起施行。

中华人民共和国道路交通安全法实施条例

（2004 年 4 月 28 日国务院第 49 次常务会议通过
2004 年 4 月 30 日中华人民共和国国务院令第 405 号
公布　自 2004 年 5 月 1 日起施行）

第一章　总　　则

第一条　根据《中华人民共和国道路交通安全法》（以下简称道路交通安全法）的规定，制定本条例。

第二条　中华人民共和国境内的车辆驾驶人、行人、乘车人以及与道路交通活动有关的单位和个人，应当遵守道路交通安全法和本条例。

第三条　县级以上地方各级人民政府应当建立、健全道路交通安全工作协调机制，组织有关部门对城市建设项目进行交通影响评价，制定道路交通安全管理规划，确定管理目标，制定实施方案。

第二章　车辆和驾驶人

第一节　机　动　车

第四条　机动车的登记，分为注册登记、变更登记、转移登记、抵押登记和注销登记。

第五条　初次申领机动车号牌、行驶证的，应当向机动车所有人住所地的公安机关交通管理部门申请注册登记。

申请机动车注册登记，应当交验机动车，并提交以下证明、凭证：

（一）机动车所有人的身份证明；

（二）购车发票等机动车来历证明；

（三）机动车整车出厂合格证明或者进口机动车进口凭证；

（四）车辆购置税完税证明或者免税凭证；

（五）机动车第三者责任强制保险凭证；

（六）法律、行政法规规定应当在机动车注册登记时提交的其他证明、凭证。

不属于国务院机动车产品主管部门规定免予安全技术检验的车型的，还应当提供机动车安全技术检验合格证明。

第六条 已注册登记的机动车有下列情形之一的，机动车所有人应当向登记该机动车的公安机关交通管理部门申请变更登记：

（一）改变机动车车身颜色的；

（二）更换发动机的；

（三）更换车身或者车架的；

（四）因质量有问题，制造厂更换整车的；

（五）营运机动车改为非营运机动车或者非营运机动车改为营运机动车的；

（六）机动车所有人的住所迁出或者迁入公安机关交通管理部门管辖区域的。

申请机动车变更登记，应当提交下列证明、凭证，属于前款第（一）项、第（二）项、第（三）项、第（四）项、第（五）项情形之一的，还应当交验机动车；属于前款第（二）项、第（三）项情形之一的，还应当同时提交机动车安全技术检验合格证明：

（一）机动车所有人的身份证明；

（二）机动车登记证书；

（三）机动车行驶证。

机动车所有人的住所在公安机关交通管理部门管辖区域内迁移、机动车所有人的姓名（单位名称）或者联系方式变更的，应当向登记该机动车的公安机关交通管理部门备案。

第七条 已注册登记的机动车所有权发生转移的，应当及时办理转移登记。

申请机动车转移登记，当事人应当向登记该机动车的公安机关交通管理部门交验机动车，并提交以下证明、凭证：

（一）当事人的身份证明；

（二）机动车所有权转移的证明、凭证；

（三）机动车登记证书；

（四）机动车行驶证。

第八条 机动车所有人将机动车作为抵押物抵押的，机动车所有人应当向登记该机动车的公安机关交通管理部门申请抵押登记。

第九条 已注册登记的机动车达到国家规定的强制报废标准的，公安机关交通管理部门应当在报废期满的 2 个月前通知机动车所有人办理注销登记。机动车所有人应当在报废期满前将机动车交售给机动车回收企业，由机动车回收企业将报废的机动车登记证书、号牌、行驶证交公安机关交通管理部门注销。机动车所有人逾期不办理注销登记的，公安机关交通管理部门应当公告该机动车登记证书、号牌、行驶证作废。

因机动车灭失申请注销登记的，机动车所有人应当向公安机关交通管理部门提交本人身份证明，交回机动车登记证书。

第十条 办理机动车登记的申请人提交的证明、凭证齐全、有效的，公安机关交通管理部门应当当场办理登记手续。

人民法院、人民检察院以及行政执法部门依法查封、扣押的机动车，公安机关交通管理部门不予办理机动车登记。

第十一条 机动车登记证书、号牌、行驶证丢失或者损毁，机动车所有人申请补发的，应当向公安机关交通管理部门提交本人身份证明和申请材料。公安机关交通管理部门经与机动车登记档案核实后，在收到申请之日起15 日内补发。

第十二条 税务部门、保险机构可以在公安机关交通管理部门的办公场所集中办理与机动车有关的税费缴纳、保险合同订立等事项。

第十三条 机动车号牌应当悬挂在车前、车后指定位置，保持清晰、完整。重型、中型载货汽车及其挂车、拖拉机及其挂车的车身或者车厢后部应当喷涂放大的牌号，字样应当端正并保持清晰。

机动车检验合格标志、保险标志应当粘贴在机动车前窗右上角。

机动车喷涂、粘贴标识或者车身广告的，不得影响安全驾驶。

第十四条 用于公路营运的载客汽车、重型载货汽车、半挂牵引车应当安装、使用符合国家标准的行驶记录仪。交通警察可以对机动车行驶速度、连续驾驶时间以及其他行驶状态信息进行检查。安装行驶记录仪可以分步实施，实施步骤由国务院机动车产品主管部门会同有关部门规定。

第十五条 机动车安全技术检验由机动车安全技术检验机构实施。机动车安全技术检验机构应当按照国家机动车安全技术检验标准对机动车进行检验，对检验结果承担法律责任。

质量技术监督部门负责对机动车安全技术检验机构实行资格管理和计量认证管理，对机动车安全技术检验设备进行检定，对执行国家机动车安全技术检验标准的情况进行监督。

机动车安全技术检验项目由国务院公安部门会同国务院质量技术监督部门规定。

第十六条 机动车应当从注册登记之日起，按照下列期限进行安全技术检验：

（一）营运载客汽车 5 年以内每年检验 1 次；超过 5 年的，每 6 个月检验 1 次；

（二）载货汽车和大型、中型非营运载客汽车10年以内每年检验1次；超过10年的，每6个月检验1次；

（三）小型、微型非营运载客汽车6年以内每2年检验1次；超过6年的，每年检验1次；超过15年的，每6个月检验1次；

（四）摩托车4年以内每2年检验1次；超过4年的，每年检验1次；

（五）拖拉机和其他机动车每年检验1次。

营运机动车在规定检验期限内经安全技术检验合格的，不再重复进行安全技术检验。

第十七条 已注册登记的机动车进行安全技术检验时，机动车行驶证记载的登记内容与该机动车的有关情况不符，或者未按照规定提供机动车第三者责任强制保险凭证的，不予通过检验。

第十八条 警车、消防车、救护车、工程救险车标志图案的喷涂以及警报器、标志灯具的安装、使用规定，由国务院公安部门制定。

第二节 机动车驾驶人

第十九条 符合国务院公安部门规定的驾驶许可条件的人，可以向公安机关交通管理部门申请机动车驾驶证。

机动车驾驶证由国务院公安部门规定式样并监制。

第二十条 学习机动车驾驶，应当先学习道路交通安全法律、法规和相关知识，考试合格后，再学习机动车驾驶技能。

在道路上学习驾驶，应当按照公安机关交通管理部门指定的路线、时间进行。在道路上学习机动车驾驶技能应当使用教练车，在教练员随车指导下进行，与教学无关的人员不得乘坐教练车。学员在学习驾驶中有道路交通安全违法行为或者造成交通事故的，由教练员承担责任。

第二十一条 公安机关交通管理部门应当对申请机动车驾驶证的人进行考试，对考试合格的，在5日内核发机动车驾驶证；对考试不合格的，书面说明理由。

第二十二条 机动车驾驶证的有效期为6年，本条例另有规定的除外。

机动车驾驶人初次申领机动车驾驶证后的12个月为实习期。在实习期内驾驶机动车的，应当在车身后部粘贴或者悬挂统一式样的实习标志。

机动车驾驶人在实习期内不得驾驶公共汽车、营运客车或者执行任务的警车、消防车、救护车、工程救险车以及载有爆炸物品、易燃易爆化学物品、剧毒或者放射性等危险物品的机动车；驾驶的机动车不得牵引挂车。

第二十三条 公安机关交通管理部门对机动车驾驶人的道路交通安全违法行为除给予行政处罚外，实行道路交通安全违法行为累积记分（以下简称记分）制度，记分周期为12个月。对在一个记分周期内记分达到12分的，由公安机关交通管理部门扣留其机动车驾驶证，该机动车驾驶人应当按照规定参加道路交通安全法律、法规的学习并接受考试。考试合格的，记分予以清除，发还机动车驾驶证；考试不合格的，继续参加学习和考试。

应当给予记分的道路交通安全违法行为及其分值，由国务院公安部门根据道路交通安全违法行为的危害程度规定。

公安机关交通管理部门应当提供记分查询方式供机动车驾驶人查询。

第二十四条 机动车驾驶人在一个记分周期内记分未达到12分，所处罚款已经缴纳的，记分予以清除；记分虽未达到12分，但尚有罚款未缴纳的，记分转入下一记分周期。

机动车驾驶人在一个记分周期内记分2次以上达到12分的，除按照第二十三条的规定扣留机动车驾驶证、参加学习、接受考试外，还应当接受驾驶技能考试。考试合格的，记分予以清除，发还机动车驾驶证；考试不合格的，继续参加学习和考试。

接受驾驶技能考试的，按照本人机动车驾驶证载明的最高准驾车型考试。

第二十五条 机动车驾驶人记分达到12分，拒不参加公安机关交通管理部门通知的学习，也不接受考试的，由公安机关交通管理部门公告其机动车驾驶证停止使用。

第二十六条 机动车驾驶人在机动车驾驶证的6年有效期内，每个记分周期均未达到12分的，换发10年有效期的机动车驾驶证；在机动车驾驶证的10年有效期内，每个记分周期均未达到12分的，换发长期有效的机动车驾驶证。

换发机动车驾驶证时，公安机关交通管理部门应当对机动车驾驶证进行审验。

第二十七条 机动车驾驶证丢失、损毁，机动车驾驶人申请补发的，应当向公安机关交通管理部门提交本人身份证明和申请材料。公安机关交通管理部门经与机动车驾驶证档案核实后，在收到申请之日起3日内补发。

第二十八条 机动车驾驶人在机动车驾驶证丢失、损毁、超过有效期或者被依法扣留、暂扣期间以及记分达到12分的，不得驾驶机动车。

第三章 道路通行条件

第二十九条 交通信号灯分为：机动车信号灯、非机动车信号灯、人行横道信号灯、车道信号灯、方向指示信号灯、闪光警告信号灯、道路与铁路平面交叉道口信号灯。

第三十条 交通标志分为：指示标志、警告标志、禁令标志、指路标志、旅游区标志、道路施工安全标志和辅助标志。

道路交通标线分为：指示标线、警告标线、禁止标线。

第三十一条 交通警察的指挥分为：手势信号和使用器具的交通指挥信号。

第三十二条 道路交叉路口和行人横过道路较为集中的路段应当设置人行横道、过街天桥或者过街地下通道。

在盲人通行较为集中的路段，人行横道信号灯应当设置声响提示装置。

第三十三条 城市人民政府有关部门可以在不影响行人、车辆通行的情况下，在城市道路上施划停车泊位，并规定停车泊位的使用时间。

第三十四条 开辟或者调整公共汽车、长途汽车的行驶路线或者车站，应当符合交通规划和安全、畅通的要求。

第三十五条 道路养护施工单位在道路上进行养护、维修时，应当按照规定设置规范的安全警示标志和安全防护设施。道路养护施工作业车辆、机械应当安装示警灯，喷涂明显的标志图案，作业时应当开启示警灯和危险报警闪光灯。对未中断交通的施工作业道路，公安机关交通管理部门应当加强交通安全监督检查。发生交通阻塞时，及时做好分流、疏导，维护交通秩序。

道路施工需要车辆绕行的，施工单位应当在绕行处设置标志；不能绕行的，应当修建临时通道，保证车辆和行人通行。需要封闭道路中断交通的，除紧急情况外，应当提前5日向社会公告。

第三十六条 道路或者交通设施养护部门、管理部门应当在急弯、陡坡、临崖、临水等危险路段，按照国家标准设置警告标志和安全防护设施。

第三十七条 道路交通标志、标线不规范，机动车驾驶人容易发生辨认错误的，交通标志、标线的主管部门应当及时予以改善。

道路照明设施应当符合道路建设技术规范，保持照明功能完好。

第四章　道路通行规定

第一节　一 般 规 定

第三十八条　机动车信号灯和非机动车信号灯表示：

（一）绿灯亮时，准许车辆通行，但转弯的车辆不得妨碍被放行的直行车辆、行人通行；

（二）黄灯亮时，已越过停止线的车辆可以继续通行；

（三）红灯亮时，禁止车辆通行。

在未设置非机动车信号灯和人行横道信号灯的路口，非机动车和行人应当按照机动车信号灯的表示通行。

红灯亮时，右转弯的车辆在不妨碍被放行的车辆、行人通行的情况下，可以通行。

第三十九条　人行横道信号灯表示：

（一）绿灯亮时，准许行人通过人行横道；

（二）红灯亮时，禁止行人进入人行横道，但是已经进入人行横道的，可以继续通过或者在道路中心线处停留等候。

第四十条　车道信号灯表示：

（一）绿色箭头灯亮时，准许本车道车辆按指示方向通行；

（二）红色叉形灯或者箭头灯亮时，禁止本车道车辆通行。

第四十一条　方向指示信号灯的箭头方向向左、向上、向右分别表示左转、直行、右转。

第四十二条　闪光警告信号灯为持续闪烁的黄灯，提示车辆、行人通行时注意瞭望，确认安全后通过。

第四十三条　道路与铁路平面交叉道口有两个红灯交替闪烁或者一个红灯亮时，表示禁止车辆、行人通行；红灯熄灭时，表示允许车辆、行人通行。

第二节　机动车通行规定

第四十四条　在道路同方向划有 2 条以上机动车道的，左侧为快速车道，右侧为慢速车道。在快速车道行驶的机动车应当按照快速车道规定的速度行驶，未达到快速车道规定的行驶速度的，应当在慢速车道行驶。摩托车应当在最右侧车道行驶。有交通标志标明行驶速度的，按照标明的行驶速度行驶。慢速车道内的机动车超越前车时，可以借用快速车道行驶。

在道路同方向划有 2 条以上机动车道的，变更车道的机动车不得影响相关车道内行驶的机动车的正常行驶。

第四十五条　机动车在道路上行驶不得超过限速标志、标线标明的速度。在没有限速标志、标线的道路上，机动车不得超过下列最高行驶速度：

（一）没有道路中心线的道路，城市道路为每小时 30 公里，公路为每小时 40 公里；

（二）同方向只有 1 条机动车道的道路，城市道路为每小时 50 公里，公路为每小时 70 公里。

第四十六条　机动车行驶中遇有下列情形之一的，最高行驶速度不得超过每小时 30 公里，其中拖拉机、电瓶车、轮式专用机械车不得超过每小时 15 公里：

（一）进出非机动车道，通过铁路道口、急弯路、窄路、窄桥时；

（二）掉头、转弯、下陡坡时；

（三）遇雾、雨、雪、沙尘、冰雹，能见度在 50 米以内时；

（四）在冰雪、泥泞的道路上行驶时；

（五）牵引发生故障的机动车时。

第四十七条　机动车超车时，应当提前开启左转向灯、变换使用远、近光灯或者鸣喇叭。在没有道路中心线或者同方向只有 1 条机动车道的道路上，前车遇后车发出超车信号时，在条件许可的情况下，应当降低速度、靠右让路。后车应当在确认有充足的安全距离后，从前车的左侧超越，在与被超车辆拉开必要的安全距离后，开启右转向灯，驶回原车道。

第四十八条　在没有中心隔离设施或者没有中心线的道路上，机动车遇相对方向来车时应当遵守下列规定：

（一）减速靠右行驶，并与其他车辆、行人保持必要的安全距离；

（二）在有障碍的路段，无障碍的一方先行；但有障碍的一方已驶入障碍路段而无障碍的一方未驶入时，有障碍的一方先行；

（三）在狭窄的坡路，上坡的一方先行；但下坡的一方已行至中途而上坡的一方未上坡时，下坡的一方先行；

（四）在狭窄的山路，不靠山体的一方先行；

（五）夜间会车应当在距相对方向来车 150 米以外改用近光灯，在窄路、窄桥与非机动车会车时应当使用近光灯。

第四十九条　机动车在有禁止掉头或者禁止左转弯标志、标线的地点以及在铁路道口、人行横道、桥梁、急弯、陡坡、隧道或者容易发生危险的路段，不得掉头。

机动车在没有禁止掉头或者没有禁止左转弯标志、标线的地点可以掉头，但不得妨碍正常行驶的其他车辆和行人的通行。

第五十条　机动车倒车时，应当察明车后情况，确认安全后倒车。不得在铁路道口、交叉路口、单行路、桥梁、急弯、陡坡或者隧道中倒车。

第五十一条　机动车通过有交通信号灯控制的交叉路口，应当按照下列规定通行：

（一）在划有导向车道的路口，按所需行进方向驶入导向车道；

（二）准备进入环形路口的让已在路口内的机动车先行；

（三）向左转弯时，靠路口中心点左侧转弯。转弯时开启转向灯，夜间行驶开启近光灯；

（四）遇放行信号时，依次通过；

（五）遇停止信号时，依次停在停止线以外。没有停止线的，停在路口以外；

（六）向右转弯遇有同车道前车正在等候放行信号时，依次停车等候；

（七）在没有方向指示信号灯的交叉路口，转弯的机动车让直行的车辆、行人先行。相对方向行驶的右转弯机动车让左转弯车辆先行。

第五十二条 机动车通过没有交通信号灯控制也没有交通警察指挥的交叉路口，除应当遵守第五十一条第（二）项、第（三）项的规定外，还应当遵守下列规定：

（一）有交通标志、标线控制的，让优先通行的一方先行；

（二）没有交通标志、标线控制的，在进入路口前停车瞭望，让右方道路的来车先行；

（三）转弯的机动车让直行的车辆先行；

（四）相对方向行驶的右转弯的机动车让左转弯的车辆先行。

第五十三条 机动车遇有前方交叉路口交通阻塞时，应当依次停在路口以外等候，不得进入路口。

机动车在遇有前方机动车停车排队等候或者缓慢行驶时，应当依次排队，不得从前方车辆两侧穿插或者超越行驶，不得在人行横道、网状线区域内停车等候。

机动车在车道减少的路口、路段，遇有前方机动车停车排队等候或者缓慢行驶的，应当每车道一辆依次交替驶入车道减少后的路口、路段。

第五十四条 机动车载物不得超过机动车行驶证上核定的载质量，装载长度、宽度不得超出车厢，并应当遵守下列规定：

（一）重型、中型载货汽车，半挂车载物，高度从地面起不得超过4米，载运集装箱的车辆不得超过4.2米；

（二）其他载货的机动车载物，高度从地面起不得超过2.5米；

（三）摩托车载物，高度从地面起不得超过1.5米，长度不得超出车身0.2米。两轮摩托车载物宽度左右各不得超出车把0.15米；三轮摩托车载物宽度不得超过车身。

载客汽车除车身外部的行李架和内置的行李箱外，不得载货。载客汽车行李架载货，从车顶起高度不得超过0.5米，从地面起高度不得超过4米。

第五十五条 机动车载人应当遵守下列规定：

（一）公路载客汽车不得超过核定的载客人数，但按照规定免票的儿童除外，在载客人数已满的情况下，按照规定免票的儿童不得超过核定载客人数的10%；

（二）载货汽车车厢不得载客。在城市道路上，货运机动车在留有安全位置的情况下，车厢内可以附载临时作业人员1人至5人；载物高度超过车厢栏板时，货物上不得载人；

（三）摩托车后座不得乘坐未满12周岁的未成年人，轻便摩托车不得载人。

第五十六条 机动车牵引挂车应当符合下列规定：

（一）载货汽车、半挂牵引车、拖拉机只允许牵引1辆挂车。挂车的灯光信号、制动、连接、安全防护等装置应当符合国家标准；

（二）小型载客汽车只允许牵引旅居挂车或者总质量700千克以下的挂车。挂车不得载人；

（三）载货汽车所牵引挂车的载质量不得超过载货汽车本身的载质量。

大型、中型载客汽车，低速载货汽车，三轮汽车以及其他机动车不得牵引挂车。

第五十七条 机动车应当按照下列规定使用转向灯：

（一）向左转弯、向左变更车道、准备超车、驶离停车地点或者掉头时，应当提前开启左转向灯；

（二）向右转弯、向右变更车道、超车完毕驶回原车道、靠路边停车时，应当提前开启右转向灯。

第五十八条 机动车在夜间没有路灯、照明不良或者遇有雾、雨、雪、沙尘、冰雹等低能见度情况下行驶时，应当开启前照灯、示廓灯和后位灯，但同方向行驶的后车与前车近距离行驶时，不得使用远光灯。机动车雾天行驶应当开启雾灯和危险报警闪光灯。

第五十九条 机动车在夜间通过急弯、坡路、拱桥、人行横道或者没有交通信号灯控制的路口时，应当交替使用远近光灯示意。

机动车驶近急弯、坡道顶端等影响安全视距的路段以及超车或者遇有紧急情况时，应当减速慢行，并鸣喇叭示意 。

第六十条 机动车在道路上发生故障或者发生交通事故，妨碍交通又难以移动的，应当按照规定开启危险报警闪光灯并在车后50米至100米处设置警告标志，夜间还应当同时开启示廓灯和后位灯。

第六十一条 牵引故障机动车应当遵守下列规定：

（一）被牵引的机动车除驾驶人外不得载人，不得拖带挂车；

（二）被牵引的机动车宽度不得大于牵引机动车的宽度；

（三）使用软连接牵引装置时，牵引车与被牵引车之间的距离应当大于4米小于10米；

（四）对制动失效的被牵引车，应当使用硬连接牵引装置牵引；

（五）牵引车和被牵引车均应当开启危险报警闪光灯。

汽车吊车和轮式专用机械车不得牵引车辆。摩托车不得牵引车辆或者被其他车辆牵引。

转向或者照明、信号装置失效的故障机动车，应当使用专用清障车拖曳。

第六十二条 驾驶机动车不得有下列行为：

（一）在车门、车厢没有关好时行车；

（二）在机动车驾驶室的前后窗范围内悬挂、放置妨碍驾驶人视线的物品；

（三）拨打接听手持电话、观看电视等妨碍安全驾驶的行为；

（四）下陡坡时熄火或者空挡滑行；

（五）向道路上抛撒物品；

（六）驾驶摩托车手离车把或者在车把上悬挂物品；

（七）连续驾驶机动车超过4小时未停车休息或者停车休息时间少于20分钟；

（八）在禁止鸣喇叭的区域或者路段鸣喇叭。

第六十三条 机动车在道路上临时停车，应当遵守下列规定：

（一）在设有禁停标志、标线的路段，在机动车道与非机动车道、人行道之间设有隔离设施的路段以及人行横道、施工地段，不得停车；

（二）交叉路口、铁路道口、急弯路、宽度不足4米的窄路、桥梁、陡坡、隧道以及距离上述地点50米以内的路段，不得停车；

（三）公共汽车站、急救站、加油站、消防栓或者消防队（站）门前以及距离上述地点30米以内的路段，除使用上述设施的以外，不得停车；

（四）车辆停稳前不得开车门和上下人员，开关车门不得妨碍其他车辆和行人通行；

（五）路边停车应当紧靠道路右侧，机动车驾驶人不得离车，上下人员或者装卸物品后，立即驶离；

（六）城市公共汽车不得在站点以外的路段停车上下乘客。

第六十四条 机动车行经漫水路或者漫水桥时，应当停车察明水情，确认安全后，低速通过。

第六十五条 机动车载运超限物品行经铁路道口的，应当按照当地铁路部门指定的铁路道口、时间通过。

机动车行经渡口，应当服从渡口管理人员指挥，按照指定地点依次待渡。机动车上下渡船时，应当低速慢行。

第六十六条 警车、消防车、救护车、工程救险车在执行紧急任务遇交通受阻时，可以断续使用警报器，并遵守下列规定：

（一）不得在禁止使用警报器的区域或者路段使用警报器；

（二）夜间在市区不得使用警报器；

（三）列队行驶时，前车已经使用警报器的，后车不再使用警报器。

第六十七条 在单位院内、居民居住区内，机动车应当低速行驶，避让行人；有限速标志的，按照限速标志行驶。

第三节 非机动车通行规定

第六十八条 非机动车通过有交通信号灯控制的交叉路口，应当按照下列规定通行：

（一）转弯的非机动车让直行的车辆、行人优先通行；

（二）遇有前方路口交通阻塞时，不得进入路口；

（三）向左转弯时，靠路口中心点的右侧转弯；

（四）遇有停止信号时，应当依次停在路口停止线以外。没有停止线的，停在路口以外；

（五）向右转弯遇有同方向前车正在等候放行信号时，在本车道内能够转弯的，可以通行；不能转弯的，依次等候。

第六十九条 非机动车通过没有交通信号灯控制也没有交通警察指挥的交叉路口，除应当遵守第六十八条第（一）项、第（二）项和第（三）项的规定外，还应当遵守下列规定：

（一）有交通标志、标线控制的，让优先通行的一方先行；

（二）没有交通标志、标线控制的，在路口外慢行或者停车瞭望，让右方道路的来车先行；

（三）相对方向行驶的右转弯的非机动车让左转弯的车辆先行。

第七十条 驾驶自行车、电动自行车、三轮车在路段上横过机动车道，应当下车推行，有人行横道或者行人过街设施的，应当从人行横道或者行人过街设施通过；没有人行横道、没有行人过街设施或者不便使用行人过街设施的，在确认安全后直行通过。

因非机动车道被占用无法在本车道内行驶的非机动车，可以在受阻的路段借用相邻的机动车道行驶，并在驶过被占用路段后迅速驶回非机动车道。机动车遇此情况应当减速让行。

第七十一条 非机动车载物，应当遵守下列规定：

（一）自行车、电动自行车、残疾人机动轮椅车载物，高度从地面起不得超过1.5米，宽度左右各不得超出车把0.15米，长度前端不得超出车轮，后端不得超出车身0.3米；

（二）三轮车、人力车载物，高度从地面起不得超过2米，宽度左右各不得超出车身0.2米，长度不得超出车身1米；

（三）畜力车载物，高度从地面起不得超过2.5米，宽度左右各不得超出车身0.2米，长度前端不得超出车辕，后端不得超出车身1米。

自行车载人的规定，由省、自治区、直辖市人民政府根据当地实际情况制定。

第七十二条 在道路上驾驶自行车、三轮车、电动自行车、残疾人机动轮椅车应当遵守下列规定：

（一）驾驶自行车、三轮车必须年满12周岁；

（二）驾驶电动自行车和残疾人机动轮椅车必须年满16周岁；

（三）不得醉酒驾驶；

（四）转弯前应当减速慢行，伸手示意，不得突然猛拐，超越前车时不得妨碍被超越的车辆行驶；

（五）不得牵引、攀扶车辆或者被其他车辆牵引，不得双手离把或者手中持物；

（六）不得扶身并行、互相追逐或者曲折竞驶；

（七）不得在道路上骑独轮自行车或者2人以上骑行的自行车；

（八）非下肢残疾的人不得驾驶残疾人机动轮椅车；

（九）自行车、三轮车不得加装动力装置；

（十）不得在道路上学习驾驶非机动车。

第七十三条 在道路上驾驭畜力车应当年满16周岁，并遵守下列规定：

（一）不得醉酒驾驭；

（二）不得并行，驾驭人不得离开车辆；

（三）行经繁华路段、交叉路口、铁路道口、人行横道、急弯路、宽度不足4米的窄路或者窄桥、陡坡、隧道或者容易发生危险的路段，不得超车。驾驭两轮畜力车应当下车牵引牲畜；

（四）不得使用未经驯服的牲畜驾车，随车幼畜须拴系；

（五）停放车辆应当拉紧车闸，拴系牲畜。

第四节 行人和乘车人通行规定

第七十四条 行人不得有下列行为：

（一）在道路上使用滑板、旱冰鞋等滑行工具；

（二）在车行道内坐卧、停留、嬉闹；

（三）追车、抛物击车等妨碍道路交通安全的行为。

第七十五条 行人横过机动车道，应当从行人过街设施通过；没有行人过街设施的，应当从人行横道通过；没有人行横道的，应当观察来往车辆的情况，确认安全后直行通过，不得在车辆临近时突然加速横穿或者中途倒退、折返。

第七十六条 行人列队在道路上通行，每横列不得超过2人，但在已经实行交通管制的路段不受限制。

第七十七条 乘坐机动车应当遵守下列规定：

（一）不得在机动车道上拦乘机动车；

（二）在机动车道上不得从机动车左侧上下车；

（三）开关车门不得妨碍其他车辆和行人通行；

（四）机动车行驶中，不得干扰驾驶，不得将身体任何部分伸出车外，不得跳车；

（五）乘坐两轮摩托车应当正向骑坐。

第五节　高速公路的特别规定

第七十八条　高速公路应当标明车道的行驶速度，最高车速不得超过每小时120公里，最低车速不得低于每小时60公里。

在高速公路上行驶的小型载客汽车最高车速不得超过每小时120公里，其他机动车不得超过每小时100公里，摩托车不得超过每小时80公里。

同方向有2条车道的，左侧车道的最低车速为每小时100公里；同方向有3条以上车道的，最左侧车道的最低车速为每小时110公里，中间车道的最低车速为每小时90公里。道路限速标志标明的车速与上述车道行驶车速的规定不一致的，按照道路限速标志标明的车速行驶。

第七十九条　机动车从匝道驶入高速公路，应当开启左转向灯，在不妨碍已在高速公路内的机动车正常行驶的情况下驶入车道。

机动车驶离高速公路时，应当开启右转向灯，驶入减速车道，降低车速后驶离。

第八十条　机动车在高速公路上行驶，车速超过每小时100公里时，应当与同车道前车保持100米以上的距离，车速低于每小时100公里时，与同车道前车距离可以适当缩短，但最小距离不得少于50米。

第八十一条　机动车在高速公路上行驶，遇有雾、雨、雪、沙尘、冰雹等低能见度气象条件时，应当遵守下列规定：

（一）能见度小于200米时，开启雾灯、近光灯、示廓灯和前后位灯，车速不得超过每小时60公里，与同车道前车保持100米以上的距离；

（二）能见度小于100米时，开启雾灯、近光灯、示廓灯、前后位灯和危险报警闪光灯，车速不得超过每小时40公里，与同车道前车保持50米以上的距离；

（三）能见度小于50米时，开启雾灯、近光灯、示廓灯、前后位灯和危险报警闪光灯，车速不得超过每小时20公里，并从最近的出口尽快驶离高速公路。

遇有前款规定情形时，高速公路管理部门应当通过显示屏等方式发布速度限制、保持车距等提示信息。

第八十二条 机动车在高速公路上行驶，不得有下列行为：

（一）倒车、逆行、穿越中央分隔带掉头或者在车道内停车；

（二）在匝道、加速车道或者减速车道上超车；

（三）骑、轧车行道分界线或者在路肩上行驶；

（四）非紧急情况时在应急车道行驶或者停车；

（五）试车或者学习驾驶机动车。

第八十三条 在高速公路上行驶的载货汽车车厢不得载人。两轮摩托车在高速公路行驶时不得载人。

第八十四条 机动车通过施工作业路段时，应当注意警示标志，减速行驶。

第八十五条 城市快速路的道路交通安全管理，参照本节的规定执行。

高速公路、城市快速路的道路交通安全管理工作，省、自治区、直辖市人民政府公安机关交通管理部门可以指定设区的市人民政府公安机关交通管理部门或者相当于同级的公安机关交通管理部门承担。

第五章　交通事故处理

第八十六条 机动车与机动车、机动车与非机动车在道路上发生未造成人身伤亡的交通事故，当事人对事实及成因无争议的，在记录交通事故的时间、地点、对方当事人的姓名和联系方式、机动车牌号、驾驶证号、保险凭证号、碰撞部位，并共同签名后，撤离现场，自行协商损害赔偿事宜。当事人对交通事故事实及成因有争议的，应当迅速报警。

第八十七条 非机动车与非机动车或者行人在道路上发生交通事故，未造成人身伤亡，且基本事实及成因清楚的，当事人应当先撤离现场，再自行协商处理损害赔偿事宜。当事人对交通事故事实及成因有争议的，应当迅速报警。

第八十八条 机动车发生交通事故，造成道路、供电、通讯等设施损毁的，驾驶人应当报警等候处理，不得驶离。机动车可以移动的，应当将机动车移至不妨碍交通的地点。公安机关交通管理部门应当将事故有关情况通知有关部门。

第八十九条 公安机关交通管理部门或者交通警察接到交通事故报警，应当及时赶赴现场，对未造成人身伤亡，事实清楚，并且机动车可以移动的，应当在记录事故情况后责令当事人撤离现场，恢复交通。对拒不撤离现场的，予以强制撤离。

对属于前款规定情况的道路交通事故，交通警察可以适用简易程序处理，并当场出具事故认定书。当事人共同请求调解的，交通警察可以当场对损害赔偿争议进行调解。

对道路交通事故造成人员伤亡和财产损失需要勘验、检查现场的，公安机关交通管理部门应当按照勘查现场工作规范进行。现场勘查完毕，应当组织清理现场，恢复交通。

第九十条 投保机动车第三者责任强制保险的机动车发生交通事故，因抢救受伤人员需要保险公司支付抢救费用的，由公安机关交通管理部门通知保险公司。

抢救受伤人员需要道路交通事故救助基金垫付费用的，由公安机关交通管理部门通知道路交通事故社会救助基金管理机构。

第九十一条 公安机关交通管理部门应当根据交通事故当事人的行为对发生交通事故所起的作用以及过错的严重程度，确定当事人的责任。

第九十二条 发生交通事故后当事人逃逸的，逃逸的当事人承担全部责任。但是，有证据证明对方当事人也有过错的，可以减轻责任。

当事人故意破坏、伪造现场、毁灭证据的，承担全部责任。

第九十三条 公安机关交通管理部门对经过勘验、检查现场的交通事故应当在勘查现场之日起10日内制作交通事故认定书。对需要进行检验、鉴定的，应当在检验、鉴定结果确定之日起5日内制作交通事故认定书。

第九十四条 当事人对交通事故损害赔偿有争议，各方当事人一致请求公安机关交通管理部门调解的，应当在收到交通事故认定书之日起10日内提出书面调解申请。

对交通事故致死的，调解从办理丧葬事宜结束之日起开始；对交通事故致伤的，调解从治疗终结或者定残之日起开始；对交通事故造成财产损失的，调解从确定损失之日起开始。

第九十五条 公安机关交通管理部门调解交通事故损害赔偿争议的期限为10日。调解达成协议的，公安机关交通管理部门应当制作调解书送交各方当事人，调解书经各方当事人共同签字后生效；调解未达成协议的，公安机关交通管理部门应当制作调解终结书送交各方当事人。

交通事故损害赔偿项目和标准依照有关法律的规定执行。

第九十六条 对交通事故损害赔偿的争议，当事人向人民法院提起民事诉讼的，公安机关交通管理部门不再受理调解申请。

公安机关交通管理部门调解期间，当事人向人民法院提起民事诉讼的，调解终止。

第九十七条 车辆在道路以外发生交通事故，公安机关交通管理部门接到报案的，参照道路交通安全法和本条例的规定处理。

车辆、行人与火车发生的交通事故以及在渡口发生的交通事故，依照国家有关规定处理。

第六章 执法监督

第九十八条 公安机关交通管理部门应当公开办事制度、办事程序，建立警风警纪监督员制度，自觉接受社会和群众的监督。

第九十九条 公安机关交通管理部门及其交通警察办理机动车登记，发放号牌，对驾驶人考试、发证，处理道路交通安全违法行为，处理道路交通事故，应当严格遵守有关规定，不得越权执法，不得延迟履行职责，不得擅自改变处罚的种类和幅度。

第一百条 公安机关交通管理部门应当公布举报电话，受理群众举报投诉，并及时调查核实，反馈查处结果。

第一百零一条 公安机关交通管理部门应当建立执法质量考核评议、执法责任制和执法过错追究制度，防止和纠正道路交通安全执法中的错误或者不当行为。

第七章 法律责任

第一百零二条 违反本条例规定的行为，依照道路交通安全法和本条例的规定处罚。

第一百零三条 以欺骗、贿赂等不正当手段取得机动车登记或者驾驶许可的，收缴机动车登记证书、号牌、行驶证或者机动车驾驶证，撤销机动车登记或者机动车驾驶许可；申请人在3年内不得申请机动车登记或者机动车驾驶许可。

第一百零四条 机动车驾驶人有下列行为之一，又无其他机动车驾驶人即时替代驾驶的，公安机关交通管理部门除依法给予处罚外，可以将其驾驶的机动车移至不妨碍交通的地点或者有关部门指定的地点停放：

（一）不能出示本人有效驾驶证的；

（二）驾驶的机动车与驾驶证载明的准驾车型不符的；

（三）饮酒、服用国家管制的精神药品或者麻醉药品、患有妨碍安全驾驶的疾病，或者过度疲劳仍继续驾驶的；

（四）学习驾驶人员没有教练人员随车指导单独驾驶的。

第一百零五条 机动车驾驶人有饮酒、醉酒、服用国家管制的精神药品或者麻醉药品嫌疑的，应当接受测试、检验。

第一百零六条 公路客运载客汽车超过核定乘员、载货汽车超过核定载质量的，公安机关交通管理部门依法扣留机动车后，驾驶人应当将超载的乘车人转运、将超载的货物卸载，费用由超载机动车的驾驶人或者所有人承担。

第一百零七条 依照道路交通安全法第九十二条、第九十五条、第九十六条、第九十八条的规定被扣留的机动车，驾驶人或者所有人、管理人30日内没有提供被扣留机动车的合法证明，没有补办相应手续，或者不前来接受处理，经公安机关交通管理部门通知并且经公告3个月仍不前来接受处理的，由公安机关交通管理部门将该机动车送交有资格的拍卖机构拍卖，所得价款上缴国库；非法拼装的机动车予以拆除；达到报废标准的机动车予以报废；机动车涉及其他违法犯罪行为的，移交有关部门处理。

第一百零八条 交通警察按照简易程序当场作出行政处罚的，应当告知当事人道路交通安全违法行为的事实、处罚的理由和依据，并将行政处罚决定书当场交付被处罚人。

第一百零九条 对道路交通安全违法行为人处以罚款或者暂扣驾驶证处罚的，由违法行为发生地的县级以上人民政府公安机关交通管理部门或者相当于同级的公安机关交通管理部门作出决定；对处以吊销机动车驾驶证处罚的，由设区的市人民政府公安机关交通管理部门或者相当于同级的公安机关交通管理部门作出决定。

公安机关交通管理部门对非本辖区机动车的道路交通安全违法行为没有当场处罚的，可以由机动车登记地的公安机关交通管理部门处罚。

第一百一十条 当事人对公安机关交通管理部门及其交通警察的处罚有权进行陈述和申辩，交通警察应当充分听取当事人的陈述和申辩，不得因当事人陈述、申辩而加重其处罚。

第八章 附 则

第一百一十一条 本条例所称上道路行驶的拖拉机，是指手扶拖拉机等最高设计行驶速度不超过每小时20公里的轮式拖拉机和最高设计行驶速度不超过每小时40公里、牵引挂车方可从事道路运输的轮式拖拉机。

第一百一十二条 农业（农业机械）主管部门应当定期向公安机关交通管理部门提供拖拉机登记、安全技术检验以及拖拉机驾驶证发放的资料、数据。公安机关交通管理部门对拖拉机驾驶人作出暂扣、吊销驾驶证处罚或者记分处理的，应当定期将处罚决定书和记分情况通报有关的农业（农业机械）主管部门。吊销驾驶证的，还应当将驾驶证送交有关的农业（农业机械）主管部门。

第一百一十三条 境外机动车入境行驶，应当向入境地的公安机关交通管理部门申请临时通行号牌、行驶证。临时通行号牌、行驶证应当根据行驶需要，载明有效日期和允许行驶的区域。

入境的境外机动车申请临时通行号牌、行驶证以及境外人员申请机动车驾驶许可的条件、考试办法由国务院公安部门规定。

第一百一十四条 机动车驾驶许可考试的收费标准，由国务院价格主管部门规定。

第一百一十五条 本条例自2004年5月1日起施行。1960年2月11日国务院批准、交通部发布的《机动车管理办法》，1988年3月9日国务院发布的《中华人民共和国道路交通管理条例》，1991年9月22日国务院发布的《道路交通事故处理办法》，同时废止。

道路交通事故处理程序规定

（2008年8月17日公安部令第104号

公布 自2009年1月1日起施行）

第一章 总 则

第一条 为了规范道路交通事故处理程序，保障公安机关交通管理部门依法履行职责，保护道路交通事故当事人的合法权益，根据《中华人民共和国道路交通安全法》及其实施条例等有关法律、法规，制定本规定。

第二条 公安机关交通管理部门处理道路交通事故，应当遵循公正、公开、便民、效率的原则。

第三条 交通警察处理道路交通事故，应当取得相应等级的处理道路交通事故资格。

第二章 管 辖

第四条 道路交通事故由发生地的县级公安机关交通管理部门管辖。未设立县级公安机关交通管理部门的，由设区市公安机关交通管理部门管辖。

第五条 道路交通事故发生在两个以上管辖区域的，由事故起始点所在地公安机关交通管理部门管辖。

对管辖权有争议的，由共同的上一级公安机关交通管理部门指定管辖。指定管辖前，最先发现或者最先接到报警的公安机关交通管理部门应当先行救助受伤人员，进行现场前期处理。

第六条 上级公安机关交通管理部门在必要的时候，可以处理下级公安机关交通管理部门管辖的道路交通事故，或者指定下级公安机关交通管理部门限时将案件移送其他下级公安机关交通管理部门处理。

案件管辖发生转移的，处理时限从移送案件之日起计算。

第七条 军队、武警部队人员、车辆发生道路交通事故的，按照本规定处理。需要对现役军人给予行政处罚或者追究刑事责任的，移送军队、武警部队有关部门。

第三章 报警和受理

第八条 道路交通事故有下列情形之一的，当事人应当保护现场并立即报警：

（一）造成人员死亡、受伤的；

（二）发生财产损失事故，当事人对事实或者成因有争议的，以及虽然对事实或者成因无争议，但协商损害赔偿未达成协议的；

（三）机动车无号牌、无检验合格标志、无保险标志的；

（四）载运爆炸物品、易燃易爆化学物品以及毒害性、放射性、腐蚀性、传染病病源体等危险物品车辆的；

（五）碰撞建筑物、公共设施或者其他设施的；

（六）驾驶人无有效机动车驾驶证的；

（七）驾驶人有饮酒、服用国家管制的精神药品或者麻醉药品嫌疑的；

（八）当事人不能自行移动车辆的。

发生财产损失事故，并具有前款第二项至第五项情形之一，车辆可以移动的，当事人可以在报警后，在确保安全的原则下对现场拍照或者标划停车位置，将车辆移至不妨碍交通的地点等候处理。

第九条 公路上发生道路交通事故的，驾驶人必须在确保安全的原则下，立即组织车上人员疏散到路外安全地点，避免发生次生事故。驾驶人已因道路交通事故死亡或者受伤无法行动的，车上其他人员应当自行组织疏散。

第十条 公安机关及其交通管理部门接到道路交通事故报警，应当记录下列内容：

（一）报警方式、报警时间、报警人姓名、联系方式，电话报警的，还应当记录报警电话；

（二）发生道路交通事故时间、地点；

（三）人员伤亡情况；

（四）车辆类型、车辆牌号，是否载有危险物品、危险物品的种类等；

（五）涉嫌交通肇事逃逸的，还应当询问并记录肇事车辆的车型、颜色、特征及其逃逸方向、逃逸驾驶人的体貌特征等有关情况。

报警人不报姓名的，应当记录在案。报警人不愿意公开姓名的，应当为其保密。

第十一条 公安机关交通管理部门接到道路交通事故报警或者出警指令后，应当按照规定立即派交通警察赶赴现场。有人员伤亡或者其他紧急情况的，应当及时通知急救、医疗、消防等有关部门。发生一次死亡三人以上事故或者其他有重大影响的道路交通事故，应当立即向上一级公安机关交通管理部门报告，并通过所属公安机关报告当地人民政府；涉及营运车辆的，通知当地人民政府有关行政管理部门；涉及爆炸物品、易燃易爆化学物品以及毒害性、放射性、腐蚀性、传染病病源体等危险物品的，应当立即通过所属公安机关报告当地人民政府，并通报有关部门及时处理；造成道路、供电、通讯等设施损毁的，应当通报有关部门及时处理。

第十二条 当事人未在道路交通事故现场报警，事后请求公安机关交通管理部门处理的，公安机关交通管理部门应当按照本规定

第十条的规定予以记录，并在三日内作出是否受理的决定。经核查道路交通事故事实存在的，公安机关交通管理部门应当受理，并告知当事人；经核查无法证明道路交通事故事实存在，或者不属于公安机关交通管理部门管辖的，应当书面告知当事人，并说明理由。

第四章　自行协商和简易程序

第十三条　机动车与机动车、机动车与非机动车发生财产损失事故，当事人对事实及成因无争议的，可以自行协商处理损害赔偿事宜。车辆可以移动的，当事人应当在确保安全的原则下对现场拍照或者标划事故车辆现场位置后，立即撤离现场，将车辆移至不妨碍交通的地点，再进行协商。

非机动车与非机动车或者行人发生财产损失事故，基本事实及成因清楚的，当事人应当先撤离现场，再协商处理损害赔偿事宜。

对应当自行撤离现场而未撤离的，交通警察应当责令当事人撤离现场；造成交通堵塞的，对驾驶人处以200元罚款；驾驶人有其他道路交通安全违法行为的，依法一并处罚。

第十四条　具有本规定第十三条规定情形，当事人自行协商达成协议的，填写道路交通事故损害赔偿协议书，并共同签名。损害赔偿协议书内容包括事故发生的时间、地点、天气、当事人姓名、机动车驾驶证号、联系方式、机动车种类和号牌、保险凭证号、事故形态、碰撞部位、赔偿责任等内容。

第十五条　对仅造成人员轻微伤或者具有本规定第八条第一款第二项至第八项规定情形之一的财产损失事故，公安机关交通管理部门可以适用简易程序处理，但是有交通肇事犯罪嫌疑的除外。

适用简易程序的，可以由一名交通警察处理。

第十六条　交通警察适用简易程序处理道路交通事故时，应当在固定现场证据后，责令当事人撤离现场，恢复交通。拒不撤离现场的，予以强制撤离；对当事人不能自行移动车辆的，交通警察应当将车辆移至不妨碍交通的地点。具有本规定第八条第一款第六项、第七项情形之一的，按照《道路交通安全法实施条例》第一百零四条规定处理。

撤离现场后，交通警察应当根据现场固定的证据和当事人、证人叙述等，认定并记录道路交通事故发生的时间、地点、天气、当事人姓名、机动车驾驶证号、联系方式、机动车种类和号牌、保险凭证号、交通事故形态、碰撞部位等，并根据当事人的行为对发生道路交通事故所起的作用以及过错的严重程度，确定当事人的责任，制作道路交通事故认定书，由当事人签名。

第十七条 当事人共同请求调解的，交通警察应当当场进行调解，并在道路交通事故认定书上记录调解结果，由当事人签名，交付当事人。

第十八条 有下列情形之一的，不适用调解，交通警察可以在道路交通事故认定书上载明有关情况后，将道路交通事故认定书交付当事人：

（一）当事人对道路交通事故认定有异议的；

（二）当事人拒绝在道路交通事故认定书上签名的；

（三）当事人不同意调解的。

第五章 调 查

第一节 一般规定

第十九条 除简易程序外，公安机关交通管理部门对道路交通事故进行调查时，交通警察不得少于二人。

交通警察调查时应当向被调查人员出示《人民警察证》，告知被调查人依法享有的权利和义务，向当事人发送联系卡。联系卡载明交通警察姓名、办公地址、联系方式、监督电话等内容。

第二十条 交通警察调查道路交通事故时，应当客观、全面、及时、合法地收集证据。

第二节 现场处置和现场调查

第二十一条 交通警察到达事故现场后，应当立即进行下列工作：

（一）划定警戒区域，在安全距离位置放置发光或者反光锥筒和警告标志，确定专人负责现场交通指挥和疏导，维护良好道路通行秩序。因道路交通事故导致交通中断或者现场处置、勘查需要采取封闭道路等交通管制措施的，还应当在事故现场来车方向提前组织分流，放置绕行提示标志，避免发生交通堵塞。

（二）组织抢救受伤人员；

（三）指挥勘查、救护等车辆停放在便于抢救和勘查的位置，开启警灯，夜间还应当开启危险报警闪光灯和示廓灯；

（四）查找道路交通事故当事人和证人，控制肇事嫌疑人。

第二十二条 道路交通事故造成人员死亡的，应当经急救、医疗人员确认，并由医疗机构出具死亡证明。尸体应当存放在殡葬服务单位或者有停尸条件的医疗机构。

第二十三条 交通警察应当对事故现场进行调查，做好下列工作：

（一）勘查事故现场，查明事故车辆、当事人、道路及其空间关系和事故发生时的天气情况；

（二）固定、提取或者保全现场证据材料；

（三）查找当事人、证人进行询问，并制作询问笔录；

（四）其他调查工作。

第二十四条 交通警察勘查道路交通事故现场，应当按照有关法规和标准的规定，拍摄现场照片，绘制现场图，提取痕迹、物证，制作现场勘查笔录。发生一次死亡三人以上道路交通事故的，应当进行现场摄像。

现场图、现场勘查笔录应当由参加勘查的交通警察、当事人或者见证人签名。当事人、见证人拒绝签名或者无法签名以及无见证人的，应当记录在案。

第二十五条 痕迹或者证据可能因时间、地点、气象等原因导致灭失的，交通警察应当及时固定、提取或者保全。

车辆驾驶人有饮酒或者服用国家管制的精神药品、麻醉药品嫌疑的，公安机关交通管理部门应当按照《道路交通安全违法行为处理程序规定》及时抽血或者提取尿样，送交有检验资格的机构进行检验；车辆驾驶人当场死亡的，应当及时抽血检验。

第二十六条 交通警察应当检查当事人的身份证件、机动车驾驶证、机动车行驶证、保险标志等；对交通肇事嫌疑人可以依法传唤。

第二十七条 交通警察勘查事故现场完毕后，应当清点并登记现场遗留物品，迅速组织清理现场，尽快恢复交通。

现场遗留物品能够现场发还的，应当现场发还并做记录；现场无法确定所有人的，应当妥善保管，待所有人确定后，及时发还。

第二十八条 因收集证据的需要，公安机关交通管理部门可以扣留事故车辆及机动车行驶证，并开具行政强制措施凭证。扣留的车辆及机动车行驶证应当妥善保管。

公安机关交通管理部门不得扣留事故车辆所载货物。对所载货物在核实重量、体积及货物损失后，通知机动车驾驶人或者货物所有人自行处理。无法通知当事人或者当事人不自行处理的，按照《公安机关办理行政案件程序规定》的有关规定办理。

第二十九条 因收集证据的需要，公安机关交通管理部门可以扣押与事故有关的物品，并开具扣押物品清单一式两份，一份交给被扣押物品的持有人，一份附卷。扣押的物品应当妥善保管。

扣押期限不得超过三十日，案情重大、复杂的，经本级公安机关负责人或者上一级公安机关交通管理部门负责人批准可以延长三十日；法律、法规另有规定的除外。

第三十条 公安机关交通管理部门经过现场调查认为不属于道路交通事故的，应当书面通知当事人，并将案件移送有关部门或者告知当事人处理途径。

公安机关交通管理部门在调查过程中，发现当事人有交通肇事犯罪嫌疑的，应当按照《公安机关办理刑事案件程序规定》立案侦查。发现当事人有其他违法犯罪嫌疑的，应当及时移送有关部门，移送不影响事故的调查和处理。

第三十一条 投保机动车交通事故责任强制保险的车辆发生道路交通事故，因抢救受伤人员需要保险公司支付抢救费用的，公安机关交通管理部门书面通知保险公司。

抢救受伤人员需要道路交通事故社会救助基金垫付费用的，公安机关交通管理部门书面通知道路交通事故社会救助基金管理机构。

第三节 交通肇事逃逸查缉

第三十二条 公安机关交通管理部门应当根据管辖区域和道路情况，制定交通肇事逃逸案件查缉预案。

发生交通肇事逃逸案件后，公安机关交通管理部门应当根据当事人陈述、证人证言、交通事故现场痕迹、遗留物等线索，及时启动查缉预案，布置堵截和查缉。

第三十三条 案发地公安机关交通管理部门可以通过发协查通报、向社会公告等方式要求协查、举报交通肇事逃逸车辆或者侦破线索。发出协查通报或者向社会公告时，应当提供交通肇事逃逸案件基本事实、交通肇事逃逸车辆情况、特征及逃逸方向等有关情况。

第三十四条 接到协查通报的公安机关交通管理部门，应当立即布置堵截或者排查。发现交通肇事逃逸车辆或者嫌疑车辆的，应当予以扣留，依法传唤交通肇事逃逸人或者与协查通报相符的嫌疑人，并及时将有关情况通知案发地公安机关交通管理部门。案发地公安机关交通管理部门应当立即派交通警察前往办理移交。

第三十五条 公安机关交通管理部门查获交通肇事逃逸车辆后，应当按原范围发出撤销协查通报。

第三十六条 公安机关交通管理部门侦办交通肇事逃逸案件期间，交通肇事逃逸案件的受害人及其家属向公安机关交通管理部门询问案件侦办情况的，公安机关交通管理部门应当告知。

第四节 检验、鉴定

第三十七条 需要进行检验、鉴定的，公安机关交通管理部门应当自事故现场调查结束之日起三日内委托具备资格的鉴定机构进行检验、鉴定。尸体检验应当在死亡之日起三日内委托。

对现场调查结束之日起三日后需要检验、鉴定的，应当报经上一级公安机关交通管理部门批准。

对精神病的鉴定，应当由省级人民政府指定的医院进行。

第三十八条 公安机关交通管理部门应当与检验、鉴定机构约定检验、鉴定完成的期限，约定的期限不得超过二十日。超过二十日的，应当报经上一级公安机关交通管理部门批准，但最长不得超过六十日。

第三十九条 卫生行政主管部门许可的医疗机构具有执业资格的医生为道路交通事故受伤人员出具的诊断证明，公安机关交通管理部门可以作为认定人身伤害程度的依据。

第四十条 检验尸体不得在公众场合进行。检验中需要解剖尸体的，应当征得其家属的同意。

解剖未知名尸体，应当报经县级以上公安机关或者上一级公安机关交通管理部门负责人批准。

第四十一条 检验尸体结束后，应当书面通知死者家属在十日内办理丧葬事宜。无正当理由逾期不办理的应记录在案，并经县级以上公安机关负责人批准，由公安机关处理尸体，逾期存放的费用由死者家属承担。

对未知名尸体，由法医提取人身识别检材，并对尸体拍照、采集相关信息后，由公安机关交通管理部门填写未知名尸体信息登记表，并在设区市级以上报纸刊登认尸启事。登报后三十日仍无人认领的，由县级以上公安机关负责人或者上一级公安机关交通管理部门负责人批准处理尸体。

第四十二条　检验、鉴定机构应当在约定或者规定的期限内完成检验、鉴定，并出具书面检验、鉴定报告，由检验、鉴定人签名并加盖机构印章。检验、鉴定报告应当载明以下事项：

（一）委托人；

（二）委托事项；

（三）提交的相关材料；

（四）检验、鉴定的时间；

（五）依据和结论性意见，通过分析得出结论性意见的，应当有分析过程的说明。

第四十三条　公安机关交通管理部门应当在收到检验、鉴定报告之日起二日内，将检验、鉴定报告复印件送达当事人。

当事人对检验、鉴定结论有异议的，可以在公安机关交通管理部门送达之日起三日内申请重新检验、鉴定，经县级公安机关交通管理部门负责人批准后，进行重新检验、鉴定。重新检验、鉴定应当另行委托检验、鉴定机构或者由原检验、鉴定机构另行指派鉴定人。公安机关交通管理部门应当在收到重新检验、鉴定报告之日起二日内，将重新检验、鉴定报告复印件送达当事人。重新检验、鉴定以一次为限。

第四十四条　检验、鉴定结论确定之日起五日内，公安机关交通管理部门应当通知当事人领取扣留的事故车辆、机动车行驶证以及扣押的物品。

对驾驶人逃逸的无主车辆或者经通知当事人三十日后仍不领取的车辆，经公告三个月仍不来接受处理的，对扣留的车辆依法处理。

第六章 认定与复核

第一节 道路交通事故认定

第四十五条 道路交通事故认定应当做到程序合法、事实清楚、证据确实充分、适用法律正确、责任划分公正。

第四十六条 公安机关交通管理部门应当根据当事人的行为对发生道路交通事故所起的作用以及过错的严重程度，确定当事人的责任。

（一）因一方当事人的过错导致道路交通事故的，承担全部责任；

（二）因两方或者两方以上当事人的过错发生道路交通事故的，根据其行为对事故发生的作用以及过错的严重程度，分别承担主要责任、同等责任和次要责任；

（三）各方均无导致道路交通事故的过错，属于交通意外事故的，各方均无责任。

一方当事人故意造成道路交通事故的，他方无责任。

省级公安机关可以根据有关法律、法规制定具体的道路交通事故责任确定细则或者标准。

第四十七条 公安机关交通管理部门应当自现场调查之日起十日内制作道路交通事故认定书。交通肇事逃逸案件在查获交通肇事车辆和驾驶人后十日内制作道路交通事故认定书。对需要进行检验、鉴定的，应当在检验、鉴定结论确定之日起五日内制作道路交通事故认定书。

发生死亡事故，公安机关交通管理部门应当在制作道路交通事故认定书前，召集各方当事人到场，公开调查取得证据。证人要求保密或者涉及国家秘密、商业秘密以及个人隐私的证据不得公开。当事人不到场的，公安机关交通管理部门应当予以记录。

第四十八条 道路交通事故认定书应当载明以下内容：

（一）道路交通事故当事人、车辆、道路和交通环境等基本情况；

（二）道路交通事故发生经过；

（三）道路交通事故证据及事故形成原因的分析；

（四）当事人导致道路交通事故的过错及责任或者意外原因；

（五）作出道路交通事故认定的公安机关交通管理部门名称和日期。

道路交通事故认定书应当由办案民警签名或者盖章，加盖公安机关交通管理部门道路交通事故处理专用章，分别送达当事人，并告知当事人向公安机关交通管理部门申请复核、调解和直接向人民法院提起民事诉讼的权利、期限。

第四十九条 逃逸交通事故尚未侦破，受害一方当事人要求出具道路交通事故认定书的，公安机关交通管理部门应当在接到当事人书面申请后十日内制作道路交通事故认定书，并送达受害一方当事人。道路交通事故认定书应当载明事故发生的时间、地点、受害人情况及调查得到的事实，有证据证明受害人有过错的，确定受害人的责任；无证据证明受害人有过错的，确定受害人无责任。

第五十条 道路交通事故成因无法查清的，公安机关交通管理部门应当出具道路交通事故证明，载明道路交通事故发生的时间、地点、当事人情况及调查得到的事实，分别送达当事人。

第二节 复 核

第五十一条 当事人对道路交通事故认定有异议的，可以自道路交通事故认定书送达之日起三日内，向上一级公安机关交通管理部门提出书面复核申请。

复核申请应当载明复核请求及其理由和主要证据。

第五十二条 上一级公安机关交通管理部门收到当事人书面复核申请后五日内，应当作出是否受理决定。有下列情形之一的，复核申请不予受理，并书面通知当事人。

（一）任何一方当事人向人民法院提起诉讼并经法院受理的；

（二）人民检察院对交通肇事犯罪嫌疑人批准逮捕的；

（三）适用简易程序处理的道路交通事故；

（四）车辆在道路以外通行时发生的事故。

公安机关交通管理部门受理复核申请的，应当书面通知各方当事人。

第五十三条 上一级公安机关交通管理部门自受理复核申请之日起三十日内，对下列内容进行审查，并作出复核结论：

（一）道路交通事故事实是否清楚，证据是否确实充分，适用法律是否正确；

（二）道路交通事故责任划分是否公正；

（三）道路交通事故调查及认定程序是否合法。

复核原则上采取书面审查的办法，但是当事人提出要求或者公安机关交通管理部门认为有必要时，可以召集各方当事人到场，听取各方当事人的意见。

复核审查期间，任何一方当事人就该事故向人民法院提起诉讼并经法院受理的，公安机关交通管理部门应当终止复核。

第五十四条 上一级公安机关交通管理部门经审查认为原道路交通事故认定事实不清、证据不确实充分、责任划分不公正、或者调查及认定违反法定程序的，应当作出复核结论，责令原办案单位重新调查、认定。

上一级公安机关交通管理部门经审查认为原道路交通事故认定

事实清楚、证据确实充分、适用法律正确、责任划分公正、调查程序合法的，应当作出维持原道路交通事故认定的复核结论。

第五十五条 上一级公安机关交通管理部门作出复核结论后，应当召集事故各方当事人，当场宣布复核结论。当事人没有到场的，应当采取其他法定形式将复核结论送达当事人。

上一级公安机关交通管理部门复核以一次为限。

第五十六条 上一级公安机关交通管理部门作出责令重新认定的复核结论后，原办案单位应当在十日内依照本规定重新调查，重新制作道路交通事故认定书，撤销原道路交通事故认定书。

重新调查需要检验、鉴定的，原办案单位应当在检验、鉴定结论确定之日起五日内，重新制作道路交通事故认定书，撤销原道路交通事故认定书。

重新制作道路交通事故认定书的，原办案单位应当送达各方当事人，并书面报上一级公安机关交通管理部门备案。

第七章 处罚执行

第五十七条 公安机关交通管理部门应当在作出道路交通事故认定之日起五日内，对当事人的道路交通安全违法行为依法作出处罚。

第五十八条 对发生道路交通事故构成犯罪，依法应当吊销驾驶人机动车驾驶证的，应当在人民法院作出有罪判决后，由设区市公安机关交通管理部门依法吊销机动车驾驶证；同时具有逃逸情形的，公安机关交通管理部门应当同时依法作出终生不得重新取得机动车驾驶证的决定。

第五十九条 专业运输单位六个月内两次发生一次死亡三人以上道路交通事故，且单位或者车辆驾驶人对事故承担全部责任或者主要责任的，专业运输单位所在地的公安机关交通管理部门应当报经设区市公安机关交通管理部门批准后，作出责令限期消除安全隐患的决定，禁止未消除安全隐患的机动车上道路行驶，并通报道路交通事故发生地及运输单位属地的人民政府有关行政管理部门。

第八章 损害赔偿调解

第六十条 当事人对道路交通事故损害赔偿有争议，各方当事人一致请求公安机关交通管理部门调解的，应当在收到道路交通事故认定书或者上一级公安机关交通管理部门维持原道路交通事故认定的复核结论之日起十日内，向公安机关交通管理部门提出书面申请。

第六十一条 公安机关交通管理部门应当按照合法、公正、自愿、及时的原则，并采取公开方式进行道路交通事故损害赔偿调解。调解时允许旁听，但是当事人要求不予公开的除外。

第六十二条 公安机关交通管理部门应当与当事人约定调解的时间、地点，并于调解时间三日前通知当事人。口头通知的，应当记入调解记录。调解参加人因故不能按期参加调解的，应当在预定调解时间一日前通知承办的交通警察，请求变更调解时间。

第六十三条 参加损害赔偿调解的人员包括：

（一）道路交通事故当事人及其代理人；

（二）道路交通事故车辆所有人或者管理人；

（三）公安机关交通管理部门认为有必要参加的其他人员。

委托代理人应当出具由委托人签名或者盖章的授权委托书。授权委托书应当载明委托事项和权限。

参加调解时当事人一方不得超过三人。

第六十四条 公安机关交通管理部门应当按照下列规定日期开始调解，并于十日内制作道路交通事故损害赔偿调解书或者道路交通事故损害赔偿调解终结书：

（一）造成人员死亡的，从规定的办理丧葬事宜时间结束之日起；

（二）造成人员受伤的，从治疗终结之日起；

（三）因伤致残的，从定残之日起；

（四）造成财产损失的，从确定损失之日起。

第六十五条　交通警察调解道路交通事故损害赔偿，按照下列程序实施：

（一）告知道路交通事故各方当事人的权利、义务；

（二）听取当事人各方的请求；

（三）根据道路交通事故认定书认定的事实以及《中华人民共和国道路交通安全法》第七十六条的规定，确定当事人承担的损害赔偿责任；

（四）计算损害赔偿的数额，确定各方当事人各自承担的比例，人身损害赔偿的标准按照《最高人民法院关于审理人身损害赔偿案件适用法律若干问题的解释》规定执行，财产损失的修复费用、折价赔偿费用按照实际价值或者评估机构的评估结论计算；

（五）确定赔偿履行方式及期限。

第六十六条　经调解达成协议的，公安机关交通管理部门应当当场制作道路交通事故损害赔偿调解书，由各方当事人签字，分别送达各方当事人。

调解书应当载明以下内容：

（一）调解依据；

（二）道路交通事故认定书认定的基本事实和损失情况；

（三）损害赔偿的项目和数额；

（四）各方的损害赔偿责任及比例；

（五）赔偿履行方式和期限；

（六）调解日期。

经调解各方当事人未达成协议的，公安机关交通管理部门应当终止调解，制作道路交通事故损害赔偿调解终结书送达各方当事人。

第六十七条 有下列情形之一的，公安机关交通管理部门应当终止调解，并记录在案：

（一）在调解期间有一方当事人向人民法院提起民事诉讼的；

（二）一方当事人无正当理由不参加调解的；

（三）一方当事人调解过程中退出调解的。

第九章 涉外道路交通事故处理

第六十八条 外国人在中华人民共和国境内发生道路交通事故的，除按照本规定执行外，还应当按照办理涉外案件的有关法律、法规、规章的规定执行。

公安机关交通管理部门处理外国人发生的道路交通事故，应当告知当事人我国法律、法规规定的当事人在处理道路交通事故中的权利和义务。

第六十九条 外国人发生道路交通事故，在未处理完毕前，公安机关可以依法不准其出境。

第七十条 外国人发生道路交通事故并承担全部责任或者主要责任的，公安机关交通管理部门应当告知道路交通事故损害赔偿权利人可以向人民法院提出采取诉前财产保全措施的请求。

第七十一条 公安机关交通管理部门在处理道路交通事故过程中，使用中华人民共和国通用的语言文字。对不通晓我国语言文字的，应当为其提供翻译；当事人通晓我国语言文字而不需要他人翻译的，应当出具书面声明。

经公安机关交通管理部门批准，外国籍当事人可以自己聘请翻译，翻译费由当事人承担。

第七十二条 享有外交特权与豁免的外国人发生道路交通事故时，交通警察认为应当给予暂扣或者吊销机动车驾驶证处罚的，可以扣留其机动车驾驶证。需要检验、鉴定车辆的，公安机关交通管理部门应当征得其同意，并在检验、鉴定后立即发还；其不同意检验、鉴定的，记录在案，不强行检验、鉴定。需要对享有外交特权和豁免的外国人进行调查的，可以约谈，谈话时仅限于与道路交通事故有关的内容；本人不接受调查的，记录在案。

公安机关交通管理部门应当根据收集的证据，制作道路交通事故认定书送达当事人，当事人拒绝接收的，送达至其所在机构。

享有外交特权与豁免的外国人拒绝接受调查或者检验、鉴定的，其损害赔偿事宜通过外交途径解决。

第七十三条　公安机关交通管理部门处理享有外交特权与豁免的外国人发生人员死亡事故的，应当将其身份、证件及事故经过、损害后果等基本情况记录在案，并将有关情况迅速通报省级人民政府外事部门和该外国人所属国家的驻华使馆或者领馆。

第七十四条　外国驻华领事机构、国际组织、国际组织驻华代表机构享有特权与豁免的人员发生道路交通事故的，公安机关交通管理部门参照本规定第七十三条、第七十四条规定办理，但《中华人民共和国领事特权与豁免条例》、中国已参加的国际公约以及我国与有关国家或者国际组织缔结的协议有不同规定的除外。

第十章　执法监督

第七十五条　公安机关警务督察部门可以依法对公安机关交通管理部门及其交通警察处理交通事故工作进行现场督察，查处违法违纪行为。

上级公安机关交通管理部门对下级公安机关交通管理部门处理道路交通事故工作进行监督，发现错误应当及时纠正。

第七十六条　交通警察违反本规定，故意或者过失造成认定事实错误、适用法律错误、违反法定程序或者其他执法错误的，应当依照有关规定，根据其违法事实、情节、后果和责任程度，追究执法过错责任人员行政责任、经济责任和刑事责任；造成严重后果、恶劣影响的，还应当追究公安机关交通管理部门领导责任。

第七十七条 交通警察或者公安机关检验、鉴定人员需要回避的，由本级公安机关交通管理部门负责人或者检验、鉴定人员所属的公安机关决定。公安机关交通管理部门负责人需要回避的，由公安机关负责人或者上一级公安机关交通管理部门负责人决定。

对当事人提出的回避申请，公安机关交通管理部门应当在二日内作出决定，并通知申请人。

第七十八条 人民法院、人民检察院审理、审查道路交通事故案件，需要公安机关交通管理部门提供有关证据的，公安机关交通管理部门应当在接到调卷公函之日起三日内，或者按照其时限要求，将道路交通事故案件调查材料正本移送人民法院或者人民检察院。

第七十九条 公安机关交通管理部门对查获交通肇事逃逸车辆及人员提供有效线索或者协助的人员、单位，应当给予表彰和奖励。

公安机关交通管理部门及其交通警察接到协查通报不配合协查并造成严重后果的，由公安机关或者上级公安机关交通管理部门追究有关人员和单位主管领导的责任。

第八十条 除涉及国家秘密、商业秘密或者个人隐私，以及应当事人、证人要求保密的内容外，当事人及其代理人收到道路交通事故认定书后，可以查阅、复制、摘录公安机关交通管理部门处理道路交通事故的证据材料。公安机关交通管理部门对当事人复制的证据材料应当加盖公安机关交通管理部门事故处理专用章。

第十一章　附　　则

第八十一条 道路交通事故处理资格等级管理规定由公安部另行制定，资格证书式样全国统一。

第八十二条 公安机关交通管理部门应当在邻省、市（地）、县交界的国、省、县道上，以及辖区内交通流量集中的路段，设置标有管辖地公安机关交通管理部门名称及道路交通事故报警电话号码的提示牌。

第八十三条 车辆在道路以外通行时发生的事故，公安机关交通管理部门接到报案的，参照本规定处理。涉嫌犯罪的，及时移送有关部门。

第八十四条 执行本规定所需要的法律文书式样，由公安部制定。公安部没有制定式样，执法工作中需要的其他法律文书，省级公安机关可以制定式样。

当事人自行协商处理损害赔偿事宜的，可以自行制作协议书，但应当符合本规定第十四条关于协议书内容的规定。

第八十五条 本规定中下列用语的含义：

（一）"交通肇事逃逸"，是指发生道路交通事故后，道路交通事故当事人为逃避法律追究，驾驶车辆或者遗弃车辆逃离道路交通事故现场的行为。

（二）"检验、鉴定结论确定"，是指检验、鉴定报告复印件送达当事人之日起三日内，当事人未申请重新检验、鉴定的，以及公安机关交通管理部门批准重新检验、鉴定，检验、鉴定机构出具检验、鉴定意见的。

（三）本规定所称的"一日"、"二日"、"三日"、"五日"、"十日"、"二十日"，是指工作日，不包括节假日。

（四）本规定所称的"以上"、"以下"均包括本数在内。

（五）"县级（以上）公安机关交通管理部门"，是指县级（以上）人民政府公安机关交通管理部门或者相当于同级的公安机关交通管理部门。"设区市公安机关交通管理部门"，是指设区的市人民政府公安机关交通管理部门或者相当于同级的公安机关交通管理部门。"设区市公安机关"，是指设区的市人民政府公安机关或者相当于同级的公安机关。

（六）“死亡事故”，是指造成人员死亡的道路交通事故。

（七）“财产损失事故”，是指仅造成财产损失的道路交通事故。

第八十六条 本规定没有规定的道路交通事故案件办理程序，依照《公安机关办理行政案件程序规定》、《公安机关办理刑事案件程序规定》的有关规定执行。

第八十七条 本规定自2009年1月1日起施行。2004年4月30日发布的《交通事故处理程序规定》（公安部令第70号）同时废止。本规定施行后，与本规定不一致的，以本规定为准。

机动车交通事故责任强制保险条例

（2006年3月21日国务院令第462号公布
自2006年7月1日起施行）

第一章　总　则

第一条　为了保障机动车道路交通事故受害人依法得到赔偿，促进道路交通安全，根据《中华人民共和国道路交通安全法》、《中华人民共和国保险法》，制定本条例。

第二条　在中华人民共和国境内道路上行驶的机动车的所有人或者管理人，应当依照《中华人民共和国道路交通安全法》的规定投保机动车交通事故责任强制保险。

机动车交通事故责任强制保险的投保、赔偿和监督管理，适用本条例。

第三条　本条例所称机动车交通事故责任强制保险，是指由保险公司对被保险机动车发生道路交通事故造成本车人员、被保险人以外的受害人的人身伤亡、财产损失，在责任限额内予以赔偿的强制性责任保险。

第四条　国务院保险监督管理机构（以下称保监会）依法对保险公司的机动车交通事故责任强制保险业务实施监督管理。

公安机关交通管理部门、农业（农业机械）主管部门（以下统称机动车管理部门）应当依法对机动车参加机动车交通事故责任强制保险的情况实施监督检查。对未参加机动车交通事故责任强制保险的机动车，机动车管理部门不得予以登记，机动车安全技术检验机构不得予以检验。

公安机关交通管理部门及其交通警察在调查处理道路交通安全违法行为和道路交通事故时，应当依法检查机动车交通事故责任强制保险的保险标志。

第二章　投　　保

第五条　中资保险公司（以下称保险公司）经保监会批准，可以从事机动车交通事故责任强制保险业务。

为了保证机动车交通事故责任强制保险制度的实行，保监会有权要求保险公司从事机动车交通事故责任强制保险业务。

未经保监会批准，任何单位或者个人不得从事机动车交通事故责任强制保险业务。

第六条　机动车交通事故责任强制保险实行统一的保险条款和基础保险费率。保监会按照机动车交通事故责任强制保险业务总体上不盈利不亏损的原则审批保险费率。

保监会在审批保险费率时，可以聘请有关专业机构进行评估，可以举行听证会听取公众意见。

第七条　保险公司的机动车交通事故责任强制保险业务，应当与其他保险业务分开管理，单独核算。

保监会应当每年对保险公司的机动车交通事故责任强制保险业务情况进行核查，并向社会公布；根据保险公司机动车交通事故责任强制保险业务的总体盈利或者亏损情况，可以要求或者允许保险公司相应调整保险费率。

调整保险费率的幅度较大的，保监会应当进行听证。

第八条　被保险机动车没有发生道路交通安全违法行为和道路

交通事故的，保险公司应当在下一年度降低其保险费率。在此后的年度内，被保险机动车仍然没有发生道路交通安全违法行为和道路交通事故的，保险公司应当继续降低其保险费率，直至最低标准。被保险机动车发生道路交通安全违法行为或者道路交通事故的，保险公司应当在下一年度提高其保险费率。多次发生道路交通安全违法行为、道路交通事故，或者发生重大道路交通事故的，保险公司应当加大提高其保险费率的幅度。在道路交通事故中被保险人没有过错的，不提高其保险费率。降低或者提高保险费率的标准，由保监会会同国务院公安部门制定。

第九条 保监会、国务院公安部门、国务院农业主管部门以及其他有关部门应当逐步建立有关机动车交通事故责任强制保险、道路交通安全违法行为和道路交通事故的信息共享机制。

第十条 投保人在投保时应当选择具备从事机动车交通事故责任强制保险业务资格的保险公司，被选择的保险公司不得拒绝或者拖延承保。

保监会应当将具备从事机动车交通事故责任强制保险业务资格的保险公司向社会公示。

第十一条 投保人投保时，应当向保险公司如实告知重要事项。

重要事项包括机动车的种类、厂牌型号、识别代码、牌照号码、使用性质和机动车所有人或者管理人的姓名（名称）、性别、年龄、住所、身份证或者驾驶证号码（组织机构代码）、续保前该机动车发生事故的情况以及保监会规定的其他事项。

第十二条 签订机动车交通事故责任强制保险合同时，投保人应当一次支付全部保险费；保险公司应当向投保人签发保险单、保险标志。保险单、保险标志应当注明保险单号码、车牌号码、保险期限、保险公司的名称、地址和理赔电话号码。

被保险人应当在被保险机动车上放置保险标志。

保险标志式样全国统一。保险单、保险标志由保监会监制。任何单位或者个人不得伪造、变造或者使用伪造、变造的保险单、保险标志。

第十三条 签订机动车交通事故责任强制保险合同时，投保人不得在保险条款和保险费率之外，向保险公司提出附加其他条件的要求。

签订机动车交通事故责任强制保险合同时，保险公司不得强制投保人订立商业保险合同以及提出附加其他条件的要求。

第十四条 保险公司不得解除机动车交通事故责任强制保险合同；但是，投保人对重要事项未履行如实告知义务的除外。

投保人对重要事项未履行如实告知义务，保险公司解除合同前，应当书面通知投保人，投保人应当自收到通知之日起 5 日内履行如实告知义务；投保人在上述期限内履行如实告知义务的，保险公司不得解除合同。

第十五条 保险公司解除机动车交通事故责任强制保险合同的，应当收回保险单和保险标志，并书面通知机动车管理部门。

第十六条 投保人不得解除机动车交通事故责任强制保险合同，但有下列情形之一的除外：

（一）被保险机动车被依法注销登记的；

（二）被保险机动车办理停驶的；

（三）被保险机动车经公安机关证实丢失的。

第十七条 机动车交通事故责任强制保险合同解除前，保险公司应当按照合同承担保险责任。

合同解除时，保险公司可以收取自保险责任开始之日起至合同解除之日止的保险费，剩余部分的保险费退还投保人。

第十八条 被保险机动车所有权转移的，应当办理机动车交通事故责任强制保险合同变更手续。

第十九条 机动车交通事故责任强制保险合同期满，投保人应当及时续保，并提供上一年度的保险单。

第二十条 机动车交通事故责任强制保险的保险期间为 1 年，

但有下列情形之一的，投保人可以投保短期机动车交通事故责任强制保险：

（一）境外机动车临时入境的；

（二）机动车临时上道路行驶的；

（三）机动车距规定的报废期限不足1年的；

（四）保监会规定的其他情形。

第三章　赔　　偿

第二十一条　被保险机动车发生道路交通事故造成本车人员、被保险人以外的受害人人身伤亡、财产损失的，由保险公司依法在机动车交通事故责任强制保险责任限额范围内予以赔偿。

道路交通事故的损失是由受害人故意造成的，保险公司不予赔偿。

第二十二条　有下列情形之一的，保险公司在机动车交通事故责任强制保险责任限额范围内垫付抢救费用，并有权向致害人追偿：

（一）驾驶人未取得驾驶资格或者醉酒的；

（二）被保险机动车被盗抢期间肇事的；

（三）被保险人故意制造道路交通事故的。

有前款所列情形之一，发生道路交通事故的，造成受害人的财产损失，保险公司不承担赔偿责任。

第二十三条　机动车交通事故责任强制保险在全国范围内实行统一的责任限额。责任限额分为死亡伤残赔偿限额、医疗费用赔偿限额、财产损失赔偿限额以及被保险人在道路交通事故中无责任的赔偿限额。

机动车交通事故责任强制保险责任限额由保监会会同国务院公安部门、国务院卫生主管部门、国务院农业主管部门规定。

第二十四条　国家设立道路交通事故社会救助基金（以下简称救助基金）。有下列情形之一时，道路交通事故中受害人人身伤亡的丧葬费用、部分或者全部抢救费用，由救助基金先行垫付，救助基金管理机构有权向道路交通事故责任人追偿：

（一）抢救费用超过机动车交通事故责任强制保险责任限额的；

（二）肇事机动车未参加机动车交通事故责任强制保险的；

（三）机动车肇事后逃逸的。

第二十五条 救助基金的来源包括：

（一）按照机动车交通事故责任强制保险的保险费的一定比例提取的资金；

（二）对未按照规定投保机动车交通事故责任强制保险的机动车的所有人、管理人的罚款；

（三）救助基金管理机构依法向道路交通事故责任人追偿的资金；

（四）救助基金孳息；

（五）其他资金。

第二十六条 救助基金的具体管理办法，由国务院财政部门会同保监会、国务院公安部门、国务院卫生主管部门、国务院农业主管部门制定试行。

第二十七条 被保险机动车发生道路交通事故，被保险人或者受害人通知保险公司的，保险公司应当立即给予答复，告知被保险人或者受害人具体的赔偿程序等有关事项。

第二十八条 被保险机动车发生道路交通事故的，由被保险人向保险公司申请赔偿保险金。保险公司应当自收到赔偿申请之日起1日内，书面告知被保险人需要向保险公司提供的与赔偿有关的证明和资料。

第二十九条 保险公司应当自收到被保险人提供的证明和资料之日起5日内，对是否属于保险责任作出核定，并将结果通知被保险人；对不属于保险责任的，应当书面说明理由；对属于保险责任的，在与被保险人达成赔偿保险金的协议后10日内，赔偿保险金。

第三十条　被保险人与保险公司对赔偿有争议的，可以依法申请仲裁或者向人民法院提起诉讼。

第三十一条　保险公司可以向被保险人赔偿保险金，也可以直接向受害人赔偿保险金。但是，因抢救受伤人员需要保险公司支付或者垫付抢救费用的，保险公司在接到公安机关交通管理部门通知后，经核对应当及时向医疗机构支付或者垫付抢救费用。

因抢救受伤人员需要救助基金管理机构垫付抢救费用的，救助基金管理机构在接到公安机关交通管理部门通知后，经核对应当及时向医疗机构垫付抢救费用。

第三十二条　医疗机构应当参照国务院卫生主管部门组织制定的有关临床诊疗指南，抢救、治疗道路交通事故中的受伤人员。

第三十三条　保险公司赔偿保险金或者垫付抢救费用，救助基金管理机构垫付抢救费用，需要向有关部门、医疗机构核实有关情况的，有关部门、医疗机构应当予以配合。

第三十四条　保险公司、救助基金管理机构的工作人员对当事人的个人隐私应当保密。

第三十五条　道路交通事故损害赔偿项目和标准依照有关法律的规定执行。

第四章　罚　　则

第三十六条　未经保监会批准，非法从事机动车交通事故责任强制保险业务的，由保监会予以取缔；构成犯罪的，依法追究刑事责任；尚不构成犯罪的，由保监会没收违法所得，违法所得20万元以上的，并处违法所得1倍以上5倍以下罚款；没有违法所得或者违法所得不足20万元的，处20万元以上100万元以下罚款。

第三十七条　保险公司未经保监会批准从事机动车交通事故责任强制保险业务的，由保监会责令改正，责令退还收取的保险费，没收违法所得，违法所得10万元以上的，并处违法所得1倍以上5倍以下罚款；没有违法所得或者违法所得不足10万元的，处10万元以上50万元以下罚款；逾期不改正或者造成严重后果的，责令停业整顿或者吊销经营保险业务许可证。

第三十八条 保险公司违反本条例规定，有下列行为之一的，由保监会责令改正，处5万元以上30万元以下罚款；情节严重的，可以限制业务范围、责令停止接受新业务或者吊销经营保险业务许可证：

（一）拒绝或者拖延承保机动车交通事故责任强制保险的；

（二）未按照统一的保险条款和基础保险费率从事机动车交通事故责任强制保险业务的；

（三）未将机动车交通事故责任强制保险业务和其他保险业务分开管理，单独核算的；

（四）强制投保人订立商业保险合同的；

（五）违反规定解除机动车交通事故责任强制保险合同的；

（六）拒不履行约定的赔偿保险金义务的；

（七）未按照规定及时支付或者垫付抢救费用的。

第三十九条 机动车所有人、管理人未按照规定投保机动车交通事故责任强制保险的，由公安机关交通管理部门扣留机动车，通知机动车所有人、管理人依照规定投保，处依照规定投保最低责任限额应缴纳的保险费的2倍罚款。

机动车所有人、管理人依照规定补办机动车交通事故责任强制保险的，应当及时退还机动车。

第四十条 上道路行驶的机动车未放置保险标志的，公安机关交通管理部门应当扣留机动车，通知当事人提供保险标志或者补办相应手续，可以处警告或者20元以上200元以下罚款。

当事人提供保险标志或者补办相应手续的，应当及时退还机动车。

第四十一条 伪造、变造或者使用伪造、变造的保险标志，或者使用其他机动车的保险标志，由公安机关交通管理部门予以收缴，扣留该机动车，处200元以上2000元以下罚款；构成犯罪的，依法追究刑事责任。

当事人提供相应的合法证明或者补办相应手续的，应当及时退还机动车。

第五章 附 则

第四十二条 本条例下列用语的含义：

（一）投保人，是指与保险公司订立机动车交通事故责任强制保险合同，并按照合同负有支付保险费义务的机动车的所有人、管理人。

（二）被保险人，是指投保人及其允许的合法驾驶人。

（三）抢救费用，是指机动车发生道路交通事故导致人员受伤时，医疗机构参照国务院卫生主管部门组织制定的有关临床诊疗指南，对生命体征不平稳和虽然生命体征平稳但如果不采取处理措施会产生生命危险，或者导致残疾、器官功能障碍，或者导致病程明显延长的受伤人员，采取必要的处理措施所发生的医疗费用。

第四十三条 机动车在道路以外的地方通行时发生事故，造成人身伤亡、财产损失的赔偿，比照适用本条例。

第四十四条 中国人民解放军和中国人民武装警察部队在编机动车参加机动车交通事故责任强制保险的办法，由中国人民解放军和中国人民武装警察部队另行规定。

第四十五条 机动车所有人、管理人自本条例施行之日起3个月内投保机动车交通事故责任强制保险；本条例施行前已经投保商业性机动车第三者责任保险的，保险期满，应当投保机动车交通事故责任强制保险。

第四十六条 本条例自2006年7月1日起施行。

中华人民共和国刑法（节录）*

（1979年7月1日第五届全国人民代表大会第二次会议通过　1997年3月14日第八届全国人民代表大会第五次会议修订　1997年3月14日中华人民共和国主席令第83号公布　自1997年10月1日起施行）

……

第一百三十三条　违反交通运输管理法规，因而发生重大事故，致人重伤、死亡或者使公私财产遭受重大损失的，处三年以下有期徒刑或者拘役；交通运输肇事后逃逸或者有其他特别恶劣情节的，处三年以上七年以下有期徒刑；因逃逸致人死亡的，处七年以上有期徒刑。

……

* 根据1998年12月29日第九届全国人民代表大会常务委员会第六次会议通过的《全国人民代表大会常务委员会关于惩治骗购外汇、逃汇和非法买卖外汇犯罪的决定》、1999年12月25日第九届全国人民代表大会常务委员会第十三次会议通过的《中华人民共和国刑法修正案》、2001年8月31日第九届全国人民代表大会常务委员会第二十三次会议通过的《中华人民共和国刑法修正案（二）》、2001年12月29日第九届全国人民代表大会常务委员会第二十五次会议通过的《中华人民共和国刑法修正案（三）》、2002年12月28日第九届全国人民代表大会常务委员会第三十一次会议通过的《中华人民共和国刑法修正案（四）》、2005年2月28日第十届全国人民代表大会常务委员会第十四次会议通过的《中华人民共和国刑法修正案（五）》、2006年6月29日第十届全国人民代表大会常务委员会第二十二次会议通过的《中华人民共和国刑法修正案（六）》修订。

最高人民法院关于审理人身损害赔偿案件适用法律若干问题的解释

（2003年12月26日法释〔2003〕20号
公布　自2004年5月1日起施行）

为正确审理人身损害赔偿案件，依法保护当事人的合法权益，根据《中华人民共和国民法通则》（以下简称民法通则）、《中华人民共和国民事诉讼法》（以下简称民事诉讼法）等有关法律规定，结合审判实践，就有关适用法律的问题作如下解释：

第一条　因生命、健康、身体遭受侵害，赔偿权利人起诉请求赔偿义务人赔偿财产损失和精神损害的，人民法院应予受理。

本条所称“赔偿权利人”，是指因侵权行为或者其他致害原因直接遭受人身损害的受害人、依法由受害人承担扶养义务的被扶养人以及死亡受害人的近亲属。

本条所称“赔偿义务人”，是指因自己或者他人的侵权行为以及其他致害原因依法应当承担民事责任的自然人、法人或者其他组织。

第二条　受害人对同一损害的发生或者扩大有故意、过失的，依照民法通则第一百三十一条的规定，可以减轻或者免除赔偿义务人的赔偿责任。但侵权人因故意或者重大过失致人损害，受害人只有一般过失的，不减轻赔偿义务人的赔偿责任。

适用民法通则第一百零六条第三款规定确定赔偿义务人的赔偿责任时，受害人有重大过失的，可以减轻赔偿义务人的赔偿责任。

第三条　二人以上共同故意或者共同过失致人损害，或者虽无共同故意、共同过失，但其侵害行为直接结合发生同一损害后果的，构成共同侵权，应当依照民法通则第一百三十条规定承担连带责任。

二人以上没有共同故意或者共同过失，但其分别实施的数个行为间接结合发生同一损害后果的，应当根据过失大小或者原因力比例各自承担相应的赔偿责任。

第四条 二人以上共同实施危及他人人身安全的行为并造成损害后果，不能确定实际侵害行为人的，应当依照民法通则第一百三十条规定承担连带责任。共同危险行为人能够证明损害后果不是由其行为造成的，不承担赔偿责任。

第五条 赔偿权利人起诉部分共同侵权人的，人民法院应当追加其他共同侵权人作为共同被告。赔偿权利人在诉讼中放弃对部分共同侵权人的诉讼请求的，其他共同侵权人对被放弃诉讼请求的被告应当承担的赔偿份额不承担连带责任。责任范围难以确定的，推定各共同侵权人承担同等责任。

人民法院应当将放弃诉讼请求的法律后果告知赔偿权利人，并将放弃诉讼请求的情况在法律文书中叙明。

第六条 从事住宿、餐饮、娱乐等经营活动或者其他社会活动的自然人、法人、其他组织，未尽合理限度范围内的安全保障义务致使他人遭受人身损害，赔偿权利人请求其承担相应赔偿责任的，人民法院应予支持。

因第三人侵权导致损害结果发生的，由实施侵权行为的第三人承担赔偿责任。安全保障义务人有过错的，应当在其能够防止或者制止损害的范围内承担相应的补充赔偿责任。安全保障义务人承担责任后，可以向第三人追偿。赔偿权利人起诉安全保障义务人的，应当将第三人作为共同被告，但第三人不能确定的除外。

第七条 对未成年人依法负有教育、管理、保护义务的学校、幼儿园或者其他教育机构，未尽职责范围内的相关义务致使未成年人遭受人身损害，或者未成年人致他人人身损害的，应当承担与其过错相应的赔偿责任。

第三人侵权致未成年人遭受人身损害的，应当承担赔偿责任。学校、幼儿园等教育机构有过错的，应当承担相应的补充赔偿责任。

第八条 法人或者其他组织的法定代表人、负责人以及工作人员，在执行职务中致人损害的，依照民法通则第一百二十一条的规定，由该法人或者其他组织承担民事责任。上述人员实施与职务无关的行为致人损害的，应当由行为人承担赔偿责任。

属于《国家赔偿法》赔偿事由的，依照《国家赔偿法》的规定处理。

第九条 雇员在从事雇佣活动中致人损害的，雇主应当承担赔偿责任；雇员因故意或者重大过失致人损害的，应当与雇主承担连带赔偿责任。雇主承担连带赔偿责任的，可以向雇员追偿。

前款所称“从事雇佣活动”，是指从事雇主授权或者指示范围内的生产经营活动或者其他劳务活动。雇员的行为超出授权范围，但其表现形式是履行职务或者与履行职务有内在联系的，应当认定为“从事雇佣活动”。

第十条 承揽人在完成工作过程中对第三人造成损害或者造成自身损害的，定作人不承担赔偿责任。但定作人对定作、指示或者选任有过失的，应当承担相应的赔偿责任。

第十一条 雇员在从事雇佣活动中遭受人身损害，雇主应当承担赔偿责任。雇佣关系以外的第三人造成雇员人身损害的，赔偿权利人可以请求第三人承担赔偿责任，也可以请求雇主承担赔偿责任。雇主承担赔偿责任后，可以向第三人追偿。

雇员在从事雇佣活动中因安全生产事故遭受人身损害，发包人、分包人知道或者应当知道接受发包或者分包业务的雇主没有相应资质或者安全生产条件的，应当与雇主承担连带赔偿责任。

属于《工伤保险条例》调整的劳动关系和工伤保险范围的，不适用本条规定。

第十二条 依法应当参加工伤保险统筹的用人单位的劳动者，

因工伤事故遭受人身损害，劳动者或者其近亲属向人民法院起诉请求用人单位承担民事赔偿责任的，告知其按《工伤保险条例》的规定处理。

因用人单位以外的第三人侵权造成劳动者人身损害，赔偿权利人请求第三人承担民事赔偿责任的，人民法院应予支持。

第十三条 为他人无偿提供劳务的帮工人，在从事帮工活动中致人损害的，被帮工人应当承担赔偿责任。被帮工人明确拒绝帮工的，不承担赔偿责任。帮工人存在故意或者重大过失，赔偿权利人请求帮工人和被帮工人承担连带责任的，人民法院应予支持。

第十四条 帮工人因帮工活动遭受人身损害的，被帮工人应当承担赔偿责任。被帮工人明确拒绝帮工的，不承担赔偿责任；但可以在受益范围内予以适当补偿。

帮工人因第三人侵权遭受人身损害的，由第三人承担赔偿责任。第三人不能确定或者没有赔偿能力的，可以由被帮工人予以适当补偿。

第十五条 为维护国家、集体或者他人的合法权益而使自己受到人身损害，因没有侵权人、不能确定侵权人或者侵权人没有赔偿能力，赔偿权利人请求受益人在受益范围内予以适当补偿的，人民法院应予支持。

第十六条 下列情形，适用民法通则第一百二十六条的规定，由所有人或者管理人承担赔偿责任，但能够证明自己没有过错的除外：

（一）道路、桥梁、隧道等人工建造的构筑物因维护、管理瑕疵致人损害的；

（二）堆放物品滚落、滑落或者堆放物倒塌致人损害的；

（三）树木倾倒、折断或者果实坠落致人损害的。

前款第（一）项情形，因设计、施工缺陷造成损害的，由所有人、管理人与设计、施工者承担连带责任。

第十七条 受害人遭受人身损害，因就医治疗支出的各项费用以及因误工减少的收入，包括医疗费、误工费、护理费、交通费、住宿费、住院伙食补助费、必要的营养费，赔偿义务人应当予以赔偿。

受害人因伤致残的，其因增加生活上需要所支出的必要费用以及因丧失劳动能力导致的收入损失，包括残疾赔偿金、残疾辅助器具费、被扶养人生活费，以及因康复护理、继续治疗实际发生的必要的康复费、护理费、后续治疗费，赔偿义务人也应当予以赔偿。

受害人死亡的，赔偿义务人除应当根据抢救治疗情况赔偿本条第一款规定的相关费用外，还应当赔偿丧葬费、被扶养人生活费、死亡补偿费以及受害人亲属办理丧葬事宜支出的交通费、住宿费和误工损失等其他合理费用。

第十八条 受害人或者死者近亲属遭受精神损害，赔偿权利人向人民法院请求赔偿精神损害抚慰金的，适用《最高人民法院关于确定民事侵权精神损害赔偿责任若干问题的解释》予以确定。

精神损害抚慰金的请求权，不得让与或者继承。但赔偿义务人已经以书面方式承诺给予金钱赔偿，或者赔偿权利人已经向人民法院起诉的除外。

第十九条 医疗费根据医疗机构出具的医药费、住院费等收款凭证，结合病历和诊断证明等相关证据确定。赔偿义务人对治疗的必要性和合理性有异议的，应当承担相应的举证责任。

医疗费的赔偿数额，按照一审法庭辩论终结前实际发生的数额确定。器官功能恢复训练所必要的康复费、适当的整容费以及其他后续治疗费，赔偿权利人可以待实际发生后另行起诉。但根据医疗证明或者鉴定结论确定必然发生的费用，可以与已经发生的医疗费一并予以赔偿。

第二十条 误工费根据受害人的误工时间和收入状况确定。

误工时间根据受害人接受治疗的医疗机构出具的证明确定。受害人因伤致残持续误工的，误工时间可以计算至定残日前一天。

受害人有固定收入的，误工费按照实际减少的收入计算。受害人无固定收入的，按照其最近三年的平均收入计算；受害人不能举证证明其最近三年的平均收入状况的，可以参照受诉法院所在地相同或者相近行业上一年度职工的平均工资计算。

第二十一条 护理费根据护理人员的收入状况和护理人数、护理期限确定。

护理人员有收入的，参照误工费的规定计算；护理人员没有收入或者雇佣护工的，参照当地护工从事同等级别护理的劳务报酬标准计算。护理人员原则上为一人，但医疗机构或者鉴定机构有明确意见的，可以参照确定护理人员人数。

护理期限应计算至受害人恢复生活自理能力时止。受害人因残疾不能恢复生活自理能力的，可以根据其年龄、健康状况等因素确定合理的护理期限，但最长不超过二十年。

受害人定残后的护理，应当根据其护理依赖程度并结合配制残疾辅助器具的情况确定护理级别。

第二十二条 交通费根据受害人及其必要的陪护人员因就医或者转院治疗实际发生的费用计算。交通费应当以正式票据为凭；有关凭据应当与就医地点、时间、人数、次数相符合。

第二十三条 住院伙食补助费可以参照当地国家机关一般工作人员的出差伙食补助标准予以确定。

受害人确有必要到外地治疗，因客观原因不能住院，受害人本人及其陪护人员实际发生的住宿费和伙食费，其合理部分应予赔偿。

第二十四条 营养费根据受害人伤残情况参照医疗机构的意见确定。

第二十五条 残疾赔偿金根据受害人丧失劳动能力程度或者伤残等级，按照受诉法院所在地上一年度城镇居民人均可支配收入或者农村居民人均纯收入标准，自定残之日起按二十年计算。但六十周岁以上的，年龄每增加一岁减少一年；七十五周岁以上的，按五年计算。

受害人因伤致残但实际收入没有减少，或者伤残等级较轻但造成职业妨害严重影响其劳动就业的，可以对残疾赔偿金作相应调整。

第二十六条 残疾辅助器具费按照普通适用器具的合理费用标准计算。伤情有特殊需要的，可以参照辅助器具配制机构的意见确定相应的合理费用标准。

辅助器具的更换周期和赔偿期限参照配制机构的意见确定。

第二十七条 丧葬费按照受诉法院所在地上一年度职工月平均工资标准，以六个月总额计算。

第二十八条 被扶养人生活费根据扶养人丧失劳动能力程度，按照受诉法院所在地上一年度城镇居民人均消费性支出和农村居民人均年生活消费支出标准计算。被扶养人为未成年人的，计算至十八周岁；被扶养人无劳动能力又无其他生活来源的，计算二十年。但六十周岁以上的，年龄每增加一岁减少一年；七十五周岁以上的，按五年计算。

被扶养人是指受害人依法应当承担扶养义务的未成年人或者丧失劳动能力又无其他生活来源的成年近亲属。被扶养人还有其他扶养人的，赔偿义务人只赔偿受害人依法应当负担的部分。被扶养人有数人的，年赔偿总额累计不超过上一年度城镇居民人均消费性支出额或者农村居民人均年生活消费支出额。

第二十九条 死亡赔偿金按照受诉法院所在地上一年度城镇居民人均可支配收入或者农村居民人均纯收入标准，按二十年计算。但六十周岁以上的，年龄每增加一岁减少一年；七十五周岁以上的，按五年计算。

第三十条 赔偿权利人举证证明其住所地或者经常居住地城镇居民人均可支配收入或者农村居民人均纯收入高于受诉法院所在地标准的，残疾赔偿金或者死亡赔偿金可以按照其住所地或者经常居住地的相关标准计算。

被扶养人生活费的相关计算标准，依照前款原则确定。

第三十一条 人民法院应当按照民法通则第一百三十一条以及本解释第二条的规定，确定第十九条至第二十九条各项财产损失的实际赔偿金额。

前款确定的物质损害赔偿金与按照第十八条第一款规定确定的精神损害抚慰金，原则上应当一次性给付。

第三十二条 超过确定的护理期限、辅助器具费给付年限或者残疾赔偿金给付年限，赔偿权利人向人民法院起诉请求继续给付护理费、辅助器具费或者残疾赔偿金的，人民法院应予受理。赔偿权利人确需继续护理、配制辅助器具，或者没有劳动能力和生活来源的，人民法院应当判令赔偿义务人继续给付相关费用五至十年。

第三十三条 赔偿义务人请求以定期金方式给付残疾赔偿金、被扶养人生活费、残疾辅助器具费的，应当提供相应的担保。人民法院可以根据赔偿义务人的给付能力和提供担保的情况，确定以定期金方式给付相关费用。但一审法庭辩论终结前已经发生的费用、死亡赔偿金以及精神损害抚慰金，应当一次性给付。

第三十四条 人民法院应当在法律文书中明确定期金的给付时间、方式以及每期给付标准。执行期间有关统计数据发生变化的，给付金额应当适时进行相应调整。

定期金按照赔偿权利人的实际生存年限给付，不受本解释有关赔偿期限的限制。

第三十五条 本解释所称"城镇居民人均可支配收入"、"农村居民人均纯收入"、"城镇居民人均消费性支出"、"农村居民人均年生活消费支出"、"职工平均工资"，按照政府统计部门公布的各省、自治区、直辖市以及经济特区和计划单列市上一年度相关统计数据确定。

"上一年度"，是指一审法庭辩论终结时的上一统计年度。

第三十六条 本解释自2004年5月1日起施行。2004年5月1日后新受理的一审人身损害赔偿案件，适用本解释的规定。已经作出生效裁判的人身损害赔偿案件依法再审的，不适用本解释的规定。

在本解释公布施行之前已经生效施行的司法解释，其内容与本解释不一致的，以本解释为准。

最高人民法院关于审理交通肇事刑事案件具体应用法律若干问题的解释

（2000 年 11 月 15 日　法释〔2000〕33 号）

为依法惩处交通肇事犯罪活动，根据刑法有关规定，现将审理交通肇事刑事案件具体应用法律的若干问题解释如下：

第一条　从事交通运输人员或者非交通运输人员，违反交通运输管理法规发生重大交通事故，在分清事故责任的基础上，对于构成犯罪的，依照刑法第一百三十三条的规定定罪处罚。

第二条　交通肇事具有下列情形之一的，处 3 年以下有期徒刑或者拘役：

（一）死亡 1 人或者重伤 3 人以上，负事故全部或者主要责任的；

（二）死亡 3 人以上，负事故同等责任的；

（三）造成公共财产或者他人财产直接损失，负事故全部或者主要责任，无能力赔偿数额在 30 万元以上的。

交通肇事致 1 人以上重伤，负事故全部或者主要责任，并具有下列情形之一的，以交通肇事罪定罪处罚：

（一）酒后、吸食毒品后驾驶机动车辆的；

（二）无驾驶资格驾驶机动车辆的；

（三）明知是安全装置不全或者安全机件失灵的机动车辆而驾驶的；

（四）明知是无牌证或者已报废的机动车辆而驾驶的；

（五）严重超载驾驶的；

（六）为逃避法律追究逃离事故现场的。

第三条 “交通运输肇事后逃逸”，是指行为人具有本解释第二条第一款规定和第二款第（一）至（五）项规定的情形之一，在发生交通事故后，为逃避法律追究而逃跑的行为。

第四条 交通肇事具有下列情形之一的，属于“有其他特别恶劣情节”，处3年以上7年以下有期徒刑：

（一）死亡2人以上或者重伤5人以上，负事故全部或者主要责任的；

（二）死亡6人以上，负事故同等责任的；

（三）造成公共财产或者他人财产直接损失，负事故全部或者主要责任，无能力赔偿数额在60万元以上的。

第五条 “因逃逸致人死亡”，是指行为人在交通肇事后为逃避法律追究而逃跑，致使被害人因得不到救助而死亡的情形。

交通肇事后，单位主管人员、机动车辆所有人、承包人或者乘车人指使肇事人逃逸，致使被害人因得不到救助而死亡的，以交通肇事罪的共犯论处。

第六条 行为人在交通肇事后为逃避法律追究，将被害人带离事故现场后隐藏或者遗弃，致使被害人无法得到救助而死亡或者严重残疾的，应当分别依照刑法第二百三十二条、第二百三十四条第二款的规定，以故意杀人罪或者故意伤害罪定罪处罚。

第七条 单位主管人员、机动车辆所有人或者机动车辆承包人指使、强令他人违章驾驶造成重大交通事故，具有本解释第二条规定情形之一的，以交通肇事罪定罪处罚。

第八条 在实行公共交通管理的范围内发生重大交通事故的，依照刑法第一百三十三条和本解释的有关规定办理。

在公共交通管理的范围外，驾驶机动车辆或者使用其他交通工具致人伤亡或者致使公共财产或者他人财产遭受重大损失，构成犯罪的，分别依照刑法第一百三十四条、第一百三十五条、第二百三十三条等规定定罪处罚。

第九条 各省、自治区、直辖市高级人民法院可以根据本地实际情况，在30万元至60万元、60万元至100万元的幅度内，确定本地区执行本解释第二条第一款第（三）项、第四条第（三）项的起点数额标准，并报最高人民法院备案。

最高人民法院民一庭关于经常居住地在城镇的农村居民因交通事故伤亡如何计算赔偿费用的复函

(2006年4月3日 〔2005〕民他字第25号)

云南省高级人民法院:

你院《关于罗金会等五人与云南昭通交通运输集团公司旅客运输合同纠纷一案所涉法律理解及适用问题的请示》收悉。经研究,答复如下:人身损害赔偿案件中,残疾赔偿金、死亡赔偿金和被扶养人生活费的计算,应当根据案件的实际情况,结合受害人住所地、经常居住地等因素,确定适用城镇居民人均可支配收入(人均消费性支出)或者农村居民人均纯收入(人均年生活消费支出)的标准。本案中,受害人唐顺亮虽然农村户口,但在城市经商、居住,其经常居住地和主要收入来源地均为城市,有关损害赔偿费用应当根据当地城镇居民的相关标准计算。

图书在版编目（CIP）数据

交通纠纷案例答疑/吴中华著．—北京：中国法制出版社，2008.10
（100 个案例丛书）
ISBN 978－7－5093－0762－5

Ⅰ．交… Ⅱ．吴… Ⅲ．公路运输－交通运输事故－民事纠纷－案例－分析－中国 Ⅳ．D922.145

中国版本图书馆 CIP 数据核字（2008）第 144525 号

交通事故案例答疑
JIAOTONG SHIGU ANLI DAYI

著者/吴中华
经销/新华书店
印刷/涿州市新华印刷有限公司
开本/880×1230 毫米 32　　印张/9.5　字数/196 千
版次/2009 年 1 月第 1 版　　2009 年 1 月第 1 次印刷

中国法制出版社出版
书号 ISBN 978－7－5093－0762－5　　定价：25.00 元

北京西单横二条 2 号　邮政编码 100031　　传真：66031119
网址：http：//www.zgfzs.com　　**编辑部电话：66067023**
市场营销部电话：66033393　　**邮购部电话：66033288**